望門閨秀 5

不游泳的小魚 著

文創風 086

目錄

第一百零五章

陳閣老聽了，肺都快要氣炸，指著葉成紹的鼻子罵道：「這個小賊，全京城誰人不知他是個頑劣混帳的東西？方才他可是當著皇上和幾位大臣的面，毆打於我的，妳這無知婦人，難道連皇上的話也不信了嗎？」

素顏聽得秀眉一橫，大聲斥道：「您可是當朝閣老，怎麼說話如此粗鄙？太沒教養了，什麼叫小賊？我家相公可是堂堂寧伯侯世子，皇后娘娘的親姪，他是賊，那寧伯侯是什麼，皇后娘娘又是什麼？賊父、賊后？您就算是年紀大一些，官位高一些，也不能倚老賣老，把皇親貴胄都不放在眼裡吧？我看您才是大膽妄為，把大周律法、皇上威嚴不看在眼裡呢！」

皇上早就知道素顏能言善辯，她果真會講歪理，駁倒陳閣老也就罷了，竟還把個六十幾歲的兩朝老臣罵了個狗血淋頭，還真是與成紹相配呢，這一對，就是個天不怕地不怕的主。

「妳、妳、妳個大膽賤人，竟然也當庭辱罵朝廷重臣……好大的膽子！」陳閣老向來老成持重，又在朝中權勢滔天，深得大臣們的敬畏，卻不知，一天之內先遭葉成紹的毆打，這會子連個婦人也敢指著他的鼻子罵了，他氣得差一點岔過氣去。

「誰是賤人？陳大人，您嘴裡放乾淨些，本夫人也是堂堂一品誥命，您如此辱罵一品誥命，是不把皇上的封誥放在眼裡嗎？快別把個朝廷重臣掛在嘴巴上宣揚了，朝中如果都是這種重臣，那還真是朝廷的悲哀。」素顏大聲怒斥陳閣老道。

陳閣老聽得一滯，兩眼一翻白，身子搖了搖才站穩，指著素顏半點也說不出話來，嘴唇嚅動著，氣得快要吐白沫子了。

葉成紹見了哈哈大笑，伸手一攬，當著皇上和眾大臣的面將自家娘子擁進懷裡，大聲道：「娘子，說得好，這老東西就是個倚老賣老的貨。」

太過分，太囂張大膽了。皇上的眉頭擰成了山峰，狠狠地瞪了葉成紹一眼。那邊壽王、陳王卻像是老僧入定，似乎根本就沒聽到場中的爭吵，而護國侯卻是震驚得無以復加。怪不得這女子一過門，蘭兒就被送回了侯府，蘭兒那衝動輕浮的性子，怎麼跟人家比……

劉尚書則是將脖子縮得更緊了，垂著頭坐在一旁，儘量減少自己的存在感。那一對夫妻全都不是好惹的主啊，這女子比世子爺還要強橫。

素顏見陳閣老被氣得快要暈死，轉了身，拉了葉成紹的手，柔聲問道：「相公，你沒有打陳閣老吧？」

「沒打，只是拎著他的脖子扔在地上。」葉成紹渾不在意地說道。

素顏聽得一滯，這還不算打？人家可是貨真價實的當朝閣老啊！她悄悄地瞪了葉成紹一眼。這傢伙笑得太討厭了，闖了禍還一副洋洋得意的樣子，會引得眾怒的知不知道？

不過，她卻順著他的話道：「沒打啊？果然是冤枉你了，不過是碰了他一下嘛。不過，相公，你也是的，陳閣老是朝廷重臣，你怎麼能夠碰他呢，要是一不小心碰壞了怎麼辦？」

她有意把重臣兩個字咬得很重，那口氣又把陳閣老根本不當人，當物品，聽得一干大臣們直瞪眼。這可是皇上才欽點的京城第一才女啊，才女都這個樣子，不尊老，又怎麼能成為京城女子的典範？

皇上也聽不下去了，冷哼一聲，瞪著素顏道：「小孩子家家的，不要亂說話，成紹這次是真的犯錯了，該罰，妳到一邊去，等罰完他，再罰妳。」

這話還真是說得輕描淡寫，語氣裡又透著寵溺，讓陳閣老那一口氣就堵在胸腔裡，半天也緩不過勁來。一旁的護國侯嘆了口氣，道：「皇上，小懲大誡吧，兩個孩子都不太懂事呢，慢慢來，會教好的。」

皇上跟著點頭，又安撫陳閣老道：「老大人不必跟小輩們計較了，朕知道你今天受了氣，朕這就著人打那臭小子一頓，給你出氣。」

「皇上，還是要打臣婦的相公？」素顏聽這話的意思是葉成紹還是要挨軍棍，心中不由大怒。皇上明知道陳閣老處處針對葉成紹，葉成紹雖是個渾不吝的性子，但他一般還是知道輕重的，若非氣急了，他又怎麼會當眾動手打人？

這些年來，他一直過得辛苦而悲悽，身分尷尬，這一切全是皇上造成的，哪有親生兒子不認的帝王，以帝王之尊，連自己的親兒子都保護不了嗎？二十軍棍，也許傷不到葉成紹的身體，卻會傷了他的心，在他原本就傷痕累累的心上撒鹽，她絕不能看到他再被人欺負。

「他犯了錯，就該挨打。」皇上有點動怒了。這藍氏也太沒眼力了吧，自己這是罰得最輕的了，給了她臺階，她還不下，想做什麼？

「請問皇上，相公他因何犯錯？為何會毆打朝廷重臣？」素顏嚴肅地看著皇上，眼裡含著滿滿的譴責和怨憤。今天，她非要替自家相公討個公道不可。

「娘子，是那老東西先惹我的，皇上下旨讓我當欽差大臣，去兩淮治河，可這老東西一再說我是個廢物，根本就難堪大任，又罵我是豎子，我一氣之下，就讓他橫著了。」葉成紹一臉委屈，與他在一眾大臣面前那樣囂張跋扈的樣子判若兩人。

「既是皇上下旨讓相公你治河，陳大人又憑什麼質疑皇上的決定？相公你都沒去呢，憑什麼就說你是廢物，不能擔此大任？」素顏安撫地拍了拍葉成紹的手，一副安慰他的模樣。

「是啊，他們都說我頑劣不堪，沒有治河經驗，定然治不好淮河，還說我會害了兩岸的百姓呢。」

葉成紹漆黑的眸子裡滿是不甘。太久了，他一直故意損了自己的名聲，掩藏自己的鋒芒，只想用這法子保護自己，儘量不引得那些人注目。可是，他也是個男人，也有理想和抱負，也想在有生之年做一番轟轟烈烈的事業，這是屬於男人的責任和驕傲，但那些人一直就是死踩著他，生怕他冒頭，更怕他有成就，半點機會也不肯給他，所以，他才會生出恨意，壓抑得久了，便有股想毀滅一切的衝動。

「皇上既然看重你，親自委派你，自然有皇上的道理，他們憑什麼說相公你不會治河？」素顏氣憤地向在座的人全都看了一眼，冷聲說道。

一旁的壽王也是反對過葉成紹治河的，這時，聽了這話也有氣了。皇上怎麼護著葉成紹，那是皇上的私事，他們不管，反正葉成紹的本性他們也是清楚的，不過就是個小打小鬧的孩子心性，不會出什麼大亂子，但治河可是關乎幾十萬百姓的生活，關乎朝廷安危的大事，可不能任葉成紹胡鬧，這事當然要反對。

「葉夫人此言差矣，皇上只是將此事拿出來朝議罷了，並沒有下旨，而世子也著實沒有治河之才。兩淮水患連年，兩岸百姓流離失所、生活困頓，如今更是有流民進京，影響朝廷安全，治河已經成了當今朝中重中之重的大事，不能草率行事啊！唉，這些事情，妳一個婦人也不是很懂，還是早些回後園子裡去，與妳世嬸坐著聊天吧！」

壽王說得還是很客氣的，句句也合了在座大臣們的心意，陳閣老更是一副輕蔑鄙視的神情，根本就是看不起葉成紹。

素顏聽得冷哼，抬眼直視皇上。治淮之事，皇上早就詢問過她，她也說出了好些個合理建議，最近這些日子，她在家裡更是讀了不少關於兩淮地理環境的書籍，就是想著哪天要跟著葉成紹一同去治河，輔佐他做這件功在當代、利在千秋的大事。這事皇上早就定下了，怎麼又拿到這裡來議，還惹得陳閣老與葉成紹起衝突，是何用意？

她按下心中怒意，平靜地問皇上。「皇上，壽王爺說您並未下旨，那便是心有疑慮，也不太相信相公他能堪此大任？」

皇上被素顏的眼神逼視著，眸中精光一閃，卻是不怒，似笑非笑地說道：「此乃朝廷議事規矩，朕可不能做那綱常獨斷之君，廣納眾言、求同存異，可是有錯？」

素顏聽了低頭行禮道：「不敢。不過，如今各位王爺、大人們一致裁定我家相公並無治河之才，請問大人們有何憑據？說出個一二三四來，也讓我們夫妻二人信服，不然，事情沒做之前，誰也不能斷定我家夫君就沒有治河的本事。」

陳閣老一聽，冷笑地一甩袍袖道：「哼，一個浪蕩的紈袴子弟，不學無術，成日遛狗鬥雞，哪裡做過一件正事？妳又憑何說他能擔此大任？朝中有經驗的治河老臣、青年才俊多了去了，憑什麼要委派一個沒有半點本事的毛頭小子治河，要讓人笑話我大周無人了嗎？」

壽王和陳王爺，就是一直不作聲的劉大人也是點了頭，隨聲應和。劉大人可是工部尚書，治河也是他工部的事情，如今派了二世祖去到他頭上管著，到時候，他自己作不得主，河沒治到，他一樣要受連累。

素顏聽得冷笑，冷冷對陳閣老道：「老大人說得極是，不過，我有一事不明，既然朝中水利人才濟濟，能人異士眾多，那為何淮河連年水患不斷，為何會造成百姓流離失所，為何會有流民上京鬧事，為何會到現在還在討論治河良策？這麼多年，那些能人異士、水利俊才全都在淮河上光吃飯不幹活嗎？還是，您身為當朝閣老，工部在您手下直管，您根本就沒對淮河水患用過心思，尸位素餐、欺上瞞下？也是，莫說治河了，水患如此凶險，百姓生活困頓，幾百萬兩賑災銀子卻到不了百姓的手上，為什麼？您說的青年才俊和能人異士都在做什麼？治不好河患也就罷了，難道連分派銀子也不會嗎？」

這一番話正好觸到了眾人的痛處，當下皇上正為賑災銀貪墨一案大動干戈，而水患確實年年治、年年災，從沒有人能真正治好過，已經成為皇上的心頭大患，比之邊境敵國還讓人頭痛，而這些大臣們年年參與治淮朝議，年年選出的人，都是一屆既下，未竟一次功，他們一個一個被素顏質問得低下頭去，一時還真找不出反駁的話來。

皇上也是聽得心中感嘆。藍氏果然聰慧睿智，他早就想將治淮之事提出朝議，但葉成紹這個人名，他也著實知道會引來很多大臣們的反對，一直就找不到一個反駁和說服大臣們的理由，藍氏這一番話質問得大臣們啞口無言，看這架勢下去，她肯定最後能讓大臣們心服口服，倒是解了他心中的一件大憂，於是板著臉道：「藍氏，依妳所言，朕這朝中無人了？只能派妳家相公去才行？」

陳閣老一聽皇上這話，心又活了，硬著脖子道：「可不是，就算是連年水患並未治好，但也不能說明，葉成紹這毛頭小子就有這治河的本事啊？難道因為以往沒治好，就弄個沒有半點經驗，行為品性不端的人去治河？那不是要讓百姓們指著皇上的鼻子罵嗎？」

一旁的劉尚書也附和。「是啊，治河人選是該從長計議啊！」

素顏聽了好生惱火，朗聲對皇上道：「皇上，臣婦有一辦法，讓大臣們皆覺得公平。」

皇上想聽的就是這個，眼睛一亮，沈了聲道：「妳有何辦法，快快稟來。」

素顏淡淡一笑，向在場的眾大臣們掃視了遍，自信地對皇上道：「各位大人們既然如此看不起我家相公，皆認為他不學無術，不能擔當治河大任，那麼大家再來個比試如何？大人們各選一位良才出來，就在壽王府內，當眾各寫一篇治淮河策，由壽王、陳王、東王幾位王爺先行評選，最後再由皇上評定，誰勝出便由誰擔任這治河大臣。如此可有異議？」

幾位大臣們一聽這法子也算合理，他們各自都有心裡的盤算，治淮可是大事，這個人選可不能亂薦，非得有真本事才行。一時，大臣們全都點頭同意，皇上自然也是允可。

幾位大臣便沈思起來。陳閣老首先便提出了工部侍郎周大人的名字，那是他的門生，在工部幹了多年，於水利確實有一定的經驗。而壽王則是笑道：「東王世子熟讀百書，又有憂國憂民之胸懷，小王就提議這個年輕人吧，也讓他歷練一番，將來定是國之棟樑。」

東王自然知道這是壽王在送他一個人情。壽王世子如今在文華閣，管著文史編纂，並無實權，壽王自己又是個不太問政事之人，但還是想兒子有一展長才的機會，便投桃報李，也推薦了壽王世子。

劉尚書卻是老奸巨猾。他推薦的是工部侍郎郁大人及其三公子。「郁大人在工部多年，為人勤懇老實，肯鑽研，對治水也是有一定的經驗和策略，他的第三子才華出眾、品性絕佳，此父子倆一起，定然能擔大任。」

護國侯卻是提議上官明昊，也是將他好生誇獎了一番。素顏聽得直翻白眼。葉成紹沒有治過河，上官明昊就治理過？他不一樣也是個不知民間疾苦的京城貴公子？不過是人家會裝，名聲好一點罷了，哼，一群沒眼色的老滑頭。

又有位大臣推薦了幾個人名，到最後，加上葉成紹，正好有十名人選。皇上便道：

「好，就依葉夫人所言，今天就在壽王府再擺一擂臺，比試治河之策。朕可先行說好了，誰奪得了頭籌，誰便是今年的治河大臣，官居二品位。治理好淮河後，朕要將他的名字列入史冊，千古流傳，並賞二品侯爵之位。原本親王世子之位的，便加襲一代，福澤子孫。」

朝中大臣聽得眼睛發熱，心中更是激動起來，若是自己所薦之人真能當選，自己便是那人的恩人，有舉薦之恩，那不是又為自己添了一大助力嗎？

東王、壽王兩人也是心中激盪。載入史冊啊，那是多少人夢寐以求的榮耀，真希望自家的兩個兒子能打敗眾人、一舉奪魁。

素顏心中著實也是激動不已。賞二品侯爵，那不是說明，治好淮河後，葉成紹就可以自己建府了？那以後，他們兩個不是可以過自己的小日子了？盼了好久的幸福好像就在眼前，她有些情難自禁，小臉都紅了。

皇上確定人選後，便讓壽王去安排擂臺，素顏卻是靈機一動，走上前去對皇上道：「皇上，臣婦還有一事。」

眾大臣們都不解地看著她，不知她是何意。

「妳說。」皇上對素顏的提議很是滿意，這藍氏還真沒讓他失望，總能給他驚喜。

「謝皇上，臣婦的相公一再被人瞧不起，被人說是廢物，臣婦懇請皇上，若是相公拿得頭名，請陳閣老當眾給相公道歉，說明他是有眼無珠，污辱了我相公，那相公對他的行為也不算為過，請免去那二十軍棍的責罰同時，重罰污人名聲的陳閣老。」素顏冷冷地看了陳閣老一眼，堅定地對皇上說道。

眾臣一陣大譁。這藍氏也太強悍了些，陳閣老雖是罵了葉成紹幾句，但也挨了打，就算葉成紹能得頭名，那也不用讓老大人當眾道歉吧，老大人的臉要往哪兒擱啊？

皇上聽了眼光明滅不定，看向葉成紹。葉成紹大聲道：「娘子說得正是，憑什麼我要一再被人污辱？誰罵爺沒本事，爺得了頭名，你們就給爺道歉！」

陳閣老氣得鬍子吹得老高，他才不相信葉成紹這廢物能得頭名。一旁的護國侯擔心地看著他，他渾不在意，大聲道：「哼，小子，你得頭名，老夫便在紫禁城樓上，當著全京城的百姓給你道歉！不過，你若得不了，哼，皇上，那便不是二十軍棍能了的了，請依律法重治於他。」

皇上還沒說話，素顏就搶先一步道：「好，口說無憑，立字為證。我家相公若是得到頭名，那就請陳閣老立在紫禁城樓上當著天下之人的面向我家相公道歉，並也重責二十軍棍。如若不然，我家相公任皇上制裁，絕無怨言。」

皇上聽了同情地看了眼陳閣老，好心地圓道：「老大人，何必跟年輕人置氣？」

陳閣老吹著鬍子，昂著頭道：「不行，老臣就是嚥不下這口氣，這字據，老臣立下了，只請皇上到時不要偏私才好。」

皇上聽得眉頭一挑，冷笑道：「那好，請老大人動手立下字據吧，在座的各位大人都是見證，可別到時又怪朕不留顏面了。」

第一百零六章

皇上這話語氣有點重，而且神情很是篤定，似乎料定葉成紹就能拿到第一似的。一旁的劉尚書最是滑頭，一看這情形，便在陳閣老身後扯了扯他的衣襬。一把年紀了，何必意氣用事啊，如果那寧伯侯世子真的在治河上有兩把刷子，真得了個第一，那陳閣老不是要把幾十年的老臉都丟盡？

他可是兩朝元老，靖國侯和宮裡貴妃娘娘的生父啊，到時，丟的可不只是他自己的老臉，怕是連著貴妃娘娘和靖國侯的臉一併給丟了。聽聞貴妃如今被罰在冷宮思過，三個月後才能出來，如今皇上若再讓陳閣老丟個大臉，打上二十軍棍，只怕這老陳家在朝廷頂的這半邊天……

陳閣老也聽出了皇上話中有意。他雖被素顏激得怒髮衝冠，但畢竟為官多年，又是一直伴於君前，沒些氣度和機變之能，哪裡能夠穩得住這閣老之位？劉尚書一扯他的衣襬，他就有些回神，正欲抬起走向書案邊的腳又放了下來，眼神機警地看著皇上。

壽王、陳王、東王，還有護國侯、楊尚書加上其他幾位大臣全都看向陳閣老，葉成紹更是斜睨著陳閣老，向他豎起一隻中指。這是他自素顏那裡學來的，聽素顏說，是鄙視的意思，今兒他正好對陳閣老這老貨用上，還覺得新鮮有趣得緊。

陳閣老昂首挺胸，大步向書案走去，邊走邊惡狠狠地瞪著葉成紹，道：「小子，到時候，可別再讓女人來救你。」

葉成紹聽了絲毫不以為意，將素顏攬在懷裡，笑得春光燦爛，眼裡的得意讓在場很多人都想要抽他。「我家娘子心疼我，捨不得我被你這老貨欺負，我葉成紹娶了個天下第一的好媳婦，怎麼著，你嫉妒啊？」

陳閣老聽了，轉頭罵道：「簡直就是厚顏無恥！」

葉成紹聽了哈哈大笑，對著陳閣老一齜牙，露出一口潔白如玉的牙齒，笑道：「老貨，看清楚了沒，爺的牙比你的堅固得多了。你一把年紀，比我更無齒（恥）啊。」

一旁的壽王聽陳閣老和葉成紹對罵，先還能穩得住，聽完這句後，實在是憋得難受了，噗哧一聲就笑了出來。陳王、東王看壽王笑了，也跟著在笑。陳閣老今兒個真是被葉成紹和藍家姑娘給氣糊塗了，幾十歲了，竟然跟個小輩對罵，葉成紹的話語譏誚又新鮮，聽得他們幾個都忍不住要笑。

皇上坐在正中也有些忍不住，不過，他還顧及著自己的身分和陳閣老的面子，強行忍著，只是雙肩微聳著，細看之下，定然能發現他也在忍笑。

陳閣老的老臉便更加掛不住了，握筆的手都在顫抖。葉成紹見了，便懶懶地嘆了一口氣道：「朝廷重臣啊，做事果然沈穩，下筆如似千斤重，怕是……沒膽子，不敢寫吧。」

陳閣老被氣得只覺胸中氣血翻湧，他強按下胸中怒氣，飛快地寫完了字據。

一旁的總管太監上前拿起陳閣老的字據送給皇上看，皇上看了一遍之後，又遞給幾位王爺，王爺們傳看了一遍，都點頭認可了，葉成紹便大步流星地走到書案前，提筆揮毫，幾句話很快便寫完了，同樣給皇上看過，又給幾位王爺傳看。

一時，壽王安排了人，命人將已經中斷的世家貴公子的比賽停了，自己起了身。這次的比賽可不比那些彈琴、跳舞、詩歌等才藝表演，而是關乎到參賽人的前途和陳閣老的面子，他要親自主持這場比賽。

壽王從亭內出來，二皇子立即就迎了上去，眼睛瞟著亭子裡，對壽王道：「王叔，裡面……父皇他，沒有責罰成紹兄吧？」

「暫時還沒有，不過，等比賽過後就難說了。」壽王斟酌著說道。

「什麼意思？比賽？成紹兄也要參加才藝比賽？」與陳閣老的衝突和才藝比賽有什麼關係？二皇子聽得一頭霧水。

而冷傲晨雖也奇怪，卻是鬆了一口氣。若是只比才藝，整個京城裡，在座的女子當中，有誰能與那女子相匹？詩才、樂曲還是歌喉，無論哪一項，她都是當之無愧的第一，若是如此，她倒不會受罰了。

「不是才藝，是才華。皇上要選兩淮治河大臣，列位臣工們各自推舉了數位才俊，寧伯侯世子要奪得頭籌才能免於責罰，不然……」後面沒說，壽王也不好當著幾個年輕人的面，將陳閣老與葉成紹的打賭隨便說出來，畢竟一些人知道而已，比鬧大了好收場得多，皇上的心思，他多少還是看得出一點的。

冷傲晨的心又揪了起來。治河？葉成紹有那本事嗎？若是他輸了，是不是責罰比先前更重，那……她是不是也會……

二皇子卻是聽得眼睛一亮，對壽王道：「王叔，不知都有哪些人參賽？」

壽王便將參賽名單遞給二皇子看，二皇子看完後眉頭深鎖，大步向亭子裡走去。這麼好的事情，怎麼能沒有他的分呢？

東王世子和上官明昊一見自己都有名在裡面，不由怔住，隨即又都高興起來。兩人都自認比起名單中的那些人不會差，至少不會比葉成紹差，多年的苦讀，難道還比不過一個不學無術的浪蕩公子嗎？

二皇子進去後，很快出來了，面帶微笑地對壽王道：「王叔，父皇應了我，讓我當特別參賽者。」

壽王聽了不置可否，拿著新添的名單走上臺去，大聲宣佈道：「今日的才藝比賽先推後，現在，開始另一場人才選拔賽。如今淮河水患肆虐，兩岸百姓困苦，皇上憂急如焚，為了更好的治理淮河，還兩淮百姓平安喜樂的生活境遇，皇上決定在此公開公平公正地舉行一場治河大臣評選比賽，參賽奪得頭魁者，便是今年的治河欽差大臣，授二品官職，治河成功之後，皇上再賞二品侯爵之位，並名冊青史。」

觀眾席上頓時譁然，不管是男賓還是女賓全都熱鬧起來，情緒激動。第一名賞二品官位，二品啊，很多人就是做了一輩子，也難熬上二品之職，而那些世家公子們更是躍躍欲試，他們有的還在太學裡求學，並未參加殿試，寒窗苦讀多年，想的就是一朝穿上官服。便是在殿試上拔得頭籌，頂破天也就是進個國子監或者外放從七品熬起，怎麼能比得上這個，一躍而為二品大員。很多人的眼神變得狂熱起來，紛紛要求報名參賽。

臺上，壽王正在宣佈參賽者的名單，臺下安靜了下來，都扯長了耳朵仔細聽著參賽者的名字，都巴望著自己有幸在裡面，即使得不到頭名，能參加，也是一件榮耀的事情。

亭子裡，幾位王妃和貴夫人們也是熱鬧了起來。護國侯夫人早在素顏離開後又身子好轉，不暈了，回到了亭中，在聽到名單裡葉成紹的名字時，冷笑連連，而眼裡的怨恨也更重了。

「他雖得皇后娘娘寵愛，但若是論才華還真不敢恭維，皇上也真是，讓他參加做什麼，沒得污了那些才子們的才名。」

靖國侯夫人也是笑道：「聽說那葉夫人膽子大得很，皇上本是要打那世子二十軍棍的，她竟然生生給攔了，如今再弄出這麼個比賽來，只怕與那女子也有關。哼，得了個一品命婦之銜了，還想一躍而為侯夫人，真以為，全天下的好處都能讓她占盡呢！」

壽王妃和東王妃還有中山侯夫人則是在聽到自家兒子的名字後，身心為之振奮。雖然，那侯爵之位她們幾個並不在意，但能名垂青史，還能得百姓敬仰，身為母親，她們無比自豪，也巴不得自己的兒子能拔得頭籌才好。

再聽靖國侯和護國侯夫人的話，心裡也露出一絲的不屑。寧伯侯家的那個孩子著實也沒什麼才氣，不學無術早就全京城皆知，皇上把他的名字硬塞在裡面也不知道是何用意。

不過，她們倒不怕葉成紹污了自家兒子的才名，如今更好，少了個競爭對手。

貴賓亭裡，皇上和眾位大臣都走了出來，在臨近表演臺之處，壽王府又隔出了一塊空地，專門為皇上和眾位王爺、大臣們就近評選所用。

皇上體貼地讓素顏與葉成紹坐在一起，而且，小倆口的座位單獨安置著，離大臣們遠著，皇上一斜眼，就能看到那小倆口正嘀嘀咕咕地商量著什麼，唇邊就忍不住漾開一抹笑意。

那些臣工們，只知道成紹外表那浪蕩的樣子，哪裡知道那孩子其實內藏乾坤，真要比起來，幾個成年的兒子裡，這一個，怕是才華智機都是最出眾的，若不是他有那麼個外家，自己這個江山交到他手裡……

太過重感情，也是弱點啊……

一切準備妥當，好在那比賽臺大得很，十一位參賽者全都登臺，列席而坐。其中，郁大人年紀最大，但他得到特許，與其三公子同時登臺寫策論。

葉成紹在聽了素顏的建議後，又在她這裡學到了不少獨特的治河之法，連細節處，她都有注意到，信心百倍地走上臺，在第一排的中間就座。

素顏沒有上臺。她在臺下安靜地坐著，神情寧靜而安詳。她一點也不擔心葉成紹，更加自信，他們兩個人的智慧是誰也難以打敗的。

二皇子就坐在葉成紹的身邊。按理，最中間那個位置應該是他的，但是葉成紹那廝一上臺就坐了上去，半點禮讓也不講，反正那小子就是個囂張的主，不必與他一般計較。

揮毫寫下了幾百字後，他覺得有些累，一抬眼，便看到素顏那雙清亮的眼睛正凝望著葉成紹，嘴角帶著一抹閒適和愛憐的笑意，他的心咚地一下，痛中帶了絲酸澀，提著的筆便覺得沈重了幾許。

再抬眼，卻觸到一雙圓溜溜的大眼，他不由一怔，定睛看去，不遠處，一個嬌笑的少女正靜靜地看著自己。當他眼光看過去時，她臉一紅，又羞澀地躲開了。

那不是……藍素顏的妹妹嗎？

正疑惑地收回目光，便看到一雙如訴如怨的眼睛。明英正坐在離素顏不遠的地方凝望著他。二皇子心頭一震，難得地對明英露出一絲微笑，垂下眼瞼，繼續動筆。

上官明昊早就揮筆如風，洋洋灑灑寫下了兩千字。他始終沒有抬頭，這一刻的他只想將自己的才華發揮到極致，他不想看到素顏柔柔的目光裡只有葉成紹一人，更不想看到臺下那一眾傾慕者的眼光，曾經他以那些眼光為傲，為自己擁有眾多傾慕者而自得，如今，這些眼光能勾起他心底最深沈的悔意，像根刺一樣，刺得他傷痕累累。

所以，他不抬頭，不看任何人，只專汘地寫他的策論。

東王世子眼神湛亮，神情灑脫優雅，只是那運筆寫字的模樣也是飄逸出塵，自信沈穩的樣子讓臺下好些少女芳心萌動。

終於，有第一個人擱筆交卷。壽王世子拿起自己寫的策論輕輕吹了吹，讓墨跡乾一些後，才由一名小太監交到了東王手裡。

東王看完卷後，遞給陳王，幾人都在卷下寫了評語，打了分，再由太監遞到皇上手裡。

陳閣老見葉成紹還在奮筆疾書，唇邊便露出了一絲嘲諷，冷哼了一聲。

第二個交卷的是二皇子。他很自信地將自己的卷子交給了壽王，壽王很恭敬地接了細看著，然後寫評語。不得不說，二皇子的確有治國之才，他的策論文采出眾，對治河也有一定的見解。卷子到了皇上手裡，皇上也忍不住笑著誇了幾句。

很快，東王世子和上官明昊的卷子幾乎是同時交上的。陳王看了東王世子的策論，更是一拍大腿，高聲叫起好來。東王笑著謙虛道：「王兄你也不要太誇他了，那小子也是經不得誇的，一會子尾巴又要翹上天去。」

陳王瞪了東王一眼道：「你就別自謙了，知道你有個才華相貌皆出眾的兒子，我們都羨慕得不得了。」

皇上看了東王世子的策論眼睛一亮，大聲誇讚。「好文采、好思路、好策識！」一連三個好，讓東王的眼睛都笑眯起來了，而東王妃更是一臉欣慰，一旁的幾位夫人同時向她祝賀起來。

上官明昊的卷子也被皇上大誇了幾句，接著，一張一張的卷子都交了，就只剩下了郁大人和葉成紹兩個。最後，郁大人也交了，皇上對郁大人的策論並沒發表意見，只是眉頭皺得老高，但評語和打分卻是幾份上交的試卷中最高的。

郁大人占有地利，他在工部多年，對治河自有一套經驗，對兩淮也更是熟知，他的策論裡並無一句空言，全是以實際出發，謹慎有餘、創勁不足，還是太拘泥了些。

葉成紹還在奮筆疾書，半點也沒有被周圍的聲音影響，不時地還搖搖頭，有時又點下頭。臺上就只剩他一個人了，所有的眼睛都看著他，他渾然不覺，似乎全身心都沈浸在自己的策論裡。

陳閣老臉上就露出笑容，聲音不大不小地說道：「寫得再多又有何用，以為是憋尿嗎？憋不出來，就不要浪費皇上和列位大臣們的時間了。」

皇上聽得眉頭一皺。陳閣老這是在影響葉成紹的心情，故意擾亂他的情緒。

素顏也是好生惱火。這陳閣老是嫌日子過得太悠閒了，非要趕著挨那二十軍棍吧？

葉成紹根本就沒有聽到陳閣老說什麼，他只顧寫著。臺下也有人開始議論了起來。「那位世子爺若是寫不出來，就不要再寫了嘛，皇上讓他參加，不過是給皇后娘娘一點面子，湊個數罷了，他還真當自己是國之棟樑了。」

「可不，如今東王世子的卷子交了，聽說皇上三聲誇好呢，東王世子定然是當之無愧的第一名。唉呀，他可長得真俊啊。」

「真是浪費名額，若是我等家世高一些，上得臺去，肯定也比那位紈袴的世子爺要強上百倍吧！」

臺下的這些議論讓陳閣老好生得意。那小子的臭名遠揚，根本就是個扶不起的阿斗，皇上便是對他再優榮，也不過是個陪襯、是個墊底的，好給其他的參賽者留個面子。

皇上也有些擔心，不由看向臺下的素顏，只見藍氏鎮定地坐在那裡，眼中全是信賴和鼓勵，不見有半分的憂急和擔心，不禁哂然。自己這個做父親的，還不如那個小女子來得自信，也怪不得那小子會對她死心塌地的好。

在眾人等得都不耐煩了，就是脾氣好的陳王也有些不耐之時，葉成紹終於起了身，將自己的卷子主動交到壽王手裡。

壽王細看之下，臉色大變，越看越仔細，越看眼睛越亮，一副不可思議的樣子，引得一旁的東王和陳王也是好奇得很。陳閣老就冷笑道：「他不會是作了一首歪劣的詩，寫了幾句豔詞在策論裡吧？」

一時，觀眾聽了陳閣老的話都哄然大笑，壽王聽了瞪了陳閣老一眼，而東王卻是同情地看著陳閣老，陳王更直接，拍了拍陳閣老的肩膀道：「老大人，您的身子骨可還結實？」

第一百零七章

皇上聽了這話，才算是鬆了一口氣，也懶得對陳閣老先前的話生氣了，急急便站了起來，直接從三個王爺手裡將葉成紹的策論搶過去，自己看了起來。

他面色沈靜，觀眾席上沒有人能看出皇上的表情，更是猜不透他對那策論的看法，一時，有人又開始議論了。

「皇上不是想徇私，給那位世子爺一個臺階，把名次弄前頭些去吧？」

「是了，聽說皇上很寵那位爺的。」

「哼，這可是選國之棟樑，豈能兒戲！」

話音未落，皇上終於看完，並哈哈大笑起來，一副老懷暢慰的樣子，將那策論拿得高高的，問幾位王爺：「朕不說，你們來說。十一位參賽者，誰勝出？」

東王臉色微黯了黯，但還是朗聲道：「本王以為，是寧伯侯世子葉成紹。」

陳王和壽王也同時附和，並無遲疑。陳閣老聽了驚得自椅子上跳了起來，大聲道：「怎麼可能？臣不服，臣要閱卷！皇上不能偏私。」

一旁的東王和壽王、陳王都可憐地看著他。二十軍棍，那老骨頭受得住嗎？

皇上聽了便大聲道：「來人，將寧伯侯世子的策論當眾宣讀，讓幾位參賽者自己說，他為第一，他們服與不服？」

總管太監正要上前，二皇子卻是上前一步道：「父皇，兒臣來讀。」

雖然早有預料，二皇子還是想親自見見。皇上卻是瞪他一眼道：「東王世子，你來讀。」

冷傲晨眉頭微蹙了蹙，但還是優雅地上前，拿起那策論朗讀起來。他的聲音溫潤而略帶磁性，越讀，他的聲音越大，眼睛也愈加明亮。

一卷讀畢，他頭上冒出細細的汗來，心悅誠服地說道：「皇上，臣服，成紹兄是當之無愧的第一。」

而臺下所有的青年才俊們都鴉雀無聲了，好半晌，全場響起了震天的掌聲，不少老臣們眼中含淚，大聲呼道：「國之棟樑啊，此策論是兩淮百姓之福，大周之福啊！」

參賽的那些個人，就是上官明昊，也不得不承認，葉成紹的策論不但文采出眾，也是用了真心瞭解治河之策，有些方法是他們聞所未聞、見所未見，但葉成紹將方法的原委、實施中的困難、實施後的優劣全都列舉妥當，誰都聽得出來，他是花了真功夫。

郁大人更是上前向葉成紹深鞠一躬。「世子爺，老郁父子以後就跟著您了。」

皇上聽了不由多看了郁大人一眼，心中慰懷，這老頭倒是個實在人。

只有陳閣老，他全身虛軟地癱坐在地上，像是要虛脫了一般。

大家再無異議，葉成紹是當之無愧的第一名，第二名便是東王世子，第三名才是郁大人，第四名是上官明昊，再後面便是二皇子等等。

葉成紹得了第一，臉上半分笑意全無，卻是走到皇上身邊道：「字據給我，我要當眾朗讀。」

皇上不由皺了眉，小聲喝斥道：「紹兒，算了吧，你已經是第一了。」

「皇上想偏私？不成，那老東西可沒少貶損臣，臣不給他些顏色，他當爺是好欺負的。」葉成紹斬釘截鐵地說道。

素顏也走到葉成紹身邊，問皇上。「皇上，如果相公輸了，陳大人會放過相公一馬嗎？」

一旁的東王和陳王幾個都不再作聲。這個時候，他們不好說什麼，但是，素顏的話卻讓他們同時搖頭。陳閣老若是贏了，怕是真會將葉成紹整個死去活來呢。

皇上求助地看向陳王幾個，陳王直接就掉轉過頭去，當沒看見，壽王搖了搖頭道：「皇上，君無戲言。」

東王也是點了點頭，說道：「雖說是得饒人處且饒人，但是，寬容也應該是雙方的。世子夫人說得對，若世子輸了，陳閣老又當如何？」

「唉呀，陳閣老暈過去了！老大人、老大人，您怎麼了？」人群裡傳來一陣呼聲，皇上抬眼看去，只見陳閣老面如死灰、雙目緊閉，不由冷笑。這老東西，這樣也好，能躲過去一天是一天，等紹兒的氣消了些再好生勸勸他就是，畢竟陳閣老都是幾十歲的人了，丟不起那個臉，也受不得那軍棍。

正要開口，就見素顏大聲道：「陳閣老，您已經輸了賭局，願賭服輸，您還能在世人面前留下幾分志氣。若是裝死耍滑，怕是連最後一點尊嚴也留不住，終生被人恥笑和看不起了。」

一旁的護國侯聽了便道：「姪媳，這又何必，老大人都暈過去了，算了吧！」

素顏淡笑著說道：「真暈了嗎？姪媳倒是會些針灸和醫術，也不用請太醫了，姪媳給老大人在百會穴上扎上一針吧。」

百會穴可是人的大穴，扎得不好可是會死人的，陳閣老果然手動了一下，輕喊了一聲，醒轉過來。

葉成紹見了，哈哈大笑道：「啊，老大人醒了嗎？來，劉公公，請宣讀老大人親寫的字據。」

字據讀完，臺下眾人這才知道原來陳閣老與葉成紹之間還有這一齣，立時就有人不屑了起來。「沒想到堂堂閣老大人，與個年輕人置氣，真是不顧身分啊！」

「可不，置氣就算了，輸了就想賴，裝暈呢！」

「以前還覺得他德高望重呢，原來是如此小人，對小輩也太苛刻了些。寧伯侯世子若非驚才絕豔，腹有詩華，一人與十人對敵，那可全是京中最頂尖的才子們啊，若是輸了，怕是會置世子於死地呢，聽說，這位老大人最是心狠手辣的呢。」

陳閣老聽著眾人的議論，一口氣沒緩過來，真的一口鮮血吐了出來。人群裡又有人說，不是咬了舌吐血，好博皇上同情吧？

「就是，應該讓他向世子爺道歉。」

「道歉！」

「道歉！」

人聲鼎沸，這其中以年輕人居多，皇上壓了兩次也沒將群情壓下，便無奈地看著陳閣老道：「閣老，去紫禁城樓吧。」

「去紫禁城樓！」

「去紫禁城樓！道歉！」

大家情緒高漲，有的是為葉成紹不平，有的純屬起鬨看熱鬧。

陳閣老顫巍巍地站了起來，身子搖晃了幾下才站穩，眼神躲閃著不知往哪裡看，眼裡是死一樣的羞愧。今天，他算是老祖宗的面子都丟盡了啊……

正在這時，大皇子匆匆而來，上前就跪在了皇上面前。「父皇，請看著閣老年老體衰的分上，放了他一次吧。」

皇上聽得不由皺了眉，看向葉成紹。葉成紹半分退讓的意思也沒有，又看向素顏，素顏向前一步道：「皇上，並非臣等非逼閣老。將心比心，我家相公這麼些年來，一直被人罵作是廢物，一個即將二十歲的年輕男子，原是才華橫溢，卻受到不公正的待遇，被人污辱毀名，今天是相公揚眉吐氣之時，請皇上讓閣老大人履行諾言，願賭服輸。」

「願賭服輸！」

「願賭服輸！」

人群齊聲呼道。

皇上無法，只得點頭同意了，讓人抬了陳閣老往紫禁城城樓而去。壽王府頓時熱鬧非凡，整個大周京城裡，大家奔相走告，說是當朝閣老要在紫禁城城樓，當著天下人的面向寧伯侯世子賠禮道歉。

一時，皇上的玉輦在前頭，後面浩浩蕩蕩的馬車跟著，還有很多聽到消息的人跟在人群隊伍裡，大周朝自壽王府到紫禁城城樓的街道頓時人群湧動。

原本參加賞梅會的就多，再加上各家的僕役們也回去報信，相互宣傳，看熱鬧的快把街道擠破了。

等到達紫禁城樓時，樓下還真是黑壓壓集了一大片人，說人山人海真不為過。古時娛樂活動原就不多，這兩方又是朝之大員、國之名人，小老百姓難得有熱鬧可看，自然是蜂擁而去了。

紫禁城城樓上，素顏拿著一張紙卷，很是無奈地對葉成紹小聲道：「可惜了，沒有擴音器，好多人聽不見啊。」

葉成紹沒聽懂她說的擴音器是什麼，不過，他今天真的很激動。被罵了十幾年了，也被那老東西害得成了陰溝裡的老鼠……今天，他終於可以揚眉吐氣了，這，全是娘子的功勞。

一時，心中感慨萬千，伸手握住了素顏的手。

陳閣老是被人拖上城樓的，皇上今天也很有興致，竟然也親臨城樓，一眾大臣見皇上也來了，自然也不好不跟著。朝中一半的重臣皆在，陳閣老好不容易才站穩，一轉眼，看到樓下黑壓壓的人群，想死的心都有了，眼皮子一翻，這回，是真的暈死過去了。

護國侯就在陳閣老的身後，幸虧他持得及時，陳閣老才不至於摔到地上去。大皇子微胖的身體這時才擠進人群裡，走到皇上面前，喘了好一會兒氣後，才算站定，一轉眼，看到陳閣老面如死灰地歪在護國侯臂彎裡，頓時臉色都變了，也顧不得滿頭大汗，一撩衣襬，再次跪在了皇上面前。

「父皇，求您開恩，閣老大人可是本朝碩果僅存的兩朝元老啊，這幾十年在父皇身邊，忠心耿耿、盡忠職守，就算沒有功勞也有苦勞，請父皇看在他多年為我朝盡職的分上，饒他一回吧，他……已是花甲之年，年歲也高，風燭殘年之人了，求父皇開恩啊！」

大皇子眼眶都紅了，一臉的哀痛和擔憂，邊說竟然邊給皇上磕起頭來，冰冷的青磚地上傳來咚咚的響聲，令一旁的大臣們為之動容。大皇子果然至孝請罪，實在難得。大皇子素有賢名，為人親和平實，在臣子們之間很有聲望，大臣們見他如此，有幾個也小聲地求皇上。

「皇上，看在王爺一片至孝的分上，就饒了閣老一回吧！」

「是啊，閣老畢竟是兩朝元老，雖然意氣用事，但如今也受到懲罰了，當著如此多人的面，若真讓他給世子陪罪，實在是有損閣老尊嚴啊。」

皇上也很是為難起來，看了葉成紹一眼，並沒作聲。

葉成紹當然明白皇上的意思，他是想多些大臣們同情陳閣老，讓大臣們逼自己妥協呢，心底不由升起一絲冷意。自己落到如今這步田地，皇上未必不知是陳閣老在幕後做了些什麼，如今雖然常對自己表現出愧意和內疚，可是又何曾肯真心打算為自己正名過？明知那是害過自己的人，皇上作為父親，又何曾替自己討過公道？

如若今天真有人贏過自己，皇上會免了自己的懲處嗎？先前只為自己對陳閣老動手，皇上便要打自己二十軍棍，如若不是素顏攔著，這個親生父親又何曾手軟過？

他的心再一次被揪住，眉頭緊蹙，甩了甩頭，暗罵自己，說過不在乎的，怎麼又有奢望，難道這麼多年過去，還沒看清皇上的本性嗎？

江山權勢之前，自己不過是一顆棋子。做棋子，就要有做棋子的自覺，不要妄想執棋之人會對棋子心生憐惜。

如此一想，葉成紹的心一橫，斜了眼睛對大皇子道：「王爺，你別磕了，一會子青石板磕壞了，又得浪費內務府的銀子了。誰也沒有逼陳閣老，是他自己非要打賭立字據的。你也說了，他是兩朝元老、當朝重臣，他也是代表了本朝大臣風範的，王爺如此阻止他，不是陷他於不信不義嗎？你這可不是真孝啊。」

大皇子被葉成紹的話弄得臉上一陣紅一陣白，尷尬地起了身，對葉成紹深施一禮。

葉成紹忙偏過身去。「唉呀，我可受不起王爺的大禮，你還是給你那外祖行個大禮去吧，別他今天這一氣，回家就嗝屁了，你以後就只能對著墳頭行禮了。」

大臣們也都覺得葉成紹過分了些，大皇子果然好涵養，被他如此無禮對待，回斥也是委婉得很。

「得饒人處且饒人，世子何必逼人太甚！」

葉成紹聽了毫不退縮，向前逼近大皇子一步，墨玉般的眼神利如剛出鞘的寒刃，冷冷地刺向大皇子。「得饒人處且饒人？當年，有誰饒過我？為何我如今的名聲會變成這個樣子，你們都做過什麼，心裡不清楚嗎？」

大皇子聽得背上冷汗涔涔。當年的事，他還小，沒有參與，卻是在貴妃那裡知曉了很多內情，葉成紹的身分他更是清楚，所以葉成紹如此問他時，他也感覺一陣心虛，不由自主地就後退了一步。

皇上這是第一次親口聽到葉成紹說起「當年」二字，心中一震，堅硬如鐵的心像是被重物撞擊了一下，瞬間崩塌，好久沒有過的心痛漫上心頭。

這孩子……他……其實是怨的吧？每天都是嘻嘻哈哈，一副沒心沒肺的樣子，其實心裡明白得很，只是不屑於說罷了。算了，這一次，也確實是他憑本事掙來的報復機會，再說了，陳老頭子也太過剛愎自用，今天的一切也是他自討的。

自己在他寫字據時就問過他了，他一心想要害成紹，如今落得現在這個地步，也是自作孽。

「來人，請太醫，就地救醒陳閣老，讓他站在城樓上，當著群臣和京城百姓的面，向寧伯侯世子、治河欽差大臣當面道歉。」皇上突然揚了聲道。

第一百零八章

眾臣原以為，皇上會看在大皇子的面上網開一面，沒料到皇上突然就下定了決心，金口一開，其他人再也不敢上前勸阻。

兩旁的侍衛便要去請太醫。素顏走出來，微笑著說道：「不用麻煩了，皇上，就讓臣婦救醒陳大人吧。」

她隨即拿出一個小瓷瓶，將瓶蓋打開，放在陳大人鼻間晃了晃，一邊的護國侯就聞到一股清涼的香味，頓時頭部為之一激，清醒和舒服了很多，再看陳閣老，一雙稀疏的眼睫在輕顫，眼睛雖未睜開，眼珠子卻在轉動，便知陳閣老果然是醒了，手上的力度不由鬆了些。

陳閣老實在是不想醒來啊！這一刻，他只想就此昏迷再不醒來就好。鼻間的氣味讓他很快清醒，本想裝暈不醒來，誰知護國侯的手鬆了勁，他的身子往後一靠，差點摔著，出於本能，他不得不下意識地雙臂一劃，穩住身子。

一睜開，好些眼睛都正盯著他，眼裡都帶了懷疑之色。他老臉一紅，站直了身子，板著臉對皇上道：「老臣願賭服輸了，輸便是輸了，韓信胯下還求生呢，便是向這小子賠個禮又當如何？」一副能屈能伸，豪氣干雲的模樣。

一旁有的大臣就暗暗撇嘴，都裝兩回暈了，這會子躲不過去才來說硬話，真是好不要臉。不過也有拍大皇子馬屁，給他面子的，笑著道：「老大人果然拿得起、放得下，這份胸襟令下官們佩服之至。」

「是啊，其實也就是個遊戲罷了，老大人與小輩開玩笑，打個賭，讓咱大家樂樂，輸了就賠禮，老大人真是童心未泯啊。」這話說得雖帶了些諷刺，但也算是給了陳閣老一個不太好的臺階，能就著下坡也還算好話。

一旁立即有人也附言道：「是啊、是啊，不過是個玩笑罷了。老大人何等胸懷，哪裡就跟小輩們一般見識了？」

葉成紹聽著就直冷哼，斜了眼睨著陳閣老道：「既是遊戲，那就快點玩完，爺還有正事要辦呢，別你一會子又裝暈，大傢伙兒的時間可都浪費在你身上了。」

陳閣老剛收回了點的面子，又被葉成紹那一句話全給抹沒了，氣得他嘴角直抽，但又沒話反駁。這時，皇上也著實沒耐性了，看了壽王一眼。

陳閣老鬍子一捋，一副悲壯而又視死如歸的樣子踏上城樓最高臺階。葉成紹腳尖一點，縱身也躍上臺階，懶洋洋地站在陳閣老的對面。

這時，城樓下等了看熱鬧好久的人，這會子終於看到兩個正主立在城樓上，立即大聲呼叫起來。「開始了、開始了！道歉、道歉！」

很多人純屬唯恐天下不亂，不過，葉成紹看著喜歡，他拉風地對著下面的人群大聲道：「肅靜、肅靜，大家不要吵，靜靜聽當朝閣老如何向本世子爺賠禮道歉，要是他態度不誠懇，大家可要為本世子說句公道話啊！」

「那是一定的，那些老東西最是裝模作樣，一副道貌岸然，內裡不過是個假道學，哥兒們，他要是不誠心，態度不好，咱們哥兒幾個絕不依！」樓下有一群紈袴子弟，風騷地搖著扇子，扯著脖子對城樓大喊。

葉成紹兩手一拱，對樓下不停致禮，大聲道：「多謝、多謝，兄弟真是耿直之人啊。」樓下應聲齊喝。「那是，比起那些老狐狸、偽君子來，哥兒們的品性要高尚多了。」

樓下女子也不少，這時看到葉成紹玉樹臨風，瀟灑地立在城樓上，一雙雙眼鎖定了他。有些大膽的，也是尖聲尖氣地喊：「世子哥哥，您別怕，咱們大傢伙兒都站您這邊呢。」

陳閣老聽了這些話，差點沒一頭自城樓上栽下去，怒視著葉成紹道：「小子，你有完沒完，站好了，老夫向你賠禮。」

素顏感覺意思已經到了，陳閣老的臉面可謂是一敗塗地，再玩下去就過了，還是見好就收吧。不是還有二十軍棍嗎？這老東西也算是受到教訓了，為今之際，是要給葉成紹選出治河的幫手。便走到城樓邊，扯了扯葉成紹的衣角，仰頭道：「相公，算了。」

葉成紹聽了，唇邊勾起一抹微笑，對陳閣老道：「以後眼珠子擦亮些，別老眼昏花得不拿爺當人看，爺今兒就聽娘子的，饒了你這一回。」

他跳下臺階拉住素顏的手，道：「娘子，咱們回家去。」

素顏輕撫著他被風吹亂的頭髮，含笑道：「不急，相公今次可是比狀元公還風光呢，咱們也要像狀元公一樣，打馬御街去。」

皇上見素顏和葉成紹還算厚道，並未趕盡殺絕，非要再打陳閣老二十軍棍，心頭一鬆，忙讓人將陳閣老抬下去醫治，但人還沒抬起，葉成紹就朗聲。「陳閣老，今兒爺看在你年老體衰的分上放你一馬，那二十軍棍可得記著，哪天你再跟爺置氣，爺再討要回來。」

皇上誇他的話還沒說出口，又生生嚥了回去，瞪著葉成紹道：「死小子，有完沒完！」

葉成紹嘻嘻一笑道：「沒完，今兒臣和娘子都得了第一，皇上的賞賜還沒下來呢，臣要領了賞才算完。」

一旁的總管太監拿了紅帖過來，上面寫著參賽者的名字，皇上御筆金批，葉藍氏為京城第一才女，葉成紹為治河大臣，官居二品，賞御街遊，葉藍氏賜同一品公主儀仗，坐輦回府。

眾大臣聽完面面相覷。皇上對葉藍氏還真是看重了，竟然賜同一品公主儀仗，坐輦回府，那是何等的尊榮啊，這……分明就是把她看成皇家之人了。

好些人的心思便開始活動起來，看葉成紹的眼光又有了幾分的不同。

皇上又欽點了司徒蘭為今天才女評選第二名，葉文靜為第三，藍素麗為第四，才子們再是點了東王世子為第二，上官明昊為第三，郁三公子為第四。二皇子並未在內，他只當是客串，並不參與評選。

男女的前十名都各有賞賜，最有意思的是，皇上男女名次一樣的賞賜都是成對出的，讓一些看熱門的貴婦們好生八卦了一回，都在猜想，只怕皇上有意將司徒蘭賜給東王世子為妃了，而上官明昊可能要娶葉文靜為妻，至於藍家庶出的三小姐，當然是要配給郁三公子了。

這話自是私下說說，不過，也有些人按捺不住心中的喜悅，急著就想要弄出個結果來。護國侯夫人的馬車與東王妃的馬車相隔不遠，竟是隔著馬車便向東王妃問好。「王妃，沒想到蘭兒那孩子得了第二名，皇上的賞賜可真是豐厚呢。」

東王妃自然也聽到了一些閒言碎語，她坐在馬車裡，鐵青著臉，眼裡淨是怒色，但隔著馬車簾子，聲音還算溫婉。「是啊，當今聖上原就英明大方，妳家蘭兒也算是有才學的孩子，皇上自然是要厚賞的。」卻不言及到婚事上去。

也不想，司徒蘭那是什麼性子，且不說她曾經嫁與葉成紹為妾之事，竟然能保得住清白之身，也不算是婦德有虧，但在壽王府的表現可是太差強人意了，當著眾人的面，一再給葉藍氏難堪，最後弄得自己灰頭土臉、丟盡顏面，還真是個不知輕重、任性驕橫的人，有才無德怎麼能配得上晨兒？再說了，晨兒怕是根本就看那司徒蘭不上眼，王妃可不想為這種女子逼自家兒子，讓他難受。

護國侯夫人以為東王妃是介意司徒蘭曾經嫁過之事，心頭又痛恨起葉成紹和藍素顏來，深吸了口氣才道：「王妃，蘭兒其實最是貞潔烈性，那些年是為奸人所害、形勢所逼，其實她守身如玉，她……真是個好孩子。」

妳家孩子好不好關我什麼事？東王妃好生煩躁，卻是笑道：「是啊，真是個不錯的孩子，想來她以縣主之位，應該能被皇上議一門好親，侯夫人大可以在家等好處了，這會子名帖怕是都進了宮裡呢。」

東王妃心急得很，只想快些進宮去見皇后，可千萬別把司徒蘭配給了自家兒子就好，嘴裡就敷衍著護國侯夫人。

護國侯夫人聽了這才心中安定了些。聽王妃的語氣應該是喜歡蘭兒的，便放了心地讓人趕了馬車回府去了。

東王妃立即改道向皇宮而去。

卻說素顏，聽到皇上的賞賜時，心中也很是激動。公主儀仗，那算得上是給臣婦的最高尊榮了吧，這可是同比貴妃啊！不過，她心裡美了好一會子後，又清醒很多，抬眼看到很多青年才俊都在城樓下引頸而望，有的人很是失落，就想起葉成紹真要去治河，可不能是孤家寡人去，這廝雖然手上有暗勢力，但名聲太差，明面上可沒有幾個貼心又有才華的下屬。俗話說，一個好漢三個幫，如今他在朝中可以說是毫無根基可言，一切得從頭來，治河可得工部、戶部同心協助才好。

於是，她在向皇上謝恩時，大膽提道：「臣婦謝皇上賞賜，不過，臣婦還有一事，請皇上恩准。」

有了這麼高的賞賜和尊榮，這葉藍氏也太不知足了些，還要求什麼？一眾的大臣有些不豫了。他們雖是在壽王府用了些點心，但早過了飯時，肚子早餓了，又不能請皇上賜飯，皇上不回去，他們也不能離開，一些人看素顏的眼光就有些不善了。

皇上卻是眉頭一挑，微笑著說道：「妳還有何事，但說無妨。」

素顏便看了眼葉成紹，道：「回皇上，我家相公雖是被皇上欽點為頭名治河大臣，但治河是何等的大事，光他一個人絕對難成大器。大周朝人才濟濟，這等功澤千秋、造福於民的大事，當然是要大周朝的才俊能人全力一致、共獻偉力才行，所以，臣女大膽，請皇上允臣女夫君再加試一次，選出傑出人才輔之。」

皇上聽得頷首。這葉藍氏果然大度雍容，這會子不急著坐了公主儀仗去顯擺，卻將國之大事放在前頭，讓她輔佐紹兒果然是正確的決定。而且，她比紹兒圓融，懂得見機行事，看她今天與一眾貴夫人關係融洽，倒真是紹兒的賢內助，這等才德兼備之女，著實應該重用才對得起紹兒強娶她一番。

一旁的大臣聽了這話也為素顏的胸懷所感，那些以為她得寸進尺，想要更厚封賞之人不覺汗顏。這女子還真是將國之大事放在首位，讓他們這些大臣也覺得自愧不如。

「好，朕允了，不過，這試題……難道還是寫策論？」皇上饒有興趣地說道。隱約間，他感覺素顏的這一次加試會與平常不同。這葉藍氏總能弄些奇奇怪怪的東西出來，卻又巧妙生趣，很是實用，因此有些期待接下來的選拔，她又會用什麼形式。

素顏聽了笑道：「回皇上，策論只是紙上功夫，臣婦的相公要選的可是左膀右臂，是要踏實幹活的人，可不能光是會些詩詞文章的。治河可不是寫文章，光有靈感就可以了，還要有實幹之才，所以，臣婦斗膽，出幾道試題考校當朝才俊。」

此言一出，當場譁然，很多老大臣們拂袖不屑道：「黃毛丫頭，太過狂妄！一個閨中婦人也敢自稱為師，考校當世才子？此等言語，便是妳祖父藍老大人怕也不敢有意開口，真乃有損學子們的尊嚴，哪個真才子會甘居婦人之下？」

「正是，就算被選中，也是要尊婦人為師，真真羞煞我等！」有些年輕人也是憤憤不平說道。

素顏聽得抬起頭，淡淡向一旁的大臣們看去，平靜說道：「列位大人和才子們不會是不敢參試吧？本夫人為國著想，又想給每位有學有志之士提供發揮才能的機會，才有此一提，你們何必拘泥大男人的面子問題？要知道，從來成大事者，不可能孤家寡人成其事，必定會是眾多的人才相扶相幫、通力而為才能竟功，列入青史的，又豈能只是為首一人？如此難得的機會，你們都不想要嗎？」

「哼，機會自然想要，但如果是夫人出題，實在是有辱在下等人十年寒窗苦讀之身，更有辱尊師之名，如若讓尊師以為自己會與婦人同名，那豈不是氣死列位老師？」有幾位青年才子便在一旁氣狠狠地說道。

素顏便看向那說話之人，如此迂腐之人，她也不想要，一轉眸，但看到了郁三公子也站在人群裡，不由微微一笑，問郁三公子。「公子可願參賽？」

郁三公子莞爾一笑，斯文的俊臉微微泛紅，兩手一揖道：「自然願意，不然，夫人怕是要笑在下，連女子所出這題也不敢作了，那才是真正有辱斯文呢。」

葉成紹在一旁聽得哈哈大笑，走過去一拍郁三公子的肩膀道：「兄臺，有前途，你看為兄，不就是對我家娘子佩服得五體投地嗎？當世之人，應以才華論英雄，多少女中豪傑不過是諱於世俗才華埋沒，她們也有驚世之才，只是沒有發揮的機會罷了。一會子，我家娘子出的題，大家若是覺得太過平凡簡單，你們便當是玩笑，給為兄一個面子，答了就好，若是我家娘子出的試題果真特別，就請各位兄臺認真對待，好生答題，為兄會自優勝者中，選副手以高祿待之。」

東王世子也在人群裡，他一直靜靜地看著素顏。有好幾次，他很想與往常一樣，雲淡風輕地拂袖而去，將這女子的身影自心中抹去，可她偏偏一次又一次地讓他驚奇，她的身上像有一種致命的吸引力，吸引著他的目光，讓他如陷泥沼、難以自拔，這會子，看她被一眾的男人們輕視鄙薄，他的內心裡竟然生出一絲的憤怒。他相信，她的才華定然能折服在座的很多才俊，葉成紹說得不錯，難道真因為她是女子，就要抹殺她的才華嗎？

郁三公子還沒有回答，東王世子冷傲晨率先出列，深深地看著素顏道：「在下想領教夫人的高招，在下第一個參賽。」

郁三公子也走出來，向素顏一揖，溫文地說道：「在下若被試題難住，甘願以夫人為師，請夫人不吝賜教。」

今天參加策論的兩人都肯參加素顏的測試，大臣們再次訝聲連連，不少人根本難以相信，便是東王這會子站在皇上身後，也是頻頻皺眉。以自家兒子的身分，根本就不需要再參與治河、屈居人下，他的前途還有很多種選擇呢，這小子，竟然自甘低賤，真的要以婦人為師，實在是有損東王府的顏面啊，不由氣得直瞪眼。

但東王世子臉色平靜，眼神卻是堅定得很，根本就不看東王一眼。

素顏一聽這兩位都應了，不由大喜，斂衽上前一禮道：「多謝世子和郁公子賞臉。」

葉成紹見了，將她往身邊一扯，道：「要行謝禮，也是為夫來。娘子所做的一切皆是為了為夫，為了這大周朝的江山百姓，為夫致謝各位。」

有了東王世子和郁三公子的參與，很多青年才俊也動了心思，反正就算是丟臉，也不是丟自己一人的，大家齊上，也沒那麼顯目。不過，有的人也是想看看這位大言不慚的女子真能出什麼樣的試題考校京城才子，抱著看熱鬧和等素顏出醜的心態，也出來要參試。

一下子，報名參試的人達到了二十幾人之多。素顏笑著看向皇上道：「皇上，可否給臣婦一個地方出試題，並提供考試的場地？」

皇上眼含戲謔之色，笑看著素顏。這藍氏的膽子還真不是一般的大，還真是什麼都敢提，如果自己給她提供了考試場地，這場比試就如同殿試一般正式，哪怕國子監每年的考試，也沒有向皇上要場地的，能進皇宮應考，那可不是一般人可有的資格。

如今都在這紫禁城樓上，她那意思也明顯得很，定然不想自己將他們指到外頭去……算了，今天就陪她玩吧，倒要看看她能出什麼樣的題目把全京城才子都考住。

「就去會政殿吧，朕今日就給妳當這監考了。」皇上朗聲說道。「妳現在即去乾清宮出題。小劉子，你領夫人去。眾位愛卿，如果想繼續觀看考試，那就進宮去與朕一同用膳，用過飯後，下午再考。」

大臣們也想繼續看熱鬧，難得皇上肯請吃飯，興趣又提高了起來，便跟著皇上進宮去了。

葉成紹跟在素顏身後一同往乾清宮而去，素顏原本是想借葉成紹之名出試題的，那樣也能免去麻煩，可是，她今天不知為何，就想為女子出口氣。這個時代的女子地位太過低下，命運全都由男人擺布，半點由不得自己。雖然她也知道，就算自己這一回真將名聲提高了，也難以改變這幾千年來對女子的看法，更難改變男人對女子的統治和壓迫，但壓一壓那些道貌岸然的男人們的氣焰也是好的。

而且，她隱隱感覺，皇上對她很是縱容，似乎故意想讓她出頭似的。最讓她欣慰的是葉成紹的態度，這個男人從沒用世俗的眼光看自己，那樣無條件支持著她，但她的名聲蓋過了他，他也一副與有榮焉的樣子，這便無疑成為了她最堅實的後盾，讓她全無後顧之憂。

這樣的葉成紹，讓她好生疼惜和感激。她的男人有時像個孩子，有時像一堵堅實的牆，堅定地擋在自己前面，為她擋風遮雨，在最大範圍內任她恣意妄為，這種由心底而發的寵愛，讓她心裡甜得發膩，做事也大膽了很多。

坤寧宮裡，東王妃正坐在一旁的酸梨木椅上，品著茶。皇后笑得眼都瞇了，正說道：「唉呀，本宮真是沒眼福，如此盛會竟然沒有參加，本宮那姪兒平素頑劣得很，沒想到做起正事來，倒是一鳴驚人了。」

東王妃恭敬地回道：「可不是，臣婦正是來恭喜皇后娘娘的呢，您可不只是有個才華出眾的姪兒，更有一位精明強幹的姪媳婦呢。那兩個孩子，一唱一和的，竟然把陳閣老氣得暈了兩、三次，生生逼得一朝閣老站在紫禁城樓上，當著全京城人的面給世子陪罪呢。」

皇后聽了，笑容更加燦爛了。紹兒終於肯出手了，陳家壓制自己多年，又害了紹兒，今天終於讓那老東西吃了個大虧，陳貴妃那老女人知道了，怕是又會氣得吐血，哈哈哈，素顏那孩子真是不錯，不枉自己寄重望於她。

嘴裡卻道：「唉呀，這兩個孩子真是的，怎麼能對老臣如此相逼呢？太不應該，太不應該了。不過，陳閣老也是，與個孩子置什麼氣，看看，這一輸了，可不就丟臉了嗎？」

東王妃知道自己的這番話算是說到皇后心窩裡去了，皇后現在是心情舒暢得很啊，忙又跟著笑道：「也怪不得那兩個孩子的，藍氏那孩子可真是義氣，皇上先頭要打世子二十軍棍，生生被她給攔了，最後竟然讓她設了個賭局，讓陳閣老鑽了進去，挨打出醜的倒變成了陳閣老，還讓世子在全天下人面前大展了才名，您真是娶了個賢媳啊！」

皇后一聽這話，眼裡露出一絲的怨恨，但隨即消逝，笑道：「說起那孩子啊，連母后都很是心疼她呢，她前陣子給了母后一個方子，說是吃了養顏又養身，母后吃了好一些，妳還別說，真有效果呢，母后眼底的那些黑眼圈，竟是淡了好多了。」

東王妃聽得眼睛一亮。「可不，先頭她就說要我們幾個老的都練什麼瑜伽來著，說是養顏健身，能永保青春呢！這一打岔，她又去幫世子了，等有空，非要請了她去府上，好生教教我們才是。」

皇后聽得眼睛一亮，不滿道：「這孩子，怎麼就沒說教教本宮呢？不成，本宮得把她召進宮裡來，娘兒倆好生聊聊才行。」一副心急火燎的樣子，讓東王妃看了直想笑。皇后娘娘一直就是率真性子，也怪不得皇上會寵她十幾年不變。

氣氛說得活絡了，東王妃終於開了口道：「娘娘，如今那些姑娘公子們的帖子怕是送到宮裡頭來了吧？」

皇后聽得眼波一轉，戲笑道：「弟妹可是看中了哪家姑娘？妳知會一聲，本宮一定給晨兒那孩子許個良配。」

東王妃微微嘆息一聲，道：「晨兒那孩子的眼光連臣婦都弄不明白，他若是真看中了哪家姑娘，那臣婦也可省得好多心了，就是到了如今，他都十八歲了，還是一個也看不中。家裡的老太君可是催了好幾次了，這次回來，便是想給他說門親事的，可是……唉。」

東王妃長嘆一聲，搖了搖頭，不等皇后發問，又道：「那孩子是個死心眼的，若是非要給他強配了，必然會發脾氣，臣婦就是來求娘娘的，護國侯家的那孩子雖說品性都佳，可晨兒沒看對眼啊，我們做大人的也不能強逼他，是吧？」

原來是這事，東王妃倒也知機皇上送來的名帖裡，著實就有將護國侯的司徒蘭配給東王世子的意思，只是沒有明說。護國侯夫人的眼光還真高呢，就那破鞋還想攀上東王府，想就此壓成紹一等嗎？不過，這會子也不能怪自己了，東王府看不上她，也只能怪她沒有福分。

於是笑道：「唉，可不是嗎？當初本宮也是多次逼著成紹那孩子娶正妻，可他怎麼都不肯，看了幾家的姑娘都沒看中，最後才選定了藍家那孩子，他果然眼光不錯，那孩子配本宮的紹兒可是再合適不過了。」

東王妃聽了就在心裡惋惜，若是晨兒能早一步看到藍氏那孩子，只怕他早就成婚了。那樣風華絕代又獨特的女子，晨兒怎麼會不動心呢？可惜啊，晚了一步便成了遺憾，再要找那樣好的女子來，又談何容易？

靖國侯夫人沒有去城樓裡看熱鬧。她聽說葉成紹奪了比賽第一名後，就匆匆回府了，一到家，便叫來大管家。「趕緊去宮裡，先找大皇子去救老太爺。」

大管家走後，靖國侯夫人還是覺得心神不寧。皇上其實並不太看重大皇子，大皇子性子又溫吞，只怕難以將自家老太爺救下……臉一沈，著人鋪上筆墨，奮筆疾書，命人八百里加急送到了邊境。

靖國侯可是當朝大將軍，正在守衛邊關，皇上竟然縱容幾個小輩污辱他的父親，是何道理？若是老太爺這一回真丟了顏面，那侯爺絕不能善罷干休！

第一百零九章

乾清宮裡，素顏正拿了炭筆在畫圖。

她出了幾個與河流渠道有關的幾何題，再列了幾條有關氣候對河流影響的題目，加上幾道計算題，和一道問答題。這是皇上讓她額外出的，雖然定了葉成紹為治河首臣，但葉成紹初次行事，手下沒有幾個專業的能臣輔佐怎麼能成？也虧得皇上信任她，竟然讓她來出題考校那幫才子。

葉成紹就在一旁看著她出題，一見到她畫出的那些圖形，不由愣住了。他可是看都沒有看過，不由眼暈，吶吶道：「娘子，這題目為夫也不知道怎麼做啊？」

素顏拿起自己寫下的試卷。這個時代還真是不方便，沒有鉛筆，沒有圓規，又不能用比例尺，只能自製，畫起圖來一點也不方便。

「一會子我教你。」

「那娘子快教我怎麼測算？這個圓我知道怎麼算，有圓周率的。」

「嗯，這的確要用到圓周率，不過相公，這是算體積，我教你，這個有公式的……」

夫妻倆頭碰著頭，把乾清宮當成了自家內室，旁若無人地小聲嘀咕著。

葉成紹平素看著嘻嘻哈哈，腦袋卻很是靈光，很多東西一教就會，而且記性又好，還懂得舉一反三。不過，學著學著，他就抬起了眼，漆黑如墨的眼眸既明亮又迷惑，深深地看著素顏，帶著一絲的不解和探求。

素顏心裡顫了一下。這傢伙不會對自己的來歷產生懷疑吧？這眼神，看得她心裡發毛啊……

果然，葉成紹突然扔了筆，一把將素顏抱進懷裡，長臂箍得密密緊緊的，像是要將她揉進骨子裡去似的，聲音裡竟然帶了一絲怯意和恐慌。

「娘子，妳……妳怎麼會這麼多……會這麼多我根本就沒聽說過，沒有看到過的東西，妳唱的那首曲子，妳時不時冒出來的一、兩句莫名其妙的話。還有現在，妳做的這些試題，妳……不會是仙子下凡吧？我可不想做董永啊，妳跟我說過那個七仙女的故事，我不要妳是七仙女，若真有王母娘娘，我就是打到天庭去，也要把妳搶回來！」

素顏被他抱得骨頭都生疼，但她胸口洋溢著小幸福，那種被人愛憐、被人需要、被人寵溺的幸福。這傢伙還真是敏感，怕是心中早就有了疑問，只是一直沒有問出口吧……

在他懷裡掙了掙，她仰起頭，伸了手去點葉成紹的鼻尖，俏皮地挑了挑眉，笑問道：「若我不是仙女下凡，是鬼魂附體呢？相公，你怕不怕，會不會請道士來捉鬼，把我驅趕出去？」

葉成紹聽得一滯，卻是將她抱得更緊了，小聲地、緊張地問道：「妳……妳真是鬼魂附體嗎？或者是狐狸大仙幻化人形？小聲些，別人聽見可就不得了了，人家會對娘子不利的。」

「人家對我如何我才不管呢，相公不怕嗎？」素顏見他一副小心謹慎的樣子，生怕自己的話被別人聽去了似的，不由好笑，繼續戲謔地看著他道。

「怕什麼？管妳是什麼附體，就是魔鬼變的，妳也是我的娘子，我絕不放妳走。娘子，不管如何，就算是……就算是妳那來的地方要召妳回去，妳也不能丟下我，好嗎？」葉成紹聽得越發緊張起來，眸裡盡是惶恐之色，將頭埋進了素顏的肩窩裡。

這個傻瓜，自己說什麼他都信，還毫無保留地接受她，哪怕她將自己的身分說得如此詭異可怕，他也不在乎，他喜歡的就是她這個人。

素顏的心變得柔柔軟軟的，像要沁出水來，心疼地撫著他的背道：「傻子，我是活生生的人，哪裡是什麼狐狸大仙，什麼魔鬼化身？也更不是天仙下凡，不然，我還不弄個點石成金、移山填海的法術來？我不過是……學得比較雜罷了，我……我小時候得一個高人指點學習過，懂得比別人多一些罷了。」

「那就好、那就好，娘子，妳不帶這樣的，老是嚇我。」葉成紹在素顏的肩窩裡咕噥著，又抬起頭來，小意地看著素顏，小聲道：「娘子，妳要答應我，不管如何，妳都不能離開我。」

素顏無奈地伸手戳了下他的腦門子，嗔道：「你發什麼神經，好好的正事不做，總說些沒頭沒腦的話，快做事吧。」

兩人正說著，便聽到殿裡有人輕咳了一聲，素顏一抬眼，便看到總管劉公公手持拂塵站在殿門口，正含笑看著他們兩個。她心頭一滯，臉色立即紅了起來，再轉眸，看到好些個小太監正紅著臉、垂著頭站在殿裡當無聲布景，她立即大窘，臉紅得快要沁出粉來，不自在地推開葉成紹，抬頭狠狠地瞋了他一眼。

這廝這會子卻是大大方方的，渾不在意地對劉公公揮了揮手，道：「劉公公，你這主人當得也忒不地道了些，爺難得帶了娘子在乾清宮作客，到現在還餓著肚子呢。」

劉公公聽了這話，臉上露出一個古怪的表情，手上拂塵一甩，身後便走出一隊宮女來，每人手裡都托著一個托盤，素顏一見之下更窘。劉公公怕是早來了好一會子了，這送飯的宮女被擋在殿外，小臉都凍得紅撲撲的，一看就是在外頭待了好一陣的樣子。

她忙上前去，對劉公公行了一禮道：「多謝公公關心。」

劉公公這才笑道：「皇上怕世子爺和夫人餓著，早吩咐了奴才備好膳，說是請夫人和世子爺用過了再做事不遲。」

案几上，很快便擺好了香噴噴的飯菜，素顏著實也餓了，宮廷御膳房裡的東西聞著就香，她口水都快流出來了，葉成紹拉著她的手就往桌旁引。「娘子，餓壞了吧，來，用飯。」

說著，自己先拿了碗，給素顏盛了一碗湯。「先喝點湯。」又忙著拿碗給素顏挾菜，一旁的宮女伸了手想要服侍他們，卻被他攔了，殷勤地自己動手服侍素顏。

素顏也不客氣，端起那碗湯就喝，可一抬眼，看到殿旁某處有個偏門，窗後簾子輕晃，一道陰厲的目光直射過來。她不由打了個寒顫，定睛看去，除了簾子的晃動，什麼也沒看見，好像方才那一幕只是她的錯覺……

她皺了皺眉，繼續低頭用飯，卻被那簾後的眼光弄得心神不寧，匆匆用過飯後，很隨意地對劉公公道：「公公，乾清宮裡，平素都有誰進來？」

劉公公聽得詫異。宮裡的規矩最忌的就是打聽皇上身邊的事情，不過，他今兒跟了皇上一上午，也看得出來皇上對世子爺和夫人的寵愛，若換了別人問這種事情，他定然是會落面子的。

「回夫人的話，乾清宮是皇上的寢宮，也是皇上平素批閱奏章的地方，一般人不經允許是不得進入乾清宮的。」

素顏的心立即警惕了起來。見葉成紹還在用飯，她便起了身，走到書案邊，拿起筆，將自己未出完的試題完善，並讓小太監謄寫。

用過飯後，估摸著前頭大臣們也該都用了飯，劉公公就去了皇上處，檢查會政殿的考場。

葉成紹還有些不懂的問題沒弄清楚，趁著太監謄寫的工夫，又問起素顏，素顏一一給他細細講解著。

兩人正嘀咕著說得忘我，就聽趙嬤嬤來報。「奴婢是來給太后傳話的：那小丫頭難得來宮裡頭一趟，竟然不來看哀家，真是個小沒良心的。」

素顏聽得愕然，隨即又不好意思起來。自己是來了宮裡兩回了，上一次是為了司徒蘭的事求皇后娘娘，因著家裡事多，便沒有去拜見太后，這一次……她這不是正忙著嗎？

忙對趙嬤嬤道：「嬤嬤請帶路，我這就去拜見太后娘娘。」

趙嬤嬤笑著搖頭，又道：「太后娘娘說了，哀家也不是那不通情理的，知道她如今成了大周朝的大名人呢，告訴她，等她忙完了，可一定得來看哀家，哀家也要學那什麼瑜伽呢。還有啊，讓她有好東西別藏著掖著，只給那些夫人們用，也沒說孝敬孝敬哀家。小沒良心的。」

太后的消息可還真快，素顏聽得大窘，忙對趙嬤嬤行禮道：「煩勞嬤嬤給太后帶話，素顏忙完了，一定去看望她老人家。」

趙嬤嬤這才笑著福了福，走了。

會政殿大殿裡，群臣早就用完了飯，正按官次大小圍坐在殿的兩旁，而那些個報了名參賽的青年才俊，則是統一坐在殿後，等著入場考試。

殿中央整整齊齊地擺著二十幾張桌椅。

皇上高坐殿中，正與一旁的壽王幾個閒聊著，等了好一會兒，還不見素顏和葉成紹出現，有些大臣便有些不耐了，小聲嘟囔。「一個婦道人家能出個什麼試題出來？別一會子那試題上出的是繡一朵梅花要用幾種絲線，那倒還真是能難住才子們。」

很多大臣聽了這話，哄然而笑。殿後的才子們臉上也露出鄙薄之色，有人小聲道：「如今的人可真是不知天高地厚，以為能彈支特別的曲子、唱首歌，就是天下第一了，今兒要真被個婦人用治河之題難住，還真是要羞煞我等了。」

「那是，不過她如今名聲正盛，皇上又寬待縱容於她，你我還是用心去答題，用真本事給那女子瞧瞧，也好叫她知道婦人的本分是什麼，男子才是這個世界的天，婦人就該待在家裡相夫教子。」

「就是，也虧得是寧伯侯世子那脾氣，能忍受如此強勢的女子為妻，若是換了本公子，這樣的女子還真不會要了。」

「呿，若那藍大姑娘真是雲英未嫁之身，兄臺還會說這種話？她雖大膽妄為了些，但不得不說，如此才華橫溢又獨特美麗的女子，是我等夢寐以求的良配，只是天待我不公，沒有遇其未嫁之時啊！」

「就是，若能娶得那樣的女子為妻，今生無憾啊，兄臺著實是吃不到葡萄說葡萄酸啊……」

冷傲晨靜靜坐在人群裡，俊逸的臉上，好看的濃眉微蹙著。他並不太喜歡聽到有人如此議論那個女子，這話也不太過，但他就是感覺那是對她的褻瀆，讓他心中不快，但他不屑於與這些人爭辯，她在他的心裡是那樣純淨而獨特的存在，不想讓人窺視自己的心思。

在大臣們脖子都已伸長，耐性快要磨掉的時候，劉公公終於帶著素顏和葉成紹一同來到了會政殿。劉公公在安排考試會場後，又去接應素顏和葉成紹了，宮裡葉成紹雖是很熟，但畢竟這是選拔人才的考試，皇上怕卷子外流，特意讓他去看著的。

素顏上前向皇上行了一禮，躬身道：「皇上，臣婦將試題出好，可是現在開考？」

皇上聽了對劉公公揮了揮手，劉公公很見機地拿了一張試卷交到皇上手裡。皇上略略地看了一遍後，眼中精光更盛，看了素顏一眼後，點頭道：「讓士子們進場吧。」

不少青年才俊傲然地走進考場，眼裡露出不屑之色來，更有些人冷哼著說道：「今天若是連個女子也比不得，那本公子乾脆撞牆去算了。」

「兄臺何必太過認真，只當遊戲便好，我大周人才濟濟，豈能由個婦人給鎮住了？一會子定要讓那婦人明白，男子才是這個世道的天。」

素顏靜靜站立在殿前，看著太監們將試卷發放在考生的案几上，神情從容，對那些鄙視她的言語充耳不聞，絲毫不以為意。

冷傲晨深深地看了她一眼，正好，素顏也抬眼看過來，便觸到了他湛亮而溫柔的眼神，那眼神裡帶著溫暖的鼓勵和欣賞，讓素顏心中一暖，對冷傲晨微笑著點了點頭。

那笑容柔靜飄渺，讓冷傲晨心頭一顫，饒是性子沈穩鎮定如他，也好一陣失神，才回以淡淡一笑，瀟灑地撩袍坐在了屬於自己的位子上。

眾位考生落坐，素顏揚聲道：「因為時間的關係，本夫人只是出了五道題目，答出三道便算是及格，四道便是八十分，依次類推，題目中有不明白的地方，請舉手提問，本夫人自會為你解答。」

試題中，因涉及到計算和幾何，更有立方的用法和術語，她怕這些以詩文為主學的才俊們看不懂，所以才有此一說。

話音剛落，便從大臣們裡傳出一陣輕斥聲，很多人都鄙夷地看著她，覺得她也太過托大和高傲了，一個婦人的學識還能上得了天去？竟然將京城頂尖才俊們鄙薄到如此田地，不但說他們答不出試題來，竟然還說他們看不懂試題，真是太過分了。

「好，計時開始，以半個時辰為限，不管做完與否，時間一到，請各位考生起立離場。」素顏仍是一派淡定，朗聲道。

筆墨紙硯全部備好，考生們不得不認真對待自己手裡的卷子了，這可是關乎到他們作為男人和才子的面子問題，真要被一個女人考住了，出了這個門，還有何顏面見天下百姓，堂堂七尺男兒的體面何在？

但是，一低頭，首先看到的便是一道計算題，很簡單，只是給出了兩個資料，讓他們算一個半橢圓的體積，這裡面就涉及到了解析幾何、立體幾何，還有面積的測算問題。很多考生立即傻了眼，這算是什麼試題？他們平素考的便是政論，治國之道、為君為臣之道、詩詞歌賦韻律之類，哪裡學過這些？這些明明就屬於奇技淫巧之類，國子監中雖也開有此類學科，但殿試根本不考，於他們的前途無益，誰又肯用心去學？這會子拿了題目目瞪口呆，根本就不知道如何下筆。

而且，正如那藍氏所說，裡面好些專業術語他們根本看不懂，怎麼做？

有的知些皮毛的，拿著筆想做，也確實不太懂素顏列的某些術語，想舉手相問，又覺得太過沒面子，只有郁三公子舉手最快，素顏忙走近他身邊，他大大方方地指出來道：「此容積用這個標識，可是一種符號？」

「是的，我怕你們不會做，列了個公式。公子，這個符號代表體積，這一個代表半徑，這個代表立方的單位……」

郁三公子一看之下大喜，連謝也沒說，記住素顏所解釋的，下筆便開始計算起來。他原本腦子裡有計算方法，素顏出的這道題也不算難，但以他的方法計算會繁複很多，用素顏的計算方法快捷又方便，他運算一遍後，又覺得不放心，又用老法子算了一遍，果然兩者答案一致，心中不由對素顏更是佩服。

冷傲晨與其他人不一樣，他自小便性子清高，很多看法與世俗不同，而他又本是東王世子，並不需要為前程而捧著四書五經苦讀，那些世人認為的奇技淫巧在他眼裡，比枯燥的詩經之類的文章有意思得多。而且，他也是個喜歡動腦子的人，平素愛鑽研些小東西，在國子監中，別人不學的偏門科目，他都涉獵一二，這會子他拿了題目在手，也是下筆如有神助，很快就算出了一道題，也看到了素顏在題方列的公式，又聽到了素顏對郁三公子的講解，便按著她的公式計算了一遍，果然快速簡單，湛亮的眼睛裡不由閃出一絲火花。這個女子……

她竟和自己一樣，喜歡這些旁門左道、偏又非常實用的東西，心裡的那點意想便更是萌動了。

上官明昊不會做第一道，不過，他卻趁此舉手向素顏求解。素顏很大方地走到他身邊，溫和地為他解釋著題裡他不解的地方。

聞著久違的幽蘭清香，以往少女的味道已經變了，他心中一黯，但難得她又肯與他如此靠近，心神一蕩，竟然有些心不在焉。素顏說了一遍後，他似乎還是懵懂的樣子，不由耐著性子又對他講解一遍。

葉成紹站在皇上身後看著就皺了眉。怪不得娘子會罵他是大尾巴狼，還真是條不會死心的大尾巴狼呢！撇撇嘴，他真想衝進殿裡去將那條狼給拎出去扔了。

上官明昊很快便回過了神，聰明地記住了素顏說的計算之法，第一道題他算是囫圇吞棗似地給解答了出來。

「時辰到，請大家起立離座。」劉公公在皇上的示意下大聲說道。幾名小太監上來收卷子，好幾個考生死死地按著卷子不肯鬆手。他們只答出一題，實在太難堪了呀，那卷子真不想交啊……

郁三公子最先起立，他一臉嚴肅，起身後不往殿後去，倒是回身向素顏一揖。「夫人，在下心服口服，以後請夫人多多指教。」

東王世子冷傲晨也起了身，只是回頭深深地看了素顏一眼，便大步流星地退到殿後。

上官明昊跟著出場，那幾名不肯交卷的這會子看自己怎麼也躲不過去，也只能灰頭土臉地起了身，還不忘踮了腳偷瞄別人的試卷，看到大多數人的都留有空白，這才心裡舒服了一些，悻悻地離座。

大臣們從頭至尾都目睹了整個考試，如今心裡也是五味雜陳，想什麼的都有。這藍氏還真有兩把刷子，竟似真的難住了好些世子，連京中素有才名的郁三公子和上官公子都虛心向她請教，又全不似在作偽，他們真的很想看看，究竟藍氏出的是什麼題目，難道這些京城頂尖的才子們真的做不出來？

護國侯是個武夫，他倒沒什麼意見，但是，一旁的劉大人可是工部尚書，他也是伸長了脖子想要看那試卷的內容。這時，素顏卻是走到他面前來，施了一禮道：「劉大人，請過來幫姪媳改卷。」

劉大人聽得一怔，眼睛閃爍不定。這藍氏當眾請他出來改卷，那便是對他的學識贊同的，這是給他面子的事情啊，可是，他如今心中有些忐忑。他雖是尚書，專業知識也豐富，但是，只怕這藍氏出題刁鑽，若是連自己都不能答出來，又如何改卷，那不是要丟了他的老面子嗎？不由遲疑起來。

「大人，請與郁大人一起，同姪媳一道來改卷，大人只須監督就行，以示此次考試的公允。」

素顏像是看透了劉大人的心思，笑著說道。她是故意來請劉尚書的，他可是工部尚書，興修水利若無工部的全力配合，便會遇到很大阻礙，葉成紹需要與劉大人拉好關係。

劉大人聽得眼睛一亮。郁大人可是水利專才啊，有他在，自己還有什麼好顧忌的？一時又想到，這選出來的頭名，也能算是自己的半個門生……又好生得意了起來，這種不吃力又討好的事情，他還是很喜歡做的。

素顏與兩位工部大人去了一旁改卷，皇上便與壽王閒聊。壽王也是對那試卷好奇得很，不由叫了東王世子過來，問試卷內容。「世子似乎考得不錯？那題目真的很難嗎？」

東王世子對皇上行了一禮，又對壽王一揖道：「題目倒也不難，但專業性很強，想來葉夫人是真的為朝廷著想，想選出幾位對水利興修有真才實學的才子出來。而且，試題涉獵較廣，其中還涉及到醫學知識，這位夫人可真是博學多才，小姪由衷佩服。」

壽王聽得愕然。連東王世子都如此推崇，藍氏還真是個奇女子了，可惜她只是個女子，不然給她一個治河的欽差身分，怕也能不負厚望呢。

皇上聽了眼裡滿滿都是笑意，誇道：「此女子可真不愧為大周第一才女啊，只封她一個一品誥命，朕覺得太差了些，可她只是個臣妻，還真沒有什麼可以加封的了。」

一旁的東王聽了就覺得好笑，回道：「皇上，您只管封了寧伯侯世子就好，至於葉夫人，自然就水漲船高，身分也跟著上去了。」

皇上也不過是句玩笑話，他以前特封素顏為一品誥命，京中大臣包括御史都有不少閒言碎語，如今經此一來，便不會再有人對素顏的一品誥命非議了。

素顏很快便改完了卷子，又與郁大人、劉大人兩個解說、商量了一氣，才定出名次來，交與皇上。皇上也細看了每個人的卷子，又遞給一旁的幾位王爺一同觀看。

二皇子也在殿中，但一直靜坐在一旁，並沒有參加。這會子，他也跟著看了考卷，心中更是震驚，內心裡便如翻江倒海一般，看到皇上對素顏的態度後，他便更有了如芒在背的感覺。

一品了還要封，那不是將來的母儀天下？

他的心中一陣陣發寒。一個好的妻室，真的能給自己添加很大的助力啊……眼前不由浮現出一對圓而清亮的眼睛，那是藍家三姑娘。

如果能娶了她為良娣，是不是藍素顏也會成為自己的助力呢？

第一百一十章

皇上看到素顏點出郁三公子為第一名，又看了頭幾名才子的答案，點了點頭道：「就依葉夫人和劉大人、郁大人所點，郁三公子為此場考試頭名，東王世子第二，中山侯世子第三……」又問葉成紹。「紹兒，你助手可是被你家娘子選出來了，你打算如何安排？」

此言一出，很多大臣頓時愕然。皇上竟然將治河的官員任命權交與了葉成紹？這是何等的信任和榮寵？東王是其中少有幾個知道葉成紹身世的人，他更是心驚，不由看了自己的兒子一眼。只怕這一回，兒子要跟著去兩淮受苦了，葉成紹這兩夫妻，前途不可限量啊！

二皇子的一雙手緊握成拳，臉上卻是一如既往的清冷，任誰也看不出他的心事。

葉成紹走下臺，對著郁三公子和東王世子就是一揖到底，把郁三公子嚇了一跳，忙也跟著躬身下去，東王世子也忙回禮。葉成紹直起身，一臉的嚴肅和認真，與他往日的痞賴模樣判若兩人。

「愚兄比二位虛長幾歲，平素沒有正經做過一件事，此次治河，關乎大周朝廷的穩定，關乎兩淮百姓的安寧，愚兄一人計短，本事難繼，還請二位賢弟不遺餘力，鼎力支持，他日青史留名、論功行賞，誰功勞最大，誰便名留青史。」

東王世子和郁三公子，乃至在座的很多大臣都為葉成紹的真誠態度動容，以往覺得葉成紹頑劣不堪，但今天，不但看到了他才華橫溢的一面，更看到他禮賢下士的一面。有上司如此，下手們做得也舒心。東王世子看了東王一眼，便朗聲回道：「小弟以後便任兄長調遣，請兄長只論官職大小，不論身分貴賤，把小弟看成一名普通下屬便好。」

「好！」頓時，朝臣中有人為東王世子叫好。要知道，東王世子貴為皇親貴胄，任誰做他的上司，怕都會顧及到他的身分，有些束手束腳、不敢亂用，而東王世子一開頭便將自己的身分問題拋下，只以國事為重，不論身分，這份胸懷和氣度也著實令人佩服。

郁三公子更是沒有異議，自然表態全心輔佐葉成紹。上官明昊卻是被晾在了一旁，他不由皺了眉道：「葉兄，難道就如此看不起小弟嗎？」眼神裡，竟是挑釁之色。

葉成紹眉頭一挑，也向他一揖道：「雖然我不太喜歡你這個人，但你的才華令我不得不承認。我並非看不起你，只是怕你不願意屈居我之下而已，要知道，治河是件很苦的差事，你在京城前途無量，大可不必跟著我受苦。」

上官明昊頭一揚，慷慨激昂地說道：「大丈夫立於世間，當以國家百姓為重，豈能貪圖安逸！」

此話也算得上是擲地有聲，倒顯出了葉成紹的小氣來。很多人是知道葉成紹與上官明昊之間的過節的，那個京城第一才女，原本可是上官明昊之未婚妻，生生被葉成紹奪了去的，他不介意前怨，倒還願意放棄京城安逸的生活，跟隨葉成紹去治河，可見上官明昊的胸懷也是廣闊得很。

正說得熱鬧之時，太后宮裡的趙嬤嬤來了，向皇上稟道：「稟皇上，太后娘娘身子不適，請讓葉夫人去為她把脈。」

「既是母后有請，葉夫人便快些過去吧。」皇上含笑對素顏道。

素顏行了一禮後，躬身退下，隨趙嬤嬤出了會政殿。

宮門口，司徒蘭並沒有跟著護國侯夫人回府，她讓馬車半途折了回轉，到城樓下看了好一會子熱鬧，親眼目睹了葉成紹站在紫禁城樓上迎風而立，衣袂飄飄，樓下萬眾為他齊呼，那一刻，司徒蘭差一點癡了。

樓下不少姑娘、小姐傾慕之意溢於言表，她聽在耳朵裡，好一陣撕心的痛。那個男人，曾經是屬於她的，也應該是屬於她的，可是，藍氏橫空出現在她與他之間，奪走了他的眼光，甚至，連他素日的那點愧意也被那女人討巧地撫去了……她根本就不想要接受藍素顏的好意，誰讓她多管閒事，自以為是對自己好，可那不是自己想要的好不好？

真該死，她就是想要留在葉府，就是想讓葉成紹一輩子都覺得對不住她，就是想要葉成紹一看到她便心虛，便想要躲，就是想要他對她小意相待，那樣，她在他的心裡才是特殊的存在，他永遠都不會忘記她！

如今人潮早就散去了，司徒蘭坐在馬車裡，還想再看葉成紹一眼。今天的比賽名次已經出來了，她很有可能就此得到一門世人所羨慕的婚姻，但她的心，為什麼一點也快樂不起來，一點也興奮不起來？心裡空落落的，像是就要被人一刀斬斷心脈一樣，她不甘，她要親口問問那個沒良心的呆子，難道他的眼裡，從來都沒有過她嗎？

司徒蘭並不知道，自己是否就真的能夠遇到葉成紹。聽聞皇上給了他至高的榮耀，或許他如新科狀元一樣，打馬御街而行，那他應該會來這裡吧？

素顏一人去了慈寧宮。葉成紹心裡全是治河的想法，這會子，他正志得意滿，滿副雄心全是如何治河，如何安頓好淮河兩岸的百姓生活問題，早就忘了皇上許他的打馬御街行之事。

劉公公倒是早就牽了一頭高大的駿馬，馬頭上還繫了紅色緞帶，以示皇上恩寵和喜慶，等他一出宮，便迎上了他。「世子爺，這是皇上許您的馬。」

葉成紹還不想回府，他還要等著素顏一同回去呢，剛才有幾位青年才俊攔著他說了會子話，等他轉過頭來，郁三公子幾個早就走了，他很想追上郁三公子和郁大人，向他們討教幾個問題，這會子一見那馬，才想起皇上的賞賜來。

他原就是個張揚的人，一聽這話，也沒多說，躍身上馬。正好可以追上郁家的馬車呢，娘子和太后肯定有好些私房話要說，一會子再回來接娘子就好了——

司徒蘭坐在馬車裡，遠遠地看到葉成紹騎著御馬正過來，她眼睛一亮，正想要出口喊他，可又怕他根本不會理睬自己……突然，一個大膽的想法出現，讓她自己都覺得害怕，但很快，她牙一咬，堅定地看著那匹越來越近的馬兒。

她的貼身丫頭見她面色不對，忙扯住她道：「大姑娘，看一眼就算了吧，今兒以後，您是您，他是他，兩不相干，您還有大好的前途等著呢。若是能成為東王世子妃，那可是您前世修來的福分、天大的體面，便是那藍氏見著了您，也得行禮啊。東王可是少有的幾個鐵帽子王，世子爺的身分，可比侯爵要強上百倍了。」

司徒蘭哪裡聽得進去，見丫鬟扯著她，她眉頭一皺，乾笑道：「嗯，我明白的，就只是看一眼，看完這一眼，我就死心了，妳放心吧。」

那丫頭也不好說得太過，將信將疑地鬆了手，掀了窗簾子也往外看去。葉成紹的馬騎得越來越近，司徒蘭心頭怦怦直跳，也好一陣竊喜，幸虧自己守的地方好，正好停在了這一處出城前的巷子裡，一會子他的馬不得不從馬車邊上而過……

等葉成紹的馬頭剛剛挨近司徒蘭的馬車時，她突然掀了簾子，縱身一躍，人便摔在了葉成紹的馬蹄前。葉成紹原本就看到有輛馬車停在巷子口上，他就放慢了速度，但怎麼也沒想到，馬車裡會突然蹦出一個人來，饒是他武功卓絕，急急地拉住了韁繩，馬卻還是受了驚，兩個蹄子高高躍起。

葉成紹反應極快，自馬上縱身一躍，在空中便迅捷地伸出長臂一撈，將馬蹄下的女子攬在腰間，堪堪在馬蹄落下之際，將司徒蘭救出險境。

等他挾著她站穩身子，長吁了一口氣時，已經聽到一聲尖叫。「大姑娘、大姑娘，您這是怎麼了？怎麼被馬驚下了車？」

司徒蘭的貼身丫頭反應也是極快，一看到這情形，腦子裡立即明白了自家姑娘的意思。雖然很是氣惱姑娘的任性和莽撞，但事到如今，姑娘的名聲可比別的重要，若是讓人知道是她家姑娘自動跳下馬車，只為陷害世子爺，並與之重歸於好，那姑娘的名聲只會更臭。

葉成紹聽得眉頭一蹙，將手中的人氣惱地往地上一放，這才看清眼前的女子竟然是司徒蘭。他很是不解，司徒蘭向來都看不起他，如今她已經名利雙收，又即將有一段更好的良緣，做什麼還要來惹自己？不由得瞪了司徒蘭一眼，沒好氣道：「妳找死嗎？要死往牆上撞，別害爺，爺沒心思陪妳玩這些個小把戲。」

「你……你混帳！你的馬驚嚇了我，把我從車上嚇得摔下來，你竟然還……還如此對我，葉成紹，你不是人！」司徒蘭明明是想要與他好言好語的，可是一聽他這混帳話，氣得又頭腦發熱起來，嘶聲罵道。

葉成紹斜了眼看了看自己的馬，和司徒家的馬車，冷笑道：「還玩這種把戲，當爺是傻子呢？當年妳就是這樣，故意惹得爺去鬧妳……算了，爺不說這些話了，過去便過去了，妳如今也沒傷著，爺還有事，爺先走一步了。」

說著，他便要上馬離去，司徒蘭氣得一把揪住他的衣袖，死都不肯撒手，大聲道：「不行，哪有嚇了人，便如此一走了之的？」

裡。

「妳鬆手。」葉成紹用力去扯自己的袖子，司徒蘭身子被他一帶，竟順勢撲到了他的懷裡。

這時，先前走出巷子的人，聽到後面有吵鬧聲，不少又轉了回來，結果就看到了這驚心動魄的一幕。好事者，都興沖沖地往回走。

司徒蘭一見有人來了，便嗚嗚哭了起來。「世子爺，你……你如何就是不放過我呢？咱們的事情早就過去了，如今我好不容易脫了身，你又……」

看熱鬧者一聽這話，全都譁然。寧伯侯世子今兒個與葉藍氏可沒少在眾人們面前表現出夫妻情深的場面，就是好些以前看不上葉成紹的姑娘們，都為葉成紹對藍素顏的深情所感動，難道那一切只是在做樣子的？

「妳胡說些什麼？妳自己發神經往我馬蹄下跳，爺救了妳，妳還胡說八道，司徒蘭，妳自己想死，不要扯上我。」葉成紹好生惱火。他最是不善處理這種女人家的糾纏，心裡好一陣慌亂。娘子最在意的便是他的忠誠，他可不想為了個無謂的人傷了娘子的心。

「你……你太過分了，便是要推卸責任，也不要找如此卑劣的藉口，我明明有大好的前程，明明有了自由之身，躲你還來不及，又怎麼可能會自尋死路，往你馬蹄下鑽，我瘋了不成？」司徒蘭這會子的嘴皮子利索得很，又是一副淒婉哀傷、楚楚可憐的樣子，自然招來不少人的同情目光。

一時，人群裡便有人道：「世子爺，男子漢大丈夫，做事可不能太過下作了。」

「就是，人家清清白白的姑娘，好不容易脫離了你的魔爪，你還是不肯放過，也太過分了些。」

「哎喲，這當眾拉拉扯扯的，對姑娘家的聲譽可是極為受損啊，這……這可如何是好啊，世子爺可得為司徒姑娘的名聲負責啊。」

葉成紹越聽越惱火，心知自己這一次又被司徒蘭給算計了，看司徒蘭的眼裡便更是多了一層厭惡。以往還覺得自己年少不知事，害過她的名聲，如今再看她所作所為，更是清楚，少年時，自己怕也是一次一次落入她的陷阱和陰謀，明明就是她想要接近自己，卻還非要讓世人都說是自己求著她、仰慕她，她再露出那一副清高的受害者姿態來，讓自己心愧，讓世人斥罵自己……好個狠毒狡詐的女人。

「司徒蘭，我現在便帶妳去皇上面前，求皇上應下我們的婚事，我娶妳為平妻如何？」葉成紹小聲對司徒蘭道。

司徒蘭聽得一怔，抬起淚汪汪的眼睛不可置信地看著葉成紹。這……怎麼可能？方才他還……

葉成紹收起了眼中的厭惡，眼裡難得的露出一絲憐惜，嘆了一口氣，聲音極為溫柔和愛憐。「妳的心思我明白，既然妳……妳真心待我，再辜負妳，我也於心不忍。妳為了想要嫁於我，連性命都不顧，妳看妳，剛才多危險啊，若不是我韁繩拉得快，又及時將妳拉了出來，那馬蹄子踏下去，非死即殘。以後，這種傻事再也不要做了，啊？」說著，他還拿出自己的帕子，遞給司徒蘭，讓她擦淚。

這可能是自認識他以來，第一次聽他如此溫柔地與自己說話，司徒蘭一陣狂喜，心被突如其來的幸福填得滿滿當當的，腦子就有些發木，警惕心就弱了好多，嗚嗚哭著，抽抽噎噎地說著。「誰讓你只喜歡藍氏一個，就不肯對我多看一眼，還……還生生送了我回去。你這個沒良心的，如今終於知道，究竟是誰對你才是真心的，為了你，我什麼都做得出來，冤家，你……你……可是知道我的苦心了……」

她也是難得肯將自己的真實心意在葉成紹的面前坦露。自寧伯侯府回到娘家的日子裡，她也曾反省，為何自己花了那麼多的心思，還是沒能得到葉成紹的心？後來，她也知道，自己以前的法子怕是錯了，男人也是要哄的，看那藍氏，不就是裝得很溫柔、很端莊賢淑，把葉成紹哄得服服貼貼的嗎？這個傢伙原本就是個吃軟不吃硬的，所以，這會子她在葉成紹的柔情攻勢下，倒也肯低頭了，只要能再回到他的身邊，便是放下些身段又如何？

「嗯，知道了，傻丫頭，看不出來妳的身手還不錯，能在我的馬一到馬車邊，就看準時機往下跳，先前在壽王府的那場劍舞著實跳得英姿勃發，很有女中豪傑的氣勢。」葉成紹耐著性子，聲音仍是溫柔得要膩出水來。

「那可不是，我可是武將之女，父親自小便讓我們幾個姊妹練過的，只是女子貴在強身健體，能自衛便好，比起藍氏那種文官家出來的女兒，自是要強上百倍。」司徒蘭拿著葉成紹的帕子，卻不肯擦臉，放在手裡絞著，眼裡露出了一絲得色。

葉成紹卻是將那帕子一把抓過，突然退後一步，朗聲道：「看戲的各位，可看清楚、聽明白了，爺可沒威逼過她，全是她親口招認的。這一切全是她自己設下的套，她不拿自己的閨名當一回事，爺如今倒是要改邪歸正了，不肯為她辱了自己的名聲，更不想因此傷了我家娘子的心。各位都是明事理之人，此事看過便算了，爺也不想將她如何，爺還有事，就先走一步了。」

這突如其來的變化像一棍驟然猛擊在司徒蘭的頭上，打得她頓時懵了，瞪大著眼睛，不可置信地看著葉成紹，嘴中喃喃道：「你……你說什麼？你……你在騙我？」身子顫巍巍地搖晃著，向後倒退了數步。

人群裡，立即傳來幾聲回應。「世子爺，我們明白了，果然最毒女人心啊，你走吧，兩淮的百姓還等著你去救助呢。」

「原來啊，護國侯家的大姑娘其實是中意世子的，只是世子的心思不在她身上，怪不得，嫁過去兩年還是清白之身……人家不喜歡，又豈會沾她？」

「都說寧伯侯世子花心浪蕩，如今看來，倒是個潔身自好的，如此清麗佳人在府裡，又是肯自動往跟前湊的，竟然忍得住不下手，聖人啊！」

「得，這司徒家的大姑娘心性有問題，世子夫人怕也是看世子爺對她不理不睬，怕耽誤了她的終身，不想她一輩子獨守空房，寧願折了世子爺的名聲，也要助她脫離小妾身分，還許了她一個縣主之位，真是菩薩心腸啊！可惜，有些人是給臉不要臉的，放著好好的姻緣不要，總是糾纏不清啊！」

這些話傳到司徒蘭的耳朵裡，猶如利劍，一下一下地刺著她的身體，讓她體無完膚，眼裡終於露出怨毒的憤恨，一口銀牙咬得叮咚作響。今天這醜算是丟大了，如果可以重來，她情願沒有在這裡遇到葉成紹，他長大了、成熟了，再不是以前的毛頭小子，他懂得以其人之道來整治她了……眼淚像不要錢似地噴湧而出，除了哭，她也不知道自己要再做什麼行動，再解釋、再陷害也已經沒有用了，人們不會再信她……

葉成紹冷冷地看著她，聲音冰冷如霜。「我和娘子原本希望妳能幸福，希望妳能重新開始新的生活，妳不該將我對妳的最後一點情意都磨盡。別怪我狠心，要怪，只能怪妳太過妄想了。」說完，葉成紹躍上馬，對人群拱了拱手道：「葉某在此請求各位口下留情，司徒姑娘也只是一時意氣用事。她仍是清白，請大家放她一馬，不要再過多的宣揚今日之事。」

這算是對護國侯多年來對他維護的一點回報吧。葉成紹打馬向前，再也沒有回望一眼，緩緩而行。

司徒蘭突然轉過身來，臉上露出猙獰的笑容，對葉成紹嘶聲喊道：「你以為，她就會對你一心一意嗎？東王世子、中山侯世子都與她牽扯不清，你這個笨蛋，看著吧，總有一天，你也會如我一樣心痛，一樣被遺棄的！」

葉成紹聽了好不惱火，但這會子當眾與一個婦人扯這些東西實為不智，更會對素顏的名聲有污，他頭也沒回地說道：「妳以為，誰都同妳一樣的嗎？我家娘子的品性，我葉成紹過去不會懷疑，現在也不會懷疑，便是將來，也永不懷疑。至於妳說的那幾位公子，我家娘子太過優秀，如今京城裡，對她傾慕的又豈止那兩位，我葉成紹只會感到自豪，這天下第一的女子只屬於我一個，羨煞滿京城的人！」

司徒蘭再沒想到，葉成紹會如此信任藍素顏。那該死的藍素顏，像是把這傢伙的魂都迷住了，任誰說她什麼，這傢伙也不會信，一時，羞憤難當又鬱氣堵結。人們看她的眼神很是輕蔑，她卻恍然不顧，怔怔地站在巷子裡，看著那高大偉岸的一人一馬瀟灑離去，死咬著嘴唇，連唇邊溢出血絲來也不自知。

人們小聲議論了一陣後，便也覺得無聊，漸漸散了。

寒冷的早春之風如獵獵的刀鋒，颳在臉上一陣陣生痛，司徒蘭像失了魂一樣，立在馬車邊發怔，半晌也不肯上車。貼身丫頭下了車，扶著她好勸了一通，她卻置若罔聞，這時，一個微胖高大的身影自暗處走了出來，靜靜地站在司徒蘭身邊。

貼身丫頭看得一怔，等看清來人時，忙跪下行禮。「奴婢見過大皇子。」又伸手去扯司徒蘭的衣襟。

司徒蘭還沒有回神，根本沒看眼前之人，仍沈浸在自己的心思裡。

「蘭妹妹何必為一個沒良心的男人痛苦，這天下的好男兒多了去了，何必在一棵樹上吊死？」大皇子的聲音溫和，臉上帶著忠厚的微笑，那神情像個親切的大哥哥看著自己任性的妹妹一樣。

司徒蘭總算是有了點反應，茫然地抬眸看向大皇子，機械地福身行禮。

大皇子忙伸手扶住了她，笑道：「外面風冷，蘭妹妹不如到為兄宮中小坐片刻？歇息一下，養好精神再回府，不然，侯夫人怕是又得傷心了。」

司徒蘭看著大皇子臉上忠厚可親的笑容，眼裡又湧出淚水來，緩緩地搖了搖頭，向自家馬車走去。

「蘭妹妹不恨嗎？能夠放得下嗎？難道，妳就不想向那奪了妳幸福之人討回公道？」大皇子不緊不慢地在她身後說道。

司徒蘭聽得身子一震，猛然回過頭來，腦子也靈活多了，靜靜地看著大皇子。

「如果蘭妹妹願意，我倒有法子讓妹妹報復妳的仇人。以蘭妹妹天人之姿，原就該是母儀天下之人，怎麼能被那種粗鄙女子給比下去，又怎生是那種頑劣不堪之人配得上的？妹妹啊，妳何苦自降身分？」大皇子親切又突兀地伸手握住了司徒蘭冰冷的素手，真誠地看著她說道。

「母儀天下？」司徒蘭喃喃地說道，心被這四個字震驚，竟然沒有發覺，大皇子不顧禮節地抓住了她的手。

「對，母儀天下，只要妹妹願意，妳便能坐上那個位置。」大皇子肯定地對她說道。

「那我要嫁給皇上嗎？」司徒蘭有些迷惑，但她隨即反應過來，兩眼出神地看向大皇子，腦子裡飛快地轉動著。「是王爺您嗎？可是，王爺已有正室，就算臣女嫁與您，也不是正室的身分。臣女已經做錯過一次，又豈肯一錯再錯？」司徒蘭用力掙著，想把手自大皇子手裡抽回。

大皇子卻是握得更緊了，將她的手骨都握得生痛，忠厚的臉上露出猙獰之色。「已有正妃又如何？最多，本皇子廢了她，立妳為正妃，將來，只要本王奪得大寶，那皇后的位置就是妹妹的。」

「王爺您那正妃可是陳閣老家的人，怎麼可以……」司徒蘭大驚。大皇子的正妃可是陳貴妃的姪女，雖不是靖國侯的女兒，但也是陳家嫡女、陳閣老的孫女啊，大皇子難道不怕陳家？

大皇子臉上露出一絲陰狠的笑，很是隨意地說道：「當然不是廢，不過，若是病故，陳閣老也只能嘆他家的姑娘太過命薄了。」他的正妃，與陳貴妃還真有幾分相似，長得不怎麼樣不說，還跋扈得很，又顯老相，他早就不喜歡了，只是礙於是貴妃的姪女，所以才忍著。司徒蘭不只是有護國侯的家世，還有傾城的美貌，他是越看越愛，真想現在就撲上去，將這大美人壓在身下就好。

司徒蘭聽得一陣發寒，大皇子卻是突然兩手一抄，強勢地將她攔腰抱起，向馬車裡走去……

她的貼身丫鬟剛要尖叫，大皇子狠狠地橫了她一眼，那丫頭立即噤了聲，垂頭不敢多看。

第一百一十一章

卻說素顏，跟著趙嬤嬤往慈寧宮走，一路上，趙嬤嬤但笑無語，素顏想問她一些事情，也不好開口。

等到了慈寧宮裡，趙嬤嬤躬身而退，宮裡自有人接了素顏進去。

太后正坐在軟榻上，身邊放著一碗熱氣騰騰的五黑籽粥，一見素顏進來，也不讓她行禮，便向她招手。「孩子，快過來，妳這小沒良心的，哀家不召妳，妳便不來看哀家。」

素顏還是將禮行畢後，才笑著向太后走去。再次見太后，她仍有種莫名的親切感，像是見到了前世的娘親。

她的笑容裡也帶了一絲的孺慕之色，這種感覺發自內心，流露得自然，太后一見之下，心頭一酸，伸手拉住她。「來，正好哀家熬了妳提過的那種粥，妳也吃一碗吧。」

一旁的宮人聽了這話，便下去備粥了。素顏看了那粥一眼，果然熬得綿軟濃稠，品相很好，不由也來了食慾，笑著對太后道：「好啊，我要吃兩碗，有些餓呢。」話語自然裡帶著一絲撒嬌，就像是遠歸的孩子回到父母身邊一樣隨意。

太后笑得眼都瞇了，瞋了她一眼道：「不給，就兩碗，哀家一碗，妳一碗。怎麼，皇上只讓妳做事，不給妳飯吃了？」

素顏笑得眼彎如月，歪著頭道：「給了飯，只是一看太后這裡的東西，就特別覺得餓呢。」

又抬頭細細打量太后，有好些天沒見著了，太后的氣色果然好了很多，最讓她驚奇的是，太后眼下隱隱的黑印似乎真的淡了不少。她不由得詫異，這粥確實有消毒養身的功效，但那是慢養的方子，就算太后天天吃，只這麼少的時間，也不可能見效這麼快啊？

第一次，她給太后探脈，就發現太后的身體裡似乎也有毒素，不過，太后身在深宮，她的身體由資深太醫照顧著，有毒沒毒太醫應該早就能看出來，而且太后可能自己也知道，只是或許那毒不太好清，這定是又涉及到了宮中秘聞，她不想牽涉進去，所以才沒明說，只是把養身的方子告訴太后，希望太后能慢慢地清淨體內的餘毒。

可是，怎麼效果這麼明顯？

素顏的心裡在打突，但面上卻不顯。宮裡的女人，尤其是活到了太后這個歲數和地位的，沒一個是簡單的，她一個小世子夫人，還是本分點的好，不能摻和的，堅決不摻和。

太后見素顏眼中有異色，不由敲了下她的頭，道：「怎麼，不認得哀家了？瞧妳那傻樣子。」

只要是太后身體往好了去，她只為太后高興就好了。素顏忙收斂了心神，笑著對太后道：「我是在想，要不要叫您一聲姊姊呢，看著怎麼就和我差不多的歲數？」

「大膽，好個沒大沒小的丫頭。」太后聽了斥道，眼裡的笑意卻是更深了，拉住她的手道：「聽說，妳如今可是京城裡頭的名人了，成了大周第一才女？」

素顏聽了這話，一仰頭，高興地回道：「嗯，今天皇上特賞了我個頭名，太后，您也替我高興吧？」

素顏在太后面前，並不用謙稱和敬語，這樣說話的方式讓太后很是喜歡，又刮了下她的鼻尖道：「瞧妳那得意的模樣，嗯，是很替妳高興呢，妳這丫頭，膽子也夠大，竟然敢為天下士子之師，出題考校那群才子，真有妳的。」

素顏聽了，露出個無奈的表情，長嘆了一口氣道：「沒法子啊，一個好漢三個幫，相公想要做下一番事業，沒有人幫是不行的，他又不是天神，不可能一個人能治好淮河的，我這也是想給相公找幾個助力呀。」

「嗯，妳這樣做也是對的，不過，月盈則損，這個道理妳可要懂啊，要知道，咱們女人家，可以出些鋒頭，但鋒頭可不能蓋過了男人去。太過出類拔萃，妳會招人忌，也會招人恨，更會招來禍端啊，妳明白嗎？」太后語重心長地拍著素顏的手，真誠地說道。

「嗯，謝謝太后，我明白了。」素顏心中一凜。果然太后是覺得她鋒芒太露了，不過，方才太后的話說得還是很在理的，也是一片好意，她心裡還是感激。

「真是個好孩子，不過，妳到底是女兒家，兩淮清苦得很，就不要跟著紹兒一起去受那苦楚了，留在京裡頭，好生服侍妳的公婆，持好家吧，這才是女兒家的本分呢。」太后又笑咪咪地說道。

素顏聽得一震，抬了眼不解地看著太后。太后竟然連她一同去治河也不許嗎？那……豈不是半點機會也不給她，她不想平庸，天天守在方寸大天空下的深宅裡過日子，如果有機會一展才華又能救助老百姓，為什麼不抓住呢？就算她在治河上沒有專業的能力，但是，她可以去救治那些在災裡生病的百姓，可以出去行醫，那是她的本行，難道也要被剝奪了嗎？

「聽說那些個夫人們都喜歡妳做的包包，還有，護手霜之類的，妳這小沒良心的，怎麼也沒看帶兩樣好東西給哀家。」太后似乎根本不需要她的回答，又笑著說起了別的事情。

素顏一時還沒回過神來，正要回答，就聽外頭宮女來報。「稟太后，皇后娘娘求見。」

太后聽得微怔，抬了眼道：「請她進來。」

皇后娘娘人還未到，就聽得一陣格格笑聲。「母后，聽說您把我那最得意的姪媳婦給叫過來了，唉呀，那小沒良心的，也沒說要去看臣妾呢，臣妾可是要打她的小臉才好。」

話音剛落，皇后風姿卓絕地進了慈寧宮殿裡。「妳們娘兒倆說啥呢，臣妾也想聽聽，這小沒良心的可是在京裡頭待不了多少日子了，得跟著成紹那孩子一起去治河呢，想想就風光啊。」

太后聽得一震，眼裡閃過一道厲光，臉上笑意卻是不減，笑道：「皇后來得正好，來來來，妳也跟哀家一起整治下這孩子，竟然進了宮，也不來看咱們兩個，真是個小沒良心的。」

「可不是，上次進宮，就為著司徒氏的事，說完就跟皇上說了好一陣子，說什麼文治武功，又談什麼治河大事，一套一套的，真是聽著就讓人眼暈。這孩子，生為女兒身，卻是胸藏天下百姓，倒是個難得的人才呢，原來母后也是如此喜愛於她啊，臣妾聽了可真是由衷為她高興呢。」皇后笑得燦爛如花，聲音清脆中帶了一絲爽朗，又有一絲的率真。

太后聽了眉頭微挑，鼻間幾不可聞地冷哼一聲，笑容卻是可掬，對素顏道：「妳看妳這皇姑母，真真生怕哀家虐待於妳呢，好在哀家可是真心心疼妳、喜歡妳的，不然啊，還不知她會如何地怨恨哀家呢。」

太后這話說得有點過了，皇后的話雖是話裡話外有些擔心素顏的意思，但話面上還是客氣得很，但太后如此直白地說出來，就有些明槍真刀的感覺。

素顏聽得很不自在。她便是再遲鈍，也能聽得出太后與皇后很不太對盤，而且，兩人似乎為了自己是否跟著去治河意見不一致。不過，好在皇后娘娘還是站在自己這一邊的，不然，她還真是替葉成紹難過。

「太后自然是真心疼素顏的，不然皇后可是正說您心疼我呢，今天能得到兩位長輩的誇讚，素顏可真是太歡喜了，一會子真能吃上兩碗粥了。」

太后和皇后聽了這話，同時寵愛地瞋了她一眼，太后故意板了臉道：「不給，哀家就熬了那麼點，說了只給妳吃一碗就只一碗。」

皇后一聽這話，秀麗的黛眉輕蹙了一下，眼睛看向素顏，笑道：「母后，有好東西，可不能只給這丫頭一個人享用，也賞點給臣妾呢。」

太后聽了臉色便有些冷，看了皇后一眼，眼中似乎帶了一絲審視。「皇后也想吃？妳可是不常在哀家宮裡吃東西的。」

「母后平日裡可是疼貴妃姊姊多，臣妾也是怕母后您不太喜歡臣妾，便是過來坐了，也怕惹了您心裡不快，哪裡敢討東西吃？今兒不是搭了這素顏這孩子的福嗎？您可不能厚此薄彼啊。」

太后對皇后這突然的親近很不自在，身子不覺往素顏這邊靠了靠，而且聽皇后說起貴妃來，她眉頭皺了皺，聲音有些清冷。「貴妃如今都到冷宮裡去了，妳這會子還吃她的乾醋做甚？以前也就她不嫌哀家囉嗦，肯每天來陪陪哀家，唉，這人老了，可就是不得人喜歡了，總是怕小輩的嫌煩呢，難得貴妃那個直脾氣的人，受得了哀家這個脾氣呢。」

皇后聽了便一副驚惶的樣子，起了身就要給太后行禮。「母后可是折煞臣妾了，臣妾其實最是敬仰母后，只是……臣妾不如貴妃姊姊乖巧，怕這話不對母后的心思，所以才不敢多來打擾，倒是讓母后感覺寂寞了，不周之處，請母后責罰。」

太后的臉色這才緩了些，也不去扶皇后，只是淡淡地說道：「起吧，這粥原也是素顏這孩子送哀家的養身方子，哀家食用過一陣子後，感覺身子好多了，這孩子不過是向哀家撒個嬌罷了，這東西，她自個兒在府裡頭不知道吃過多少呢，哪裡就是欠了哀家這一口？」

皇后直起身來，神情似是鬆了一口氣，又坐到了太后身邊，笑道：「素顏這孩子倒是孝順的，竟然開了個好方子給母后您調養，難得她也是個多才多藝的，男人們的大事，她雖是知曉，但畢竟是個女子，去摻和倒也不太好，但她那一片為國為民的心可真是值得讚賞的，母后，就許了她跟隨成紹那孩子一同去兩淮吧。男人做的事，她不能做，但給當地的百姓看個病、救助些貧苦的病人，也是一件大功德啊，而且也更是為我們女子掙了面子，母后，您說是吧？」

皇后終於說到正題了，而且，她也是一副誠心誠意相求的語氣，話也說得直白，並沒有再繞彎子，倒讓太后覺得詫異，心裡卻是有些生怒。自己與素顏的話意都還沒落呢，皇后就得到了消息，這也傳得太快了點吧！皇后如今的手是越伸越長了，自己宮裡也敢派了暗哨來，哼，真以為有了皇上的寵愛，在這宮裡就可以隻手遮天了嗎？

皇后似乎看出太后的心思，忙又道：「剛才臣妾來時，正好聽到母后跟素顏的談話，只聽了一小截，但也聽出來母后對這孩子是真心喜歡。這孩子是個有志向的，母后，想當年，您也是大周朝裡有名的才女，文采出眾，寫出來的策論，連國子監的學子也難以比得上，好些個文華閣的大學士到如今都對您的文采讚不絕口呢，可惜您是女子，只能被困於這深宮內苑之中，一輩子看到的便只是這深牆高院。如果，當初也給您一片發展的天地，您也能做一番大事業出來。母后，難得再遇到與您當年能媲美的奇女子，您就給她一個施展才華的機會吧。」

太后聽了這話，心頭才鬆了些，雖不全信皇后的話，但也感覺這慈寧宮被自己經營了數十年，應該是密不透風了才是，皇后恭維的話讓她聽著心裡也高興，畢竟上了歲數的人，都是喜歡聽好話的，而且，太后年輕時，確實也和素顏一樣，有著大周第一才女之名，若說真沒有那一展才華的志向是假的，曾經她也想要離開深宅大院，如男子一般幹一番事業的衝勁，只是後來嫁入皇家，成日裡被陰謀詭計包圍，不得不打起十二分精神對付宮中其他女人的攻擊，早先那份志向已磨得消失殆盡了……

這一刻，太后似乎又回到了幾十年前。那時，自己也如素顏一樣風華正茂、意氣風發，可惜，女子終是不能參政，就算她後來貴為皇后、太后，才華和天分也被世俗和男人的權勢給壓得死死的……

「女子出仕終是不被世人所容，哀家這也是在幫她，這個世上原就如此。木秀於林，風必摧之，妳……便是只去行醫濟世，也是困難重重，便是哀家許了妳去，妳到了那兩淮之地，百姓雖是淳樸，但愚昧者居多，除非妳次次皆能妙手回春，不然偶有一次不慎，人們就會怪罪於妳，便是非妳之過所致之事，也會栽到妳的頭上，這就是身為女子的難處啊……」太后嘆息一聲，眼神悠長地看向殿外。紅牆碧瓦，有多少人的青春歲月都消耗在這金碧輝煌的墳墓裡，一時竟恍然怔住。

皇后和素顏兩人都沈默了，半晌都沒有說話。太后的話不無道理，皇后也是人中之鳳，豔麗風流，可那又如何？能嫁為帝王妻，母儀天下，已是女人中最尊貴者了，還能再奢求什麼？成日裡為了那不知道被分成了多少份的感情而努力，與無數個女人爭搶那個男人的一點憐愛和疼惜，費盡心力在眾多女人堆裡爭、鬥，鬥敗了一個，又來了一個，那個男人不斷找來敵手，讓妳永遠都不缺乏敵手，他含笑站在一旁看戲，等妳鬥完，再賞妳一絲所謂的情愛……

「太后，求您給素顏這個機會吧，素顏想走出大宅院，走到京城，想以女子之身，做一些有益於百姓的事情，也許，素顏不一定會功成名就，但努力過，素顏就不會遺憾。」素顏真誠地看著太后說道。

太后恍然，回過神來，喃喃道：「努力過，就不遺憾嗎？」

素顏靜靜地看著太后。她知道，太后需要時間來消化自己的話，以太后的睿智和精明，一定會明白自己的想法的。

果然太后又是一聲苦嘆，轉眼憐愛地看著素顏道：「妳若非要去，哀家也不好太過阻擋於妳，不過此次前去，只能以家眷身分，也不能隨便拋頭露面，便是濟世行醫，也要以男子之名。大周朝禮義之邦，綱常倫紀不能因妳一人而廢，該守的規矩，妳一樣也不能犯了，否則，別怪哀家不講情面。」後面的話，說得語氣比較重。

素顏心頭一陣失落，鼻間也有些發酸。原來，不管如何努力，這個世道終是不肯給女子一方自由呼吸的天空……神情不由黯淡了下來。

太后已經退了一步了，看素顏仍是一副失意落寞的樣子，便搖了搖頭，對一旁的宮女道：「去端了粥來，請皇后和葉夫人陪哀家一起用點。」

那宮女聽了便看向太后小几子上的那一碗粥。先前素顏來時，那碗粥正熱氣騰騰，此時已然涼了，自然不能再吃，那宮女便想要撤下那一碗涼粥，剛彎了腰去端碗，太后微抬了眸瞟了她一眼，那宮女身子一瑟縮，忙收回手，直接去了後殿。

一切，正好落在皇后的眼裡。皇后心中一陣冷笑，面上半點不顯，仍是附和太后的話勸素顏。「母后也是為了妳好，去了那邊，妳只管好生照顧著成紹的起居飲食，那些個修河築堤的大事，就由得男人們在外頭操心去，妳做好妳的世子夫人就成了。」

太后和皇后都如此說了，素顏也只能應下。不過，她心裡也有計劃，俗話說，將在外，君命有所不受，那便是上有政策、下有對策，先出得了京城這個牢籠再說也好。

一會子，宮女端了五黑籽粥來，滿室香氣更濃了，皇后那雙豔麗的眸子都睜大了少許，含笑看著那碗裡黑糊糊、卻濃稠綿軟的粥品，也露出一絲歡快。太后見了不覺好笑。「都是幾十歲的人了，怎麼還同一個孩子似的，見了好吃的東西就挪不開眼。」

皇后嬌嗔一笑。「母后這粥也燉得太好了，平平凡凡的幾種東西，愣是讓您給整出仙味來，臣妾聞著就流口水呢。」

宮女將粥品奉上，素顏和皇后都端起碗來，而太后卻是端了身邊那碗放涼了的，優雅地吃了一口道：「這兩日生了火，太熱的吃不得，倒就想吃些清涼的。」

又閒說了些話，太后有些懶懶的，皇后和素顏便告辭出來。

第一百一十二章

皇后出了慈寧宮，便一路行色匆匆，疾步而行。她雖未明言，但素顏知道她與自己還有話要說，便也默然無語地緊隨其後。

一到了坤寧宮，皇后便扯了素顏往後殿而去，聲音急切嚴肅。「摳出來。」話音剛落，她竟自行伸了手到喉嚨裡摳，隨即便大嘔大吐了起來。素顏看著震驚，卻也不敢怠慢，忙有樣學樣地將方才吃下去的一碗粥吐了出來。

皇后命人拿了清水給素顏漱口，這才扶著腰，全身像是失了力氣一般，軟軟地走回到內殿裡。素顏也是被方才的一頓猛吐弄得眼淚都出來了，但她在皇后面前要比在太后面前拘謹得多，皇后的話她不敢反駁。再者，她也覺得皇后並不會害自己，少了一分防範之心，便對皇后的話並無懷疑，老實照做便好。

皇后揮退了一干宮女。青竹一直是跟在素顏身邊的，但慈寧宮內殿和坤寧宮內殿她都進不來，便留在宮外守候。

內殿裡，便只剩下皇后和素顏。素顏緩了緩神，忍不住對皇后道：「娘娘，臣婦覺得太后不會在粥裡下毒。」這是一種直覺，她也說不明白為什麼，並不是覺得太后就是良善的人，而是感覺她一定不會在這一次的吃食裡加料。

「我不知道，但這是一種習慣。在宮裡頭，除非是妳非常信任的人，不然絕不要亂吃任何其他宮裡的東西，而且我要查的，並非是我們吃的粥裡是否加料，而是太后的粥裡是否加了料。」皇后深深地看了素顏一眼，對她的單純有點恨鐵不成鋼的意思。

素顏聽得一震，心頭一動，衝口就問道：「太后的粥裡，怕是加了解毒的藥吧？」

這話一出，皇后的眼光更加幽深了，定定地盯著素顏看了好一會子，眸光微有些凌厲，卻並無責怪。好半晌，她才悠悠地說道：「妳也看出來了？」

「是的，臣婦上回來宮裡時，給太后把過脈，感覺太后體內有毒……娘娘您……」素顏聽了這話更是震驚，她很不願意相信，又不得不懷疑，所以，問出的話還是有些遲疑。

皇后苦笑了聲，委屈地坐在了軟榻上，淒然而落寞地說道：「在這宮裡，又有誰敢對她下毒？除了她自己，再無一人可能。」

素顏聽得心頭劇震，更是不解。不過，想來皇后的話應該並無虛假，太后看似和藹可親，但能在這深宮裡爬到頂端，沒點手腕和謀算是不可能的。她年輕時便是才女，無處施展抱負後，便把滿腔的才智全都用在了宮中傾軋攻擊、爭權奪勢上去了吧，葉成紹的處境，怕是大半由太后主導的吧……

一時又覺得手腳冰涼，眼中浮出淚意。她對太后的感情很是複雜，那種出自內心的親近感很不願意相信太后是那心思歹毒，在背後陰謀害人的人，可是，現實卻是殘酷得很，由不得她幼稚和任性，不然行差踏錯一步，便有可能墜入萬劫不復的深淵。

「可是，為什麼？為什麼她要給自己下毒？」素顏百思不得其解。

「自然是要控制我。她怎麼能容許我在宮中坐大？」皇后臉上的落寞只是一閃而過，如今又浮現出嬌媚的笑意，眼裡還露出一絲譏笑。

素顏聽了沈默無語，這些宮廷裡的爭鬥不是她這個現代穿過來的平凡小女子能摻和得了的，而且太后的這種行為，定然也是起到了作用，不然，太后也不會真的以身犯險，對她自己下毒了。只是如今又突然借素顏自己所列的五黑籽粥來解毒，怕是又別有深意了，到底是要抬自己的聲譽還是另有原因，現在她也無從得知。

「娘娘，您在宮裡還是小心些吧。」素顏只能乾巴巴地勸皇后，她著實也不知道要說什麼好。

皇后卻是突然一把抓住了素顏的手。皇后的十指瘦長，柔軟卻冰涼，攥得素顏的手生痛。「這一次是紹兒難得的機會，妳一定要幫他，這是邁向成功的很特殊的一步，若是敗了，他將再難有機會了，妳……一定要幫他。」皇后的聲音急切中微帶了一絲顫抖，眼神很是凌厲，將眼中原有的豔光一抹而淨。

「娘娘，臣婦自然會盡全力輔佐相公。女子以夫為天，今生臣婦已經嫁與他為妻，他的理想和目標，自然也是素顏的。」素顏說了一句實話，卻又是最模稜兩可的實話。

皇后聽了臉色稍好，終於鬆了素顏的手，卻是挑了眉道：「太后自然不想讓紹兒太過成功，怕他的聲望蓋過那兩位去，她想要正統……呵呵，真是好笑。」

皇后又恢復了嬌俏的模樣，懶懶地往軟榻一靠，如此天姿國色，只怕是個男人見了也難抵擋她的風姿，能統管後宮這麼些年，果然是天生尤物。

「太后突然自己清毒，可是對娘娘您放鬆了戒備？」素顏對太后的行為仍是很難理解，即使是要控制皇后，也不能自殘啊。

「這一招已經沒什麼用處了，那毒在身體裡留得久了，自然也怕傷身，她不過是想讓皇上對本宮存了怨恨罷了。自她中毒起，各種證據都指向本宮，連皇上都不得不相信，可是，皇上又捨不得本宮……哈哈，她就是喜歡玩這一招，以親情來打動皇上，讓皇上對她生了愧意，好牽制於本宮……」皇后見素顏應了她的話，心情也變得愉悅了些，還真將宮裡的秘事說了出來。

「不過，她似乎是真的很喜歡妳，不然，也不會把這功勞白白送妳了，只可惜，妳嫁了成紹，她又不得不對妳防範，生怕妳的名聲過盛，蓋過其他人，以妳現在的聲望，便是……」皇后說到此處，便又頓了下來，沒有繼續往下說。

素顏聽得默然。怪不得，朝臣提議授予自己官職時，太后的人去得那麼巧，讓那件事情不了了之。她不由得又嘆了口氣，同是女人，何必彼此為難？

皇后也向素顏討要養顏的方子，素顏微微一笑道：「娘娘已經國色天香了，再美下去，可真成了天上仙女了，您現在最需要的是保養……」說到一半，她忽然靈機一動，改了主意道：「娘娘，不若臣婦做一些保養的乳露來給您用用，您要是用得好，可要多多獎賞臣婦喔。」

皇后聽得一怔，半晌那雙豔麗的眸子裡露出一絲狡黠，直起身坐起來，對素顏眨了眨眼道：「妳這小東西，可是又想到什麼法子了？」

「嗯，臣婦想賺錢呢，如今京裡的胭脂鋪子也不少，但新品卻不多，出的新品美膚的效果也並不太好。臣婦學過醫術，在這方面頗有研究，若是相公想要成大事，財力是最不能少的，所以……」素顏說到此處，便故意停下觀察皇后的臉色。她不想葉成紹做皇帝，但賺點錢，她卻是很樂意的，要是能遠離各種紛爭，到一個山明水秀之處過上富家翁的生活，那是多麼快意的事情啊。

果然，她的話引得皇后的眼睛一亮，神情也激動了起來。「妳是說，想與內務府合作……做那胭脂水粉的生意嗎？」

「大可不必與內務府合作，那樣的話，會引起太后和貴妃娘娘的注意，如果讓她們知道臣婦賺了大錢，只怕會從中作梗，不若臣婦暗中做了脂粉和護膚品出來，娘娘用著，在宮妃裡宣傳宣傳就是。以娘娘如今的地位和娘娘的美貌，那些宮妃們定然紛紛仿效，有您帶了頭，全京城的貴婦們怕是都會跟著來，這種銷售定然是海量的。臣妾在外頭的鋪面也不會設得很大，以免引人注目，只要有錢賺就行了，不用太過張揚。」素顏笑著對皇后道，正好利用皇后想讓葉成紹上位的心思，只要是對葉成紹成功有利的，皇后定然會傾力相助。

果然，皇后美豔的雙眸裡閃出光輝，笑著直點頭，還不忘連連說道：「當初紹兒鬧著非要娶妳，我還真沒看出妳有何特別之處，如今看來，那小子還真是有眼光呢。」一副喜不自勝的樣子。皇后在宮裡頭雖然也存下不少錢財，可以供給葉成紹，但那畢竟不夠，素顏這條生財之道才是財源啊，有了財力支撐，不怕大事不成。

「喔，這裡有個東西給妳，妳拿了去。在城東，本宮也有家胭脂水粉鋪子，鋪子裡的東西雖然沒妳的好，但是，那裡有幾個經驗豐富的手藝人，倒是應該能幫上妳的忙。嗯，要獨家經營才能賺大錢，以前本宮的那鋪子裡的東西，也是好久沒有出過新品了，如今，那些賤蹄子們也有了各自的心思，生意不如以前了……那鋪子，本宮就送與妳吧，相信妳能幫紹兒賺不少錢的。」皇后隨即親自到內殿拿了個玉牌來遞給素顏，笑道：「算是皇姑母對你們新婚的賀禮了。」

自坤寧宮出來，素顏心事沈重。這一天來發生的事情太多了，以後的路，究竟要如何走，她有些茫然了。皇上對葉成紹的態度不明，太后是明著打壓，而皇后的期望又讓她覺得沈重而壓抑……這一刻，她希望能快些見到葉成紹便好，不管走哪條路，都需要夫妻同心才行。

青竹默默地跟在她身後，見她臉上並無笑意，也小心了起來。兩人快行至內宮出口時，素顏突然一陣頭昏目眩，心中急悶難受，像是有什麼卡住了喉嚨一般，渾身虛汗淋漓，頓時，身子直直向後倒去。

青竹急急抱著素顏出了宮，好在玄武門外便看到了藍家三小姐素麗和府裡的二小姐、三小姐，她不由大喜，向她們直奔而去。

文靜和文嫻兩個因為今天大哥大嫂大出了鋒頭，心裡也是美滋滋的。在壽王府時，身邊的一眾夫人、小姐們就都用羨慕的眼光看她們，以前不願與她們交好的幾個也往她們跟前湊了，這兩丫頭今天被人捧得暈乎乎的，心裡頭得意得很，出了壽王府也不肯回家，非要在玄武門外等，足足等了好幾個時辰呢。

心裡正美著，卻不想，眼前的一幕讓她們震驚得無以復加。素麗是太過關心素顏，才乾脆與寧伯侯府的幾個小姐一塊兒等大姊，這會子見到素顏面色蒼白，緊閉著雙眼，眼淚立即就出來了，第一個就迎了上去。

「怎麼會這樣？大姊、大姊，妳怎麼了？」素麗嚇得快要哭了出來。今天的大姊太與眾不同了，鋒芒大露，她心裡便很是不寧，既為姊姊高興又為她擔心。她是艱苦中熬過來的，雖是年紀小，對很多事情卻是比常人看得遠一些、更透一些。果然，她的擔心真的成了現實，這教她如何不傷心、不憤怒？大姊肯定是被人害了！

文靜和文嫻兩個直接嚇呆了，怔在馬車旁不知如何是好。青竹也懶得管她們，抱了素顏就往馬車裡塞，素麗忙也跟上馬車，伸手去探素顏的脈，大急道：「不行，大姊怕是不能受顛，她的心脈很弱啊！」

素麗急得大哭。長這麼大，她第一次覺得好生惶恐。她在藍家過得辛苦，自小便飽受風霜，唯一的親人三姨娘又是個老實本分的，自己大了些，還要靠自己維護她。姊妹裡，不是欺負便是攻訐，唯有這個大姊是真心疼她，處處維護她，如今眼見著大姊名聲鼎盛，成為了大周第一才女，她的身分也跟著水漲船高，卻是……

文靜和文嫻兩個也是嚇傻了，好半晌才回過神來，對素麗道：「藍三姑娘，哭也不是辦法，我們這就著人回去請大哥來，妳好好看著大嫂。」

素麗點了點頭。大姊夫還是有些本事的，這點她清楚得很。

好在邊上還有一輛素麗先頭乘來的馬車，文靜和文嫻兩個也顧不得這許多，坐上馬車便讓馬伕以最快的速度往前趕。

素麗獨自一人抱著素顏，心中惶惶不安，不停地小聲在素顏的耳邊喚著。「大姊，妳可不要有事啊，好不容易才得了今天的幸福，妳千萬不能放棄，不能放棄啊……」

正哭得傷心，馬車外傳來一聲清冷的問候。「是藍家三姑娘在馬車裡嗎？」

素麗聽得一顫，這個聲音讓她好一陣心慌，忙收了淚，臉突然就有些紅了，掀了簾子道：「正是，是……」雖然猜出來一點，但少女的矜持讓她不好確認。

「本王剛才路過，聽得馬車裡好一陣哭聲，不知三姑娘出了何事如此傷心？」二皇子修長的身子立在馬車邊，偉岸如青松一般，素麗聽得一怔，眼睛一亮，放下素顏便對二皇子道：「您……您是王爺嗎？求您救救我大姊，她突然暈過去了……」

二皇子聽得眼一沈，也顧不得男女大防，掀了門簾子看向馬車內，果然看到素顏面如金紙、呼吸微弱，便要伸手來探，素麗卻是輕輕一擋，小聲道：「王爺……」語氣裡帶了一絲戒備。

「本王略懂武功，想給葉夫人探探脈。」二皇子真誠地說道。

素麗一聽，忙拿了自己的帕子搭在素顏的手腕上，讓二皇子探脈。二皇子抬了眼，清清冷冷地看了素麗一眼，素麗心頭一顫，忙垂頭不敢看他。

二皇子探完脈後，臉色劇變，衝口道：「葉夫人怕是身中劇毒，若不快些解毒，只怕生命危險。」

素麗聽得大急，納頭就向二皇子拜去。「求王爺救救大姊，求求您了！」

二皇子聽了也不遲疑，長臂一伸，便要去抱起素顏，素麗大驚，忙攔下道：「王爺，雖說事急從權，但男女大防必須要守。而且此處仍是禁宮外，並未出紫禁城，以王爺的腳力，應該能立刻幫大姊找來救助之人或藥才是。」

二皇子聽得一滯，不由深深地看了素麗一眼。他怎麼也沒有想到這個對他似是有情的小姑娘做事如此沈穩有度，眉頭一揚，沈了聲道：「本王腳力雖好，但一去一回，定然浪費時間，妳就不怕耽誤了妳大姊的救治？」

素麗大眼一轉，卻是堅決地說道：「對不起，王爺，女子名聲比生命更重要，此處又是皇家紫禁城，您若抱了大姊出去，必定會引起非議，大姊若是清醒，定然不肯，臣女也不敢忤了大姊之意。」

二皇子聽得眼中寒芒一閃，有些懊惱，再一次伸手想要將素顏抱起，素麗小小的身子堅定地伏在素顏身上，嚴聲說道：「謝王爺好意，請王爺自重。」

二皇子聽得只想要跺腳，但他究竟是性子深沈之人，很快便恢復了臉色，嘆口氣對素麗道：「妳倒是個沈穩懂事的，藍家的姑娘果然與眾不同，本王佩服。」說著，自懷裡取出一個瓷瓶來，倒了一粒藥丸遞給素麗道：「這是解毒丹，三姑娘且先給葉夫人服下，可以讓她身上的毒緩上一緩。」

素麗聽得大喜，忙接過來，謝過二皇子，便要給素顏服下，此時，便聽得外頭有人說話。「下官給王爺請安，不知王爺在此為何？」

素麗一聽又是男聲，忙要拉下車簾子，但一抬眸，便看到一雙溫暖又清澈的眼睛。這雙眼睛也太讓她熟悉了，這廝在臺上彈琴，竟然死盯著她看，讓她被一眾的姑娘小姐們嘻笑諷刺，好不討厭。

正要拂落車簾子，就見郁三公子上前一步，大驚道：「那不是葉夫人嗎？怎麼……怎麼病了？」

素麗懶得理他，將簾子重重放下，但郁三公子卻是一個箭步竄過來，掀起了簾子，一看素顏果然面色難看。半個時辰前還是好好的人，怎麼會……他也不是笨人，又是官家子弟出身，葉夫人最後可是被太后召入內宮了，出來便是這般模樣，用腳趾頭想也知道可能發生了什麼事，這會子再看二皇子立在馬車前，便更起了疑心，忙上前來探看。

素麗見郁三公子冒冒失失地就掀了簾子，那副模樣像是也要去探大姊的脈似的，衝口便沒好話。「郁公子請自重。如今可真是有趣了，怎麼誰都會診脈，要都如此，全京城裡的大夫怕是都要停業轉行去了。」

郁三公子聽她如此一說，也覺得自己無狀了，吶吶地收回了手，眼一抬，看到素麗手裡正拿了顆藥丸要給素顏服下，他眼疾手快地一把搶過，將那藥丸一掰，竟是丟了半顆到自己嘴裡吞了下去。

素麗猝不及防被他搶了藥去，本要大怒，再看他渾然不顧地將藥吞下去一半，立即目瞪口呆。這人……不怕有毒嗎？真是個……笨蛋。

二皇子也被郁三公子這一連串的動作弄得驚詫莫名，又好生惱火，沈聲對郁三公子道：「郁公子何意？那可是本王的解毒丹，你以為，本王會害葉夫人不成？」

郁三公子吃下半粒藥丸後，臉色如常，仍是一副斯文儒雅的樣子，聽二皇子如此一說，忙不好意思地拱手。「下官可不知道是王爺的藥，唉呀，葉夫人看樣子是中毒了，就怕不對症，亂吃藥怕是有不良作用，下官先試試這藥性也是好的，得罪之處，王爺海涵。」

二皇子氣得直瞪眼，又自瓶中倒了一粒藥來，遞給素麗。郁三公子卻是適時的「哎喲」了一聲，眉頭突然皺了起來，捂著肚子就喊痛，素麗聽得心驚膽顫，懷疑地看向二皇子。

二皇子這會子真想一腳將郁三公子踢到城門外去就好，這廝分明就是在裝，他的解毒丹可是名副其實的，吃了哪裡會肚子痛？再說了，才不過半刻，那藥怕是都沒化，怎麼可能這麼快就有了反應？

可是，現在藍家三姑娘已經明顯不相信他了，這讓他好不著惱，狠狠瞪了郁三公子一眼，柔聲對素麗道：「此丹乃是太醫院配的常用解毒之藥，姑娘可以看這瓶口的標記，本王犯不著要害葉夫人的。不信，本王也可以試一粒給妳看。」

素麗聽了仍是警惕地看著他，二皇子無奈，真的倒了一粒到自己口裡，素麗倒是有些不好意思了。人家可是皇子啊，竟然肯為大姊試藥，心裡又泛起了絲絲漣漪，接過二皇子手裡的瓶子，再次誠心道了謝，倒了一粒藥，想要餵素顏服下。

誰知，郁三公子此時竟是大叫一聲。「王爺，那邊好像是世子爺來了。」

二皇子聽得眉頭一皺，轉過頭看向另一面，素麗也是大喜。大姊夫來了，大姊就會有救了，大姊夫身上可是有不少好藥呢。

她不由也透過窗子往外看去，這時，郁三公子卻是偷偷向素顏的嘴裡塞了一個東西，然後，又迅速退後了一步。這一切做得太快，便是素麗也沒有發現。

二皇子轉過頭，只看到一人一馬飛馳而來，定睛看去，卻不是葉成紹，不由轉頭瞪了郁三公子一眼。素麗也是好生失望，也跟著瞪了郁三公子一眼。這廝還真是麻煩，沒事亂叫什麼？害她白高興一場。

垂眸去看素顏，卻見素顏的呼吸似是平穩了一些，臉色也稍緩，不由大喜，忙伸了手去探素顏的脈，感覺仍是微弱，卻比先前強勁了些許，眸中淚如泉湧，哽聲道：「大姊，妳可一定要堅持住啊……」

素顏仍是死氣沈沈的，郁三公子有些緊張地看著車上的素顏，二皇子卻是催促素麗道：「快些給葉夫人服了解毒丹吧。」

素麗點了頭，捏了一粒丹藥往素顏嘴裡放，赫然發現素顏的嘴裡似乎含著一粒藥，不由大驚，正要驚呼出來，一抬眼，卻看見郁三公子眼裡似有警告，她不由生生地將那聲驚呼給嚥了回去，半信半疑地將藥丸拿在手裡，作勢餵了素顏。

二皇子見素顏終於服了藥，這才像是鬆了一口氣，對素麗道：「藍三姑娘既然不肯讓本王獨送葉夫人去太醫院，那本王便陪了姑娘一同坐馬車去吧。」

素麗沒有回答，而是小手藏在廣袖裡，暗暗探著素顏的脈象，果然見素顏的脈象有了起色，這才安心了很多，不由抬了眼，深深地看了郁三公子一眼。

這時，玄武門裡，一隊宮女和太監簇擁著皇后儀仗急急而來。

素麗不由皺了眉，大姊突然在宮裡中毒，怕是與太后脫不得關係呢，但願皇后能救大姊。

第一百一十三章

二皇子一見皇后來了，眼神一沈，忙大步向前，單膝跪地向皇后行禮。皇后見二皇子也在，不由怔了怔，抬了手道：「起吧，皇兒怎麼也在此處？」

二皇子立起身來，殷勤地上前扶住皇后，邊走邊說道：「回母后的話，兒臣是恰好路過，正從宮裡頭出來回府去的，聽到葉夫人之妹在馬車中哭泣才過來看的。葉夫人似是中了劇毒，兒子已經給她服了解毒丹，但只能暫時控制毒性，還是得立即著太醫救助才是，不然，怕是……」

後面的話二皇子沒敢繼續往下說，因為皇后的臉色黑如鍋底，原本豔光四射的嬌容蒙上了一層怒色，看得出皇后很震怒，也很關心藍素顏。

「已經給她服了解毒丹嗎？那就好。」皇后聽了二皇子的話，微鬆了一口氣，秀氣的黛眉卻是蹙得更緊了。

正走著，郁三公子也躬身過來，跪了下來給皇后行禮。皇后並不認識他，也沒時間管他是誰，抬了抬手讓郁三公子起身，便匆匆往前頭去。

素麗這會子也下了馬車，跪在馬車前，等皇后到了跟前，三呼千歲，皇后倒是多看了她一眼，問道：「妳是素顏的妹妹？」

素麗不敢抬頭，低了頭回道：「回皇后娘娘的話，臣女是葉夫人的三妹藍素麗。」

皇后聽了便道：「妳姊姊吃了二皇子的藥，可有好轉了？」

素麗聽得微震，偷偷抬眼瞧了二皇子一眼，見他一臉的坦然自若，眉頭幾不可見地便皺了皺，卻是回道：「回娘娘的話，大姊如今比剛一開始確實好少許，但仍在昏迷。」

卻是既沒有否認是二皇子的藥起了作用，也沒有肯定。

皇后聽得心頭一顫，忙向前幾步就要撩馬車車簾，一旁的二皇子正要伸手幫皇后掀車門簾子，皇后卻是轉了頭，淡淡地看了二皇子一眼，二皇子頓時將手縮了回去，垂在身側，一旁的宮人這才上前拉開車簾。

馬車裡，素顏靜靜躺著，身子微微蜷縮著，兩道秀氣的眉痛苦地緊蹙著，臉色蒼白如紙。看著那張清麗的、沒有了生氣的小臉，皇后眼中浮出淚意。「太醫，立即上前診治。」

皇后的聲音微顫，帶著憤怒和一絲的後怕，靜靜退到了一邊去。

皇后身邊的貼身宮女便先上了馬車，將素顏的手自馬車裡拿到邊上來，陳太醫揹著個藥箱子急急地走了過來，伸出三根手指輕搭在素顏的腕脈上，凝神探脈。越探，他的眉頭皺得越緊，皇后在一旁看著，眉頭也跟著緊蹙，眉心都快要打成結了，眼眸凝黑，但這會子她也知道不能打擾太醫，只能乾著急地站著。

良久，陳太醫才鬆了手，急急去翻藥箱子，卻是鬆了一口氣道：「萬幸啊，葉夫人服了一劑百毒靈，那是藥仙谷的解毒靈藥，一粒難求啊，沒想到葉夫人倒是有福緣，服了一粒靈藥，不出三個時辰，她就會醒來的。」

皇后聽了臉色稍霽，急切地問道：「那她無性命之憂了吧？」

「回皇后娘娘的話，下官再給葉夫人施上幾針，將毒素導出心脈，性命之憂是沒有了，只是，葉夫人所中之毒極是傷身，恐怕她要在家多多休養些時日了。」陳太醫躬身回道。

皇后聽得一滯，眼神變得更加凌厲了，一雙纖長的素手在廣袖裡緊握成拳，微微顫抖著，但她似在極力隱忍，又似忍不住，嬌柔的身子微微靠向馬車壁。

素麗聽了陳太醫的話，長吁一口氣，大而靈動的雙眼裡立即水霧瀰漫，忍不住縮著鼻子，輕輕抽泣，小臉上卻是露出一絲驚喜，抬了眸，淚眼朦朧地看向被擠在人群外的郁三公子，微微向他頷首，眼裡全是感激之色。

郁三公子見素麗含淚看過來，神情嬌弱又楚楚可憐，還滿是感激，他稍顯蒼白的臉上立即漫上了一層紅，眼神躲閃著，竟是羞澀地不敢再看素麗。

剛才不是還很會作怪嗎？怎麼一下子又害羞了？素麗看著郁三公子那莫名的紅臉，不由被自己的淚水給嗆住。這廝還真是個怪物，上午比賽時，當著一眾觀眾的面，他可是大膽得很呢，明明就是個登徒子，這會子又……又像個毛頭小子了……

素麗原本的感激在郁三公子的羞澀下立即消散，等郁三公子抬眼再偷瞧素麗時，立即得了她一記大白眼，一時又怔住，不解地摸了摸自己的後腦勺。真不知道不過眨眼的工夫，又哪裡得罪藍三姑娘了？

皇后深吸了一口氣，轉過頭來，對二皇子點了點頭，說道：「皇兒，此事多謝你了，只是不知你這藥自何處而來？據本宮所知，那藥仙谷最是神秘，只聞其名，不知其真正所在地是哪裡，聽說藥仙谷的人行跡也很是難尋，除非機緣巧合，一般是很難碰到藥仙谷之人的，沒想到皇兒你倒是個有緣人了。」

二皇子在聽到陳太醫說到百毒靈時，就怔愣住了。他清楚記得，自己給素麗的只是太醫院常配的那種解毒丹，哪裡是什麼百毒靈？先前探素顏的脈搏時，她的氣息很弱，應該不可能服過解毒之藥的，怎麼可能會……

他不由也看向郁三公子，並沒有正面回答皇后的話。郁三公子卻是正皺著眉頭，一副很苦惱的樣子，見二皇子看過來，他很無辜地看向了素麗。

二皇子眉頭一皺，嘴角輕扯了一下，眼光立即變得更加冷峻凌厲，如寒芒一樣刺向素麗。素麗被他看得莫名其妙，轉眸一看郁三公子，立即明白這廝在「栽贓」——呃，也不能說是栽贓，只能說是轉移目標，不由更是氣了，小嘴一張，正要說什麼，郁三公子的眼裡立即露出一絲乞求，她心頭一震，到底感激他出手救了自家大姊，沒有戳穿他。

先前二皇子和素麗都沒有看到郁三公子如何靠近素顏，二皇子一時雖也懷疑，卻也拿不準。

而且，郁三公子是個人才，二皇子私心裡還是想要拉攏他父子的，再說，眼前的藍三姑娘看著嬌小可愛，一副天真無邪的樣子，內裡卻是沈穩有主見，也不能排除那藥其實是藍三姑娘餵給素顏的。可是，以她先前的悲痛程度，真有藥，又何必那般著慌悽惶？一時，二皇子也糊塗了，不知道那藥仙谷的藥是出自何人之手。

他心頭記下此事，只等眼前事過完後，再去細查。藥仙谷……那是個神秘莫測，如仙境一般存在的好地方，如果自己手裡能掌得有藥仙谷的資源，那麼……

陳太醫給素顏連施了幾針，眼見著素顏的面色緩和了許多，肌膚不似先前的蒼白，透出一絲的血氣，好半晌，陳太醫鬆了一口氣，收了針，擦了額上的汗對皇后娘娘道：「娘娘，可以將葉夫人移動了。」

素麗聽了忙跪到皇后面前，哽聲道：「臣女謝娘娘對大姊的救命之恩，請容臣女將大姊送回寧伯侯府吧，世子爺應該有法子幫大姊清毒的，娘娘千金之軀不宜離宮太久，風寒料峭，臣女惶恐，娘娘一定要保重鳳體。」

皇后見是素顏親妹妹送她回府，也算放心了些，便看了素麗一眼，向步輦走去。

二皇子和顏悅色地親自去扶素麗。「三妹妹，地上涼，傷了風寒可不好。」語氣裡透著一絲的關切和溫和，俯近素麗時，清冷俊美的臉上竟是微帶了一絲笑容。黃昏的陽光灑在他的側臉，像是鍍了一層淡淡的金粉，更添了幾分陽剛之氣，素麗的心又微微顫動了一下，一抬眼，眼睛就撞進一個深淵之中，幽深不見底，彷彿要將她的神魂也一併帶進去似的。

她不由半癡，深陷那眼神之中不能自拔，耳旁便傳來一聲清喝，就聽郁三公子怪聲道：「唉呀，好像葉夫人動了，真的，她的手動了一下呢！」

素麗立即回神，欣喜若狂，起身便向馬車衝去。素顏還是那個姿勢躺著，哪有動過？她腦子一激，立即明白那廝的意思，頓時面紅耳赤，回頭瞋了郁三公子一眼，嘴裡卻也跟著道：「呃……手確實是動了，不細看，還發覺不了呢。」

二皇子臉色有些發僵，但很快便恢復了一貫的清冷，抬眸看了素顏一眼道：「既然葉夫人已無大礙，那本王便有事先走了，三妹妹可一定要照顧好葉夫人。」

素麗垂頭向他行了一禮，輕聲謝過。二皇子大步流星地走了。素麗有些發怔，微揚了下巴看著那遠離的背影，心情怪怪的，卻不似以往那樣落寞。

「已經走遠了。」郁三公子走近素麗，在離她三尺遠的地方站住，眼光柔柔的，卻帶了一絲的擔憂。

這話卻說得討厭，素麗一聽，便抬眸又瞪了他一眼，氣呼呼地走回馬車。正要上車時，又回過頭來，沒好氣地說道：「今日多謝公子相助，小女子回府定當報與父母和姊夫，想來姊夫一定會厚謝於公子的。」話意雖是客氣，語氣卻並不善。

郁三公子不由得一聲苦笑，摸了摸後腦勺，似是很隨意地說道：「若先前聽得是寧伯侯世子在車中痛哭，在下定然是捨不得那顆靈藥的，唉呀呀，本公子就是見不得小女孩哭傷心鼻子，如今想來，失了好藥，沒得到美人垂青，卻換回個大男人的回報，真是不值呢。」

正要上馬車的素麗聽了氣得直跺腳，轉頭又要罵，青竹卻已然上了馬車，她探了素顏的脈，果然脈象穩定了許多，在素麗開口之際對郁三公子一抱拳道：「公子大恩，奴婢先替夫人謝過，他日定當與夫人登門致謝。」

郁三公子不過想要氣氣素麗，這會子聽青竹說得嚴肅，倒有些不好意思了，忙也拱了手道：「不過舉手之勞，葉夫人也算得上在下的半個恩師，能救到她是在下的榮幸，姑娘言重了。」

素麗聽了直撇嘴，見青竹還待要說什麼，便將她的手拂了回去道：「人家是君子，路見小女子傷心，俠義心腸頓起，君之施恩，豈能求報？走吧走吧，人家不稀罕呢。」

青竹聽了便有些忍笑。三姑娘和這郁三公子看著在吵鬧、不對盤，不過這眉眼間，卻有那麼點意思呢，自家大少奶奶先前與郁夫人可是嘀咕了好一陣子，便是想將三姑娘與這郁三公子撮合了，如今看來，怕是大少奶奶不操心，這兩人也很有可能啊，只是這會子，三姑娘怕還不知道自己的心意呢。

果然就聽郁三公子懶懶地回道：「誰說本公子不稀罕呢，我稀罕得緊，可人家謝得不情不願的，我也沒法子啊，總不能一個大男人，還強逼著一個小丫頭來感恩戴德吧？唉呀，如今可真是世風日下、人心不古啊，明明是幫了人，人家偏生還要對你橫眉冷對，妳說，這老天爺是不是太不公了呢？」一番捶胸頓足的樣子，略顯蒼白的臉頰上卻是泛起兩片紅暈，一雙溫暖清澈的眸子裡露出狡黠和寵溺之色。

素麗一聽，差點氣炸了。哪裡見過這樣的，施了恩就施了恩吧，謝也道過幾回了，這廝偏還不依不饒了，若是不明真相的人聽見，還當自家姊妹如何不懂世事呢，再看那廝一副受了多大委屈的樣子，不由怒道：「你……最多，回去讓姊夫賠你一粒藥丸便是，沒見過這樣的，以後再有什麼事，可不敢讓他幫忙了。青竹姑娘，咱們走，本姑娘再也不想看見這樣的人。」

青竹憋著笑聽郁三公子和素麗吵嘴。平素沈穩大氣的素麗在郁三公子面前，簡直就變了一個人，暴躁而易怒，以前那少年老成的模樣消失殆盡，如今還真像一個十四、五歲的小姑娘，嬌俏又可愛。

馬車開動，車輪轆轆而去，郁三公子仍是含笑看著那遠去的馬車，他身邊的小廝卻是苦著臉走過來。「公子，你把救命的藥都給了人了，你的病……若是發作了怎麼辦？」

郁三公子回頭淡淡地看了他一眼，渾不在意地說道：「老毛病了，也不差這一顆藥，忍一忍就挨過了。」

那小廝屁顛顛地跟在他身後，卻是碎碎唸。「真不知道那藍三姑娘有什麼好，公子躲在這裡等了她好幾個時辰，又把救命的藥也給了她，偏生她還不知好歹，一句好言也沒有，一會子回去，夫人要是知道公子的藥沒了，不定又要如何責罵奴才呢……」

郁三公子似是聽慣了他的嘮叨，瀟灑地上了馬車，見他還在唸，便閒適地向後靠在馬車上，閉目養神，像沒聽見一般。

卻說葉成紹，原是追著郁三公子出城的，被司徒蘭弄了那一齣，等他騎馬追出城來時，早不見了郁三公子的身影，正要返回宮去接素顏，斜裡卻是閃出一個黑影來，正是司安堂的密探，遞給他一個密箋後便又閃身走了。

葉成紹打開密箋一看，頓時臉色凝重。北戎竟然派了密探進京，似乎要在京城進行一件秘密任務。

他心中一驚。這消息來得突然，他必須去司安堂部署。北戎早就對大周窺視已久，如今國力鼎盛，很有可能會發動戰爭。

不過，前一陣傳來密報，說北戎的老皇帝身子虛弱，正是強撐著，北戎皇室內鬥正盛，相傳北戎老皇帝只親生一女，卻在數十年前失蹤，生死不知，北戎皇室原本血脈單薄，便是子姪輩也所剩無幾，幾個成年的又都是遠房，而且，無一能讓老皇帝看上眼，因此至今都沒有找到繼位大統之人，老皇帝便很想找回失蹤的親生女兒，可惜數十年來，卻是杳無音信，如今突然來了大周，難道是……

葉成紹心中激動之餘，一絲恨意自心間滑過，快速調馬回了司安堂總部。

他剛到司安堂處理好事情，話還沒說得完，便接了青竹的警報。那警報發得突然，而且又是急警，他顧不得多想，便打馬出來向皇宮而去，心裡頭突然一陣恐慌，彷彿最重要的東西就要失去了一般，他不由大急。

「老天保佑，不是娘子出了事，但願還來得及──」

人一急，便想抄近路。他打馬拐入一個偏僻些的小巷子裡，正趕得急，突然從兩旁的屋頂上跳下幾名黑衣人，那服裝雖與一般的黑衣勁裝無異，但他目光銳利，竟然發現一個黑衣人身上的佩飾很像狼頭，心中一凜。沒想到自己正要派人捉拿這幾個異國的奸細，這幾人卻是自動撞上了他。

若是在平時，他必定會就此派人包圍了這幾人，將他們活捉回去，但此時他惦念著素顏，無暇顧及他們。

葉成紹穩穩騎在馬背上，冷冷地看著這幾個黑衣人，話也不多說，抽出隨身的長劍便向那為首的黑衣人攻去。

那黑衣人功力也甚高，被葉成紹乍然突襲，卻是從容得很，手掌在空中劃了一個印式，卻是輕描淡寫地化解了葉成紹凌厲的一招。葉成紹眉頭一皺，又是一劍唰地搶攻上去，那名黑衣人又是後退兩步，仍是徒手與他對抗，輕輕鬆鬆之間便與葉成紹對了十招有餘。葉成紹感覺到他那一雙厚厚的掌下似有綿綿不絕的勁力吐出，立即明白此人功夫深不可測，乃在他之上，而邊上的黑衣人只是靜靜站著，並沒有一擁而上對付他，不然他定然左支右絀，非敗了不可，心中一急，便抽出信號彈，想要發出求助信號。

但那為首的黑衣人卻似不想傷他，只是想困住他，感覺到他要求救，那幾個互看一眼後，為首之人道：「我等並無惡心，只是想與世子交個朋友。」

「我呸！交朋友有你們這樣的嗎？不肯以真面目示人也就罷了，還一上來就打。」葉成紹只差沒在心裡罵娘了，他心急如焚，只想快些去宮裡救素顏才好，卻無端被幾個異國人擋了路，好生惱火。

「世子息怒，我等確實沒有惡意。」那為首之人向葉成紹拱了拱手，蒙著的臉上只能看到一雙略顯碧色的眼睛，眸光裡，閃出一絲喜意。

葉成紹大罵。「爺管你們是誰?!爺有急事，若真無惡意，便給爺讓路，不然，不要怪爺不客氣！」說著，就要打馬遠離。

那為首的黑衣人見了眉頭一皺，但很快便拿出一張信箋，用勁力射給葉成紹。葉成紹長劍一挑，將那信箋挑在劍尖上，拿了帕子包住收起，再也不看幾個黑衣人一眼，打馬絕塵而去。

而那幾名黑衣人也是縱身一躍，很快便消失在黃昏的暮色中。

第一百一十四章

葉成紹正往宮中趕，迎面便碰到正尋他的墨書，墨書一見到他，差點哭出聲來。「爺，可算是尋著您了！大少奶奶她……她身中劇毒……」

葉成紹原本就心急如焚，又與剛才的黑衣人大戰了一場，一時心力交瘁，再一聽這話，憂急之下，只感覺氣血全往胸口上湧，猛然一口鮮血直噴而出，眼前一黑，突然像失了知覺似地生生往馬下直栽而去。墨書見著大驚，一個躍起自馬上跳下，堪堪在葉成紹掉在地上前，伏身躺在了葉成紹的身下，被葉成紹砸得眼冒金星，腰都快斷了。

他嘴裡哭喪著喊道：「爺，您沒事吧？奴才話還沒說完呢，大少奶奶被救了，已無大礙，正要清毒呢！」

葉成紹聽了這話，這才總算鬆了一口氣，卻仍是心痛如絞。娘子，是我害了妳，若非嫁給我，妳又如何會遭受如此大的苦楚？以妳天人之姿，就算出類拔萃、鋒頭過盛，也不會引來殺身之禍啊……娘子啊，我想給妳一個安寧幸福的家，卻總給妳帶來災難，我就是個不祥之人……

他強忍著胸中翻滾著的氣血，翻身坐起，強自提氣躍上了馬，打馬就往宮裡而去。墨書急了，大喊道：「爺，錯了，方向錯了，少奶奶回府了！」

葉成紹於是打馬狂奔，很快便回到了寧伯侯府，下馬便縱身躍起，施展輕功回到自己屋裡。

侯爺也得了信，正凝著臉坐在正屋裡，侯夫人也是一臉的哀傷，坐在侯爺身邊，就是四老夫人也來了。幾個長輩見葉成紹回來，都是一怔，侯爺首先站起來道：「紹兒，無妨的，陳太醫已經將媳婦的毒導出了心脈，說是再過不久便會醒來。」

葉成紹的臉色蒼白，胸前衣襟上還有點點血跡，侯爺眼利，心中瞭然，便先行勸慰於他。

葉成紹沈著臉，一句話也沒說便衝進了內室。素顏此時安靜地躺在床上，緊皺的眉頭已經舒展開來，臉色仍是極差。不過幾個時辰不見，她似是瘦了一圈，那雙清亮的眼睛此刻緊閉著，眼瞼下有著一層黑印，一看便知是中毒所致。葉成紹大步走向素顏，急急地探她的手脈，還好，氣息平緩了很多，脈象還算正常，他的心算是實實地落了地。

他顫巍巍地伸了手，想要去撫素顏的臉，心頭卻是一陣悲愴。他心中的恨意從未如此濃深過，娘子不過是個嬌弱的女子罷了，就算她的才華引人嫉妒，也不至於要下手殺她吧？那些人，還真是狠心啊……大周朝又有幾個這樣的奇女子，為什麼，他們就是容不得她的好呢？

兩行清淚悄然自葉成紹的雙眸中流下，他靜靜撫摸著素顏的臉龐，眼中既憐又愧，痛恨自己的無能，痛恨自己的身世，更是恨自己為何沒有勇氣拋卻這一切煩擾，將娘子帶走，從此山水迢迢、遠離紛爭，只與她逍遙於世便好。

以前會有很多不甘，不甘自己被遺棄，不甘被人看輕，不甘自己不受世人承認的身分，想爭、想抗，想要討回屬於自己的東西，可是現在，看著安靜躺在床上的素顏，他突然就覺得好沒意思。便是窮盡畢生之力，得到了想要的一切，如果沒有了她的陪伴，那一切還有意思嗎？

明明是被太后召見去的，為什麼突然會中毒？老太后不是很喜歡娘子的嗎？難道是看她鋒芒太露、才華太盛，會幫助自己成就大事，會奪了某些人的地位？

一時，心中恨意更濃。不行，怎麼也要為娘子討回公道，這一次，就是天王老子下的手，要不了你的命，至少也要剁了你一隻手，讓你殘了，你才會知道痛，不然，以後你們會更加猖狂！

他的心中頓時被怒意和恨意填滿，突然揚了聲道：「青竹何在？」

青竹閃身而入，跪在葉成紹面前，一副低頭認錯的樣子。

「自己回本堂去領責罰吧，爺將大少奶奶交託給妳，妳做了什麼？」葉成紹的聲音陰沈得可怕，像是從地獄裡出來的勾魂使。

「屬下知罪。」青竹起身便要走。

「相公……」

一個很微弱的聲音自床上發出，葉成紹如聞仙音，也顧不得青竹了，眼中淚流如雨，急急轉身握住素顏的手貼在自己臉旁，哽聲道：「娘子、娘子，妳醒了？」

素顏虛弱地睜開雙眼，艱難地搖頭。「不……不關……青竹的事。」

青竹乍聽得素顏醒來，也是喜出望外，急急地也走近床邊，顫聲道：「大少奶奶，屬下無能，沒能護衛好您，屬下……呃，奴才罪有應得。」

「不許，我不許責……責罰青竹。」素顏深吸了口氣，感覺好轉了一些，又道。

葉成紹只要她能醒來就好，這會子她想要天上的星，他都會為她摘下來，何況是這點子要求，忙點了頭道：「娘子，妳說不罰就不罰，可是，這個仇，我一定要報。」

「這……這……恐怕是個……神仙局，相公……快去宮裡救……救皇后娘娘。」素顏仍很是虛弱，說半句，就要喘上好一陣。

葉成紹不知道素顏口裡的神仙局是什麼意思，但聽她說要救皇后，一時怔住。「娘娘也被害了？」

「我猜……那個人，害我只是第一步棋，後招可能就是……陷害皇后。我是從娘娘宮裡……出來後才毒發的，太后宮裡吃的又全吐出來了……」

葉成紹一聽，立即有了些了然。不過，這會子他賭著氣，皇后在宮裡鬥了那麼些年，明知道素顏對自己有多重要，不護著也就罷了，竟然讓她受了如此大的苦，還……把自己也搭了進去，這幾十年真是白在那地方混了，也太沒用了些。

「相公，快去宮裡吧……」素顏心中很急。她中毒後，雖口不能言，眼不能睜，心思卻是清明的，耳朵也能聽見，這幾個時辰以來，她想了很多事，只是苦於睜不開眼，也不能說話。葉成紹在她耳邊的哭訴她也聽見了，就是怕他又鑽了牛角尖，才急急逼自己睜開眼。

很快，那餘毒的作用又捲上了頭，她感覺眼皮似有千斤重，這一次，是真睏了，葉成紹還沒有回話，她便又沈沈睡去。

葉成紹嚇得一驚，忙又去探她的脈，感覺脈象還好，才放了心。青竹在一旁道：「陳太醫開了方子，已經灌了大少奶奶喝了。太醫說那方子有些犯睏，爺，您就讓大少奶奶歇著，別吵了她。」

葉成紹聽了青竹的話，便起了身，囑咐青竹和紫綢幾個好生照顧素顏，自己向外走去。

皇后剛回到宮裡，很快，太后便派了人來請她。皇后眉頭一皺，唇邊浮出一絲苦笑，起身便往慈寧宮走，才走沒多遠，便看到皇上龍行虎步地過來了。

皇后停住，上前向皇上行禮。

皇上英眉緊皺，眼神冷冽。「藍氏可脫離危險？」

「回皇上的話，應該無恙了，只是餘毒要清除，還需些時日。」皇后沈聲回道。

「起吧，一起去見母后。」皇上伸手扶她，將她攙了起來。

皇后看了皇上一眼，沒有說什麼，靜靜跟在皇上的身後向慈寧宮走去。皇上果然開口道：「朕聽人報，藍氏可是從妳宮裡出來後才毒發的。」

「確實如此，但她在臣妾宮裡只喝了口茶，臣妾……」她突然目光一閃，顫聲道：「臣妾這就派人去查那茶水。」

「來不及了，母后已經著人查過了。」皇上的聲音有些冷，步子也走得大了些。

皇后眼一瞇，冷冷地看著前面身材偉岸，集大權於一身的男子，心中湧出一股怒意，卻是生生忍了，加快了步子，淡淡地說道：「皇上認為，臣妾會是那害人之人？她與臣妾的關係，旁人不知，皇上難道不知？臣妾巴不得她好，又怎麼可能加害於她？」

皇上突然頓住腳，轉過身來，眼神如利芒一樣看向皇后，淡淡地說道：「也許，皇后不想她的鋒芒蓋過紹兒呢？皇后親自出宮救人，自然也不想她死，因為她可是吃了母后宮裡的一碗粥的。」

皇后聽得臉色一陣煞白，不可思議地看著眼前這個寵愛了自己幾十年的男人，這就是那個信誓旦旦說要愛自己一生一世的人嗎？他竟然，會如此懷疑自己？

皇后強忍著心酸和淚意，嘴角扯出一絲譏諷的笑，幽幽地看著皇上，明明淚盈於睫，卻是媚眼如絲，淡笑道：「原來，皇上從來就沒有信過臣妾，那便不要去母后處了，您自管下令處置了臣妾吧。」

皇上聽得一滯，眼眸一沈，厲光微斂，語氣變得柔和了些，無奈地說道：「柔兒，不要任性，朕只是就事論事。此事太過蹊蹺，藍氏名聲正盛之時，在皇宮裡出了事，朕不好跟臣工和百姓交代。」

皇上叫的是皇后的閨名，他已經很少用這個暱稱喚皇后了，皇后聽得一陣錯愕，隨即唇邊閃過一絲譏誚來。

「紹兒是臣妾的命根子，他有多在乎藍氏，皇上您看不出來，臣妾可是看得出來。臣妾已經對不住紹兒了，又怎麼可能再做令他傷心之事？莫說是讓藍氏中劇毒，便是責罵幾句，臣妾也得斟酌而行，怕因此傷了紹兒的心，您……您竟然懷疑臣妾拿藍氏的性命當籌碼……」

皇后的淚水終於滑落下來，獨處在深宮，身邊沒有一個可以依靠的親人，原本將滿懷的癡情都給了眼前這個人，可是，這麼多年來，自己得到了什麼？連親生兒子都不能相認，他總是有種種的理由拿出來哄她，讓她賢良、讓她大度，讓她眼光長遠，讓她理解他的難處。

好吧，她愛他，所以她放棄了很多，只為了能跟他長相廝守，能與他共白頭，可是嫁給他才知，他的愛分得太細，分成了好多份，她付出了全部，換來的只是他偶爾的回眸、偶爾的寵幸、偶爾的憐惜。

他還有他的江山社稷，有他的萬民百姓需要他的感情，這她可以理解，他是男人，男人就應該做一番事業，可是，他還有他的後宮，還有很多很多的女人等著他寵幸憐愛。他要做明君，所以奉行雨露均霑，無數個夜晚，她便只能抱著冰冷的錦被獨自而眠，偌大的宮殿金碧輝煌，卻只留下她孤單的身影，在宮中傻子一樣地流連，卻觸摸不到半分的溫情。

都道帝王無情，她初始不信，她以為，以她的美貌、她的高貴、她的驕傲會征服這個男人，可是最終呢，最終是她生的兒子，他都不肯認……

她被他逼得從一個單純率性的女子，變成一個成天豎起滿身的刺來保護自己的刺蝟，她不得不因他而改變，只為能從他那裡討來少得可憐的一點情愛，可是，換來的卻是他的懷疑、是他的不信任……

皇后的淚泉湧而出。多少年了，哭已經成為了她的武器，眼淚成為了她的道具，可這一次，她全身心地哭，她想要把這些年來的苦楚、委屈、不甘和悲痛、悔恨一併全哭出來。

都說宮裡相信的只有實力，最不相信的就是眼淚，但這一刻，她只是一個放下所有盔甲、所有偽裝的可憐女人，一個被丈夫冷落懷疑的女人，一個對兒子愧疚心痛的母親，所以，她便要像一個普通的婦人一樣放聲大哭，管他皇后的儀容應該是什麼，管這個男人會不會看到自己的醜態，管他太后會不會又因此挑她的刺，管那些宮妃們會如何暗中笑話，都一邊去，她就想宣洩，哪怕用眼淚淹死眼前這個男人也好！

皇上被皇后的哭弄得有些措手不及。多少年了，皇后早不復當年的天真稚嫩，她變得剛強狡黠，有時，便是他也很難猜出她在想什麼。他知道她最心痛的便是成紹，可是……他又何嘗不對那個孩子心懷愧疚？可是，他不得不那麼做，他是一國之君，擺在首位的就是大周的利益、皇室的利益，容不得他心軟。溫情對帝王來說是奢侈品，他不能隨意享受，柔兒可明白他的心？

「別哭了，我信妳。」像多年前一樣，皇上拿了帕子，歪了頭，輕輕幫皇后拭淚，將她攬進懷裡，輕輕拍著她的背，一隻手撫弄著她烏黑如雲的長髮，柔聲哄道。

皇后哭得直抽氣，眼淚打濕了皇上胸前的衣襟，一件繡九龍的滾龍袍被她揉得縐巴巴的，兩旁的宮人和太監垂著頭，根本就不敢多看一眼。宮裡的規矩便是少看少說，不該看的絕對不能看，不然，哪天怎麼死的都不知道。

皇后正哭得肝腸寸斷，這時，太后宮裡的趙嬤嬤自慈寧宮出來，遠遠看到皇上在迴廊裡擁著皇后輕聲哄勸，不由眉頭微皺了皺，腳步頓了頓，但是，她還是走了過來，跪下行禮。

「奴婢見過皇上，皇上萬歲萬歲萬萬歲，見過皇后娘娘，娘娘千歲千千歲。」

皇上一聽趙嬤嬤的話，如聞仙音，柔聲附在皇后耳邊道：「柔兒，妳看，母后派人來催了，別哭了，既然不是妳的錯，總能說得清楚的不是？妳看妳，都哭成了個花臉貓了。」

皇后這才自皇上的懷裡探起頭來，吸了吸鼻子，嬌豔的小臉上全是淚水。皇上輕輕拿了帕子親手幫她擦著，她仍是哽咽，抬眸看了皇上一眼，臉上露出一絲的不自在，眼裡卻仍是帶了一絲的嬌嗔和埋怨，皇上笑道：「好了，哭也哭了，氣也發了，就別讓母后等得急了吧？母后也是關心紹兒媳婦，才會召了咱們兩個一齊去問話的，妳就不要多想了啊。」

皇后乖巧地點了點頭，有些不好意思地說道：「皇上……您看臣妾這個樣子，也太……太不合禮了，這副模樣去見母后，實在不敬，您先過去，容臣妾去洗把臉吧。」

皇上聽得微怔，但還是寵溺地看著皇后。「好吧，快去快回，朕先去母后那邊了。」

皇后聽了給皇上行了個禮，才慢慢退走。皇上深深地看了皇后一眼，便大步向慈寧宮走去。

皇后疾步回了坤寧宮，一進宮裡，便看到花嬤嬤正等候在那裡，皇后淡淡地說道：「本宮要淨面。」

一旁的宮女便退下去備水了，花嬤嬤便走近一步道：「娘娘，有人來坤寧宮查過了，所有的茶具都清查了一遍。」

皇后淡淡地說道：「本宮知道了。那茶是誰沏的？人呢？」

「回娘娘的話，是繡竹，人已經被慈寧宮的人帶走了。」花嬤嬤回道。

皇后的眼裡又有淚光閃動，苦笑著向後退了半步才站穩。「繡竹跟了本宮十幾年，她……她會背叛本宮？那本宮這宮裡，還有誰是可以信任的人？」

花嬤嬤也是滿臉怒色，安慰道：「娘娘，或許繡竹並沒有背叛您，但您也知道，太后的手段……」

「算了，愛怎麼就怎麼去吧，只是可憐我那紹兒，落得這麼個不尷不尬的地步，剛有點起色，皇上開始重用他，太后那邊就開始打擊，她終究是容不下紹兒啊……」皇后悲悽地說道。

「娘娘，要不，回去吧，離開這裡，您不該受這樣的委屈啊！」花嬤嬤的淚水也流了出來。她跟隨了皇后幾十年，最是知道皇后的苦楚，也更是心疼皇后。

「回去？我還回得去嗎？回去了，紹兒又怎麼辦？只是個侯府世子，還不停被那些人陷害，侯夫人恨他占了她兒子的繼承權，巴不得生吃了他才好。而皇宮中，以太后為首的人，生怕成紹太過強大，巴不得他永遠就是那個紈袴浪蕩的廢物才好……皇上，又是態度不明，若自己再出了事，還有誰來護著紹兒？」皇后眼睛都哭腫了，可是眼淚還是止不住地流，感到前所未有的無助和惶然。

「娘娘，您應該拿出勇氣來，就算太后拿了您的把柄又如何，沒做過就是沒做過。再說了，那下手之人，就全然沒有破綻留下？世子爺不是掌著司安堂嗎？您大可以讓世子爺幫您，母子同心，有什麼戰不勝的？」花嬤嬤心痛地看著皇后，眼中閃過一絲厲色，小聲道。

「可是，紹兒這會子怕也正恨著本宮呢，素顏可是自本宮宮裡出去後才毒發的。」皇后嘆了口氣道：「那孩子，本就對本宮懷有怨氣，怕是不會相信本宮。」

「不會的，奴婢覺得，世子夫人極是聰慧，她應該會相信您的，只是心性太過軟了些，同您年輕時一樣，太過良善了。」花嬤嬤肯定地說道。

宮女打了水來，皇后便沒有再說什麼了，洗過臉，還是去了慈寧宮。

第一百一十五章

慈寧宮裡，太后正與皇上說話。「原本哀家這把老骨頭是不該多管閒事的，只是難得遇到一個合眼緣的孩子，才貌都是一等一的好，又孝順，哀家身上那點子毒，纏綿多年了，那孩子竟是用個很普通的方子，就讓哀家輕鬆了好多。如今，骨頭都輕了幾兩了，便是飯也能多吃幾口，可是，怎麼就有人容不得那孩子呢？竟然下那樣重的手，皇上，這一次，非得嚴懲那幕後黑手不可，再不可姑息養奸了。」

皇上聽了點了頭道：「母后，您睿智精明，後宮正是因有您坐鎮，兒臣才能放心只管著朝堂上的事情，您還年輕著呢，哪裡就老了？」

皇上的話聽著客氣，卻並沒有真正應諾太后什麼，太后聽了，眼裡卻露出慈愛之色，微嘆了口氣道：「聽說皇后方才跟皇上在鬧？唉，哀家其實也不想針對她，皇上的心，哀家哪裡能不明白的，都寵了那麼多年了，怎麼能沒有感情？但是，皇兒啊，江山社稷比美色更重要啊！」

皇上苦笑著對太后道：「母后，她是兒臣的皇后啊，這麼些年來，也算是循規蹈矩，並無大過錯，兒臣與她也算是少年夫妻……終歸是……」皇上的神情有些黯然，眼中也有了一絲乞求之色。

太后嘆了口氣。「哀家也不是那不講情面的人，不然，當年她也不可能進得了宮，更不可能在后位占上這麼些年。只是，終歸是非我族類，其心必異，不然，成紹那麼好的孩子，哀家也不可能就捨得他在侯府受苦，被世人恥笑了。」

皇上聽得眸中精光閃動，神情卻是恭謹。「是，母后，兒臣明白，只是，就算這次真是她的錯，也請您能網開一面，兒臣……虧欠她良多……」說著，竟似聲音哽咽，眼眶泛濕。

太后伸手拍了拍皇上的肩膀，慈愛地看著皇上，點了頭道：「嗯，放心吧，哀家不會太讓你為難的。」

正說著，有宮女來報，皇后來了。

太后面色一肅，挺直了背脊坐在榻上。皇后移步進來，神情與方才哭泣時大不一樣，除了眼眶紅腫外，臉上還帶著淡淡的微笑，平素看起來媚光無限的眸子湛亮如晨，顯得精神奕奕，眼光凌厲而大膽，似是充滿了戰鬥前的興奮和勇氣，這樣的皇后讓太后心中一凜，眉頭幾不可見地蹙了蹙。

皇后上前，規規矩矩地給太后行了一禮，又給皇上也行了禮，便立在殿中，眼睛直視著太后道：「臣妾特來聆聽母后垂訓。」

太后嘴角微扯了扯，臉上卻是含了笑道：「且先坐了吧，坐下說。怎地哭了？瞧瞧，都是快做祖母的人了，怎麼還像個孩子似地鬧脾氣呢？」語氣自然而慈祥，不帶半點火氣。

太后等皇后坐下，臉色才肅然了些，似笑非笑地看著皇后道：「素顏那孩子應該無大礙了吧？」

終於說到正題了嗎？皇后唇邊露出一絲譏笑，神情卻是黯然而憤怒。「回母后的話，有人給她服了靈藥，臣妾趕去時，她已有好轉，多謝母后掛念。」妳打太極，我也跟著來。皇后的話也正像平素與太后聊天時一樣，只是聲音裡帶了怒氣。「也不知道是哪個該天殺的，竟然向臣妾的姪媳下如此毒手，臣妾若是找出幕後之人，真想將她千刀萬剮了！」

這話說得像詛咒一樣，太后聽得臉色一僵，乾咳了一聲道：「確實，哀家也好生氣憤，那麼好的一個孩子，是誰那麼狠心，就算是有什麼企圖，想達到什麼目的，也沒必要拿那孩子當靶子吧？太可恨了些。」太后說著，話鋒又一轉，道：「妳帶了陳太醫過去，可查出是中了何種毒？從毒藥入手，應該能查出下毒之人來。」

皇后聽了眉頭緊蹙起來，眼睛定定地看著太后，道：「臣妾也問過陳太醫了，太醫說，素顏那孩子所中之毒很是古怪，便是他見多識廣，也沒查出究竟是中何種毒藥，下毒之人看來很不簡單啊。」

太后便又似笑非笑地看著皇后道：「那下毒之人對毒藥可謂相當瞭解。皇后，聽說，北戎之人素來擅毒，說起來，皇后對北戎應該比哀家更為熟悉，皇后竟然沒有看出來那孩子所中何毒？哀家可真是有些百思不得其解了。」

皇后的臉上就有些掛不住了，她深吸了一口氣道：「母后此言何意？您不會是懷疑臣妾會對自己的親兒——姪媳下手吧？臣妾雖對北戎甚熟，但臣妾一介女子養在深閨，又怎麼會接觸毒藥那種危險的東西？母后，您有話何不直說？您也知道，臣妾是個直性子，腦子也笨，太多彎繞的話猜不出來。」

太后也終於不笑了，眼光淩厲無比地看著皇后道：「哀家也不想繞彎子，不過是想給皇后一個改過的機會罷了，無奈哀家如此暗示，皇后還是要假裝不懂，哀家也就不得不明說了。」

一旁的皇上聽得太后和皇后二人言語中火藥味甚濃，不由皺著眉頭，苦著臉道：「母后……柔兒，妳們有話好好說。」

皇后聽得大怒，橫眉冷眼對皇上道：「皇上，臣妾還能如何好好說？母后已然將臣妾當成了殺人凶犯。臣妾在宮裡多年，為皇上打理後宮，沒功勞也有苦勞，臣妾所受的委屈，別人不清楚，皇上也不清楚嗎？藍素顏是臣妾親自為紹兒選定的媳婦，臣妾還巴望著她給臣妾早日生個孫兒出來呢，又怎麼可能會害她？太后，您不要以己之心來度人，臣妾可不是那等狠毒無良的長輩。」

太后聽得臉都白了，緊捂住胸口，顫著手指著皇后道：「妳……妳……大膽，放肆！」

皇上凜然不懼，冷笑著看著太后。皇上看太后那樣子似要發病，忙瞪了皇后一眼道：「柔兒，不要亂說話。」語氣裡頗多責備，但卻帶了一絲的寵溺，這讓太后聽得更是生氣，努力平息自己的氣息，大聲道：「好、好、好，妳如今是越發大膽，不將哀家放在眼裡了，以為有皇上的寵愛就為所欲為了，哼，哀家也不是冤枉妳，哀家要讓妳心服口服地認罪！」

說著，手一揚，對趙嬤嬤道：「把人帶上來，讓她與皇后對質。」

趙嬤嬤揚了聲道：「帶人上來。」

很快，兩名太監押著一名宮女走了進來，皇后抬眸一看，果然是自己宮裡的宮女繡竹，不由冷笑地看著太后。

皇上一見繡竹，也是愣了一下，眉宇間不由隱了一股怒色。

繡竹一進來便被兩名太監押著跪在地上，抬眸看到皇后那雙凌厲又心痛的眼神，目光一閃，垂下頭去。

「繡竹，妳可是皇后身邊最得力的，妳說說，葉夫人在皇后宮裡時，可用過什麼？」太后強壓著怒氣，開口問繡竹。

繡竹也不敢抬頭，遲疑了一下回道：「回太后，葉夫人只是喝了一杯茶，是奴婢親手沏的。」

太后聽了淡淡地看了皇上一眼，又問：「只是一杯茶嗎？可是沏的碧螺春？哀家可是查出，那茶裡可是加了特別的料，狗奴才，還不從實說來，妳為何在葉夫人所喝之茶加了毒藥進去?!」

繡竹聽了嚇得臉色慘白，伏地就拜道：「太后饒命、太后饒命，奴婢……奴婢也是聽皇后娘娘的吩咐所為，請太后饒命啊！」

太后聽了這才緩了一口氣，看也不看皇后一眼，只是看著皇上道：「皇上，大周可容不得如此心狠手辣的國母，如今人證物證俱在，你還要姑息養奸嗎？」

皇上苦著臉看向皇后，語氣裡也有著憤怒。「皇后，繡竹所言可是真的？」

皇后還未答，太后又是一揮手道：「皇上，哀家也知道你不會如此輕易相信哀家的話，來人，帶劉全海。」

皇上一聽劉全海的名字，不由怔住。那可是他身邊最得力的心腹，太后……如果連劉全海也是太后的人，這宮裡還有什麼是太后不知道的？心中怒火燃燒，但臉上卻不顯，只問道：「母后，怎麼劉全海也知道此事？」

「他是皇上的人，哀家平日裡也使不動他，不過，聽得葉夫人中毒後，劉全海也著急，哀家便請他去坤寧宮搜查。查不查得出東西來另說，請他便是要堵了別人的嘴，免得說哀家的人栽贓陷害，他是皇上最信任的，又只忠心皇上，所以他的話，皇上應該是信的吧？」太后淡淡地對皇上說道。

皇上聽這話也算是有理，但心中仍是不太舒服，等劉全海進來，皇上的眼神如利芒一樣看著劉全海，似要刺進他心裡去一般。

劉全海卻是一副坦然無愧的樣子，給太后、皇上、皇后見過禮之後，便安靜地站在殿中，等候主子們的問話。

皇上冷冷地開口。「劉全海，你今天帶人搜了坤寧宮？」

「回皇上的話，奴才奉太后娘娘之命去搜的。當時，您正在與東王議事，奴才覺得事情太過緊急，幾次想進去稟報，都不敢打擾您，只好先行事了。」劉全海不緊不慢地說道。

皇上聽了，眼睛就危險地瞇起，問道：「如此說來，你確實在坤寧宮裡查到了什麼吧？」

「回皇上的話，奴才什麼也沒查到，只是將葉夫人喝過的茶杯和殘茶全都封了起來，留待皇上您來定奪。」劉全海回道。

皇上道：「如此，便請太醫院的陳太醫來當場查驗吧。」邊說邊睃了太后一眼。

太后果然臉色有些泛黑。劉全海先前跟她說話可不是這樣的，她不由閉了閉眼，心中有些感傷。皇上畢竟登基多年，積威已深，這宮裡頭，沒有哪個奴才敢真的忤逆皇上的意願，自己果真是老了嗎？

皇后也不知道竟是這種結果，不由也多看了劉全海一眼，臉色有些錯愕。

陳太醫很快便進來了，很快就查驗完畢，皇上問他。「太醫，可是查出那茶裡有毒？」

陳太醫垂著頭，面無表情地說道：「回皇上的話，殘茶裡是有毒的。」

皇后聽得心一沈，看向劉全海。劉全海臉上古井無波，半點表情也無。

皇后心想，便是劉全海心存公正，繡竹提前在那茶裡下了毒藥要陷害自己，也是沒有法子的事，怪只怪自己，身邊隱著一個這麼大的暗樁竟然沒有看出來，又想到多年前進宮時，繡竹原就是坤寧宮的老人了……有的人，便是對她付出再多，也是養不熟的白眼狼啊……

太后聽了臉上就帶了笑，對皇上道：「皇上，還需再問下去嗎？」又對皇后道：「皇后，妳只是想害哀家吧，素顏可是從哀家宮裡吃了東西才走的，所以，妳便故意給她下毒，讓她在宮裡毒發，妳再行去救她，哀家就成了那害人之人，好離間哀家與成紹、與皇兒的感情，對吧？」

皇后聽了只是看著太后，並沒有反駁。如今她再說什麼也是徒勞，太后的手段太過厲害，在太后面前，她還是太稚嫩。

「母后別心急。」皇上似在思考著什麼，被太后一問才回過神來，又轉過頭問陳太醫。「茶裡真的有毒？是葉夫人所中的那種毒？」

陳太醫被皇上問得愕然，忙道：「回皇上的話，葉夫人所中之毒很是古怪，並非茶葉裡所含之毒。」

皇后臉上就露出譏笑。「母后，栽贓您也要查清毒素吧，茶裡的毒分明就是繡竹事後加進去的，不然又怎麼會與藍氏所中之毒不一呢？」

太后聽得臉色一沈，眼神陰冷地看向繡竹。繡竹垂著頭，纖弱的身子在哆嗦著，似是很害怕的樣子，太后氣得嘴唇都烏了，冷聲道：「看來，是哀家被這狗奴婢給騙了，哀家並沒有栽贓，是查出茶裡有毒後，再審問於她，她自己要陷害皇后的。」

皇后冷笑一聲道：「她又不是傻子，無人主使，怎麼可能大膽到無故陷害臣妾？便是她陷害成功，她的這條命又還能留得下來？」

繡竹卻是突然抬了頭，深深地看了皇后一眼，唇邊露出一絲苦笑。「娘娘，奴婢對不住您……」眼神裡有著一絲決然和眷戀，更多的是不捨。皇后突然腦中靈光一閃，心裡好一陣絞痛，眼裡浮出一絲淚意，卻是強忍著並沒有回答繡竹的話。

繡竹救了她。太后又怎麼可能犯如此大的紕漏，她給繡竹的毒定然就是素顏所中的那種，只是被繡竹臨時換了。繡竹被太后逼迫，不得不依，但臨了，卻是用這種方式揭穿太后的陰謀，她……是在用命來救自己啊……

皇上也是深深地看了繡竹一眼，揮了揮手，無奈地說道：「拖下去，亂棍打死。」

皇后聽得心頭一震，卻是知道此時自己無法救得了繡竹，晶瑩的淚水奪眶而出，眼睜睜看著繡竹被拖了下去。她忍不住對皇上道：「皇上……」

皇上立即瞪了她一眼，眼中淨是不贊同，皇后只好掩住嘴，拚命不讓自己哭出聲來。

太后見了臉色稍白，但很快又鎮定下來說道：「如此說來，這毒便不是皇后所下，那葉夫人所中之毒又是從何而來呢？」

皇上聽了，沈吟著說道：「母后，她今日也只是在乾清宮用了點飯，再在您這裡用了點粥，怎麼可能就……中毒了呢？」

太后聽得大怒，狠狠地瞪著皇上道：「逆子，你不會懷疑是哀家下的毒吧？」

皇上聽得嘴角一扯，臉上立即露出恭謹之色，忙道：「母后息怒，兒臣不敢，兒臣只是就事論事、分析事情而已。」

太后聽得冷哼一聲，轉過頭去，卻道：「你放心，哀家的那點子粥根本就害不到藍氏，便是裡面下了毒，也毒不到她的。當時，皇后可也是一齊用了那粥的，皇后不是還好好的嗎？而且，皇后歷來就不信哀家，在哀家宮裡一用完粥，回宮就自行摳了出來，全吐了，藍氏自然也吐了，她身上的毒又怎麼可能是哀家所下？」

皇上聽得愕然，看向皇后，皇后臉色有些不自然，心中卻想，原來自己身邊可是有太后宮裡之人的，便是自己那般小心，所作所為還是沒能逃過太后的眼睛，這宮裡，還真是不乾淨得很。

「吐了？那藍氏又究竟是如何中的毒？」皇上聽得也有些糊塗了。

太后聽了便道：「還用說嗎？她在皇后宮裡出來，就突然發毒，那毒便只能是在皇后宮裡中的。皇上，將坤寧宮的一干奴才全都抓起來，嚴加拷問，哀家便不信，查不出真相來。」

皇后聽得大怒，猛地站了起來道：「母后，您若非要陷害臣妾，臣妾也無話可說，只是臣妾也是一朝皇后，臣妾自有尊嚴在，如此污辱，臣妾斷然不受！」

皇上聽了就皺了眉，對太后道：「母后，這……不太妥當吧？」

太后厲聲大喝道：「皇上不可因私枉法，你可是一國之君，豈能為美色所惑？事實俱在，你怎麼還能包庇於她？來人，將皇后押下去，將坤寧宮所有的奴才全都抓起來，送刑事房嚴加拷問！」

皇后大急，怒道：「母后，臣妾不服！臣妾並沒做過，藍氏是臣妾的姪媳，臣妾疼她還來不及，又怎麼會害她？」

「哼，妳自是不會想她死，妳還想著那孩子幫成紹立大功呢，但是，妳想害的就是哀家，妳想讓哀家背負罵名，哀家才是妳最終的目的。因為藍氏在乾清宮裡用過飯，但是，成紹也用了，成紹並沒有中毒，那說明乾清宮的飯菜是沒有問題的，那她便只在哀家宮裡用過東西。妳雖然當時也用了，妳大可以說，哀家備的兩碗並不相同……」太后揮了揮手，外面立即進來好幾名太監，有兩名便要上前去押住皇后。

皇上在一邊並沒喝止，只是臉上有些不自在，眼睛無奈地看向皇后。皇后仰天長嘆，再也不看皇上一眼，手一掙道：「滾開，不許碰我！」

又冷笑地看著太后道：「您早就看我不順眼了吧，早就想把我從這皇后的位置上拉下去，所以才布了這個看似疑點重重，卻不管如何解，都解不開的局。無論我如何布下先手，最後的矛頭和證據還是指向我，對吧？不就是個后位嘛？我還您就是！」說著，自頭上取下鳳冠，冷冷地向地上一扔，像丟一件廢物一樣地隨意，又動手當眾脫那身鳳袍。

皇上顫聲道：「柔兒……」

「住口！我的名字從此不許你再喚，你……沒有資格！」皇后邊說邊斥聲道。

太后聽得大怒，一拍案几道：「大膽賤人，竟敢對皇上無禮，妳想反了嗎?!」

「您還可以把大帽子扣得更大一些，便說我謀朝篡位好了，誅我九族吧，或是，將我凌遲活剮？都隨您，正好，您可以將陳氏那個女人救出冷宮，從此這個宮裡便是您和她的天下了。」皇后不屑地對太后道，一件絳紫色繡彩鳳吉祥如意的鳳袍也被她扔在了地上，只著一件單薄的綾錦素色薄襖，像一隻離群的侯鳥，孤寒而冷漠地站在慈寧宮裡，神情蕭瑟淒然，轉過身，慢慢地向慈寧宮外走去，如一片凋零的落葉，無助又悲涼。

「來人，將這大膽賤人給哀家抓起來，打入冷宮！」太后冷厲地喝道。

皇上聽得一震，哀聲道：「母后……」

太后瞪了他一眼，沈聲並沒有回答他，兩名太監再不敢遲疑，真的就上前去捉皇后的手。

這時，殿外閃進一個人影，大聲道：「誰敢動娘娘一下，爺就割了他的喉嚨！」

第一百一十六章

皇上聽得眉頭一皺，果然看到葉成紹手拿長劍闖了進來，不由怒道：「紹兒，你手持利器闖進慈寧宮，可知有罪？」

「罪什麼罪？我要再晚來一刻，是不是娘娘就要被你殺了？」葉成紹怒目瞪視著皇上，言語中沒有半點恭敬之意。

太后不由也皺了眉，聲音卻是慈祥。「紹兒，不要胡鬧，你姑母可是下毒要害素顏的人，哀家正替你懲治她呢！」

「她自然不是害我娘子的人，老祖宗，妳冤枉她了。」令人詫異的是，葉成紹對太后的態度倒是比對皇上好，令皇上怔了怔，不解地看著他。

皇后一見葉成紹，心頭一震，忙迎向他道：「紹兒，你來做什麼？快走。」

「我不來，便讓他們將您冤死嗎？您曾經犯過錯，欠了我那麼多，都沒償還呢，怎麼能就這麼走了？您怎麼就能狠得下心去？」葉成紹將皇后摟在懷裡，拿了帕子輕拭著皇后臉上的淚珠，又笑道：「總是這樣，遇到難事就想躲，您躲得過嗎？他……根本就不護著您，您以為，他還會像以往一樣由著您任性嗎？」

皇后聽了，眼淚流得更凶了，被自己兒子像個孩子一樣摟在懷裡訓斥，她又羞又愧又傷心，嗚嗚地抱著葉成紹，頭埋在他懷裡哭道：「我……我對不住你，不能再護著你了，你……自己好自為之吧，他再如何，也不會對你下手的，畢竟血濃於水……」

「您好好地在宮裡待著，這裡，誰也不敢將您如何。」葉成紹回頭冷冷地看了皇上一眼，對皇后道。

皇上聽得臉沈如鍋底，大聲道：「紹兒，你在胡說八道些什麼?!」

葉成紹卻是冷笑一聲，緩緩放開皇后，突然一個箭步，一把揪住了劉全海的領子，罵道：「狗奴才，你可是好手段啊！」

皇上聽得臉色立變，而太后和皇后卻是莫名其妙地看著葉成紹。葉成紹將劉全海拎到殿中，伸手就打，啪啪幾下，頓時就將劉全海的臉打成了醬紫色。皇上大怒喝道：「住手！葉成紹，你想造反嗎？竟敢當朕的面行凶？」

「造反個屁！不要以為你這個破位置誰都喜歡，那把椅子在我眼裡，連個屁都不是，若不是想給娘娘一點安慰，給我家娘子一個幸福的日子，我還會像以前一樣浪蕩地過。不要以為誰都同你一樣，親情愛情都只是手中的籌碼，誰都是你利用的工具。」葉成紹冷冷地看著皇上說道。

「你……放肆！」皇上氣得揚手就要打他，葉成紹胸膛一挺，大聲道：「打啊、打啊，我原就沒當你是我什麼人，這巴掌去，我們之間便是恩斷義絕。」

皇上的手立時僵在了空中，半晌也沒有落下去，只是悻悻地看著葉成紹，良久才道：

「你又發什麼瘋？怎麼突然又對朕發脾氣了？」

「你做的好事，你還在裝？劉全海給我和娘子吃的飯菜裡就摻了東西，只是，那只是個引子，那種藥必須與另外幾種東西相遇，才會有毒性，所以，娘子和我一同吃了，我沒事，娘子也沒事，等到娘子到了太后宮裡，太后又請她吃了粥，雖然娘娘機警，讓娘子全吐了，但吃進去的東西，又怎麼會全吐得出來？倒是與先前吃過的飯菜混在了一起，發生了作用。

「然後，娘娘宮裡的蘭馨香，又正好觸發了那毒性。正因為娘子吐掉了太后宮裡的粥，所中之毒便淺了些，不然，她可能會立即毒發在娘娘宮裡頭了，你……你真是狠心，她跟了你這麼多年，你便是不想讓她再居后位，也不該如此陷害於她，更不該拿我娘子當靶子，你……胸膛裡，可還有一顆心在？」葉成紹沈痛地看著皇上說道。他實在覺得很悲哀，一個帝王，心機如此深沈、手段如此毒辣，還是他的……親生父親，他怎麼都難以接受。

「原來藍氏的毒是這樣中的？」皇上卻是眉頭深鎖，並不以葉成紹的責罵為忤，倒是陷入沈思當中。

太后也是聽得愕然，不解地看向皇上道：「皇兒，這一切，都是你設計的？你……你連哀家也一同設計了進去，拿哀家當槍使了？」

皇后聽了看了太后一眼，見太后也是一臉的震驚，便冷笑道：「可不是嗎？他是這裡最熟悉妳和我的性子的人，知道妳口口聲聲說，素顏給妳的方子如何好，極愛那五黑籽粥，又知道是妳請了素顏來宮裡，便是算準了妳會給素顏用那五黑籽粥，更是清楚我對素顏的關心，知道我會因擔心素顏而去妳的宮裡，也知道我從來是不吃妳的東西的，而且，我宮裡的蘭馨香，原就是他賞的，那香裡含有什麼，他自然是最清楚的。果然，一切照著他的計劃來，妳果然認為是我下了毒害素顏，從而陷害妳，使妳對我的不滿達到了頂點，而要治罪於我，只是，他可能沒想到，這一切被成紹查出來了。」

太后聽了也深感有理，看皇上的眼光便露出一絲譴責，卻也沒有多說什麼，畢竟讓皇后下位原就是她的本意，雖然被皇上小小算計了一把，也無傷大雅，便尋思著要如何幫皇上開脫，更要如何平息葉成紹這條發怒的小龍才好。

皇上突然也抓住了劉全海，道：「你好大的膽子，說，是誰指使你的？」

可是，劉全海卻是突然眼一翻，嘴角沁出一股黑血來，竟是死了。

皇上大怒，將他的屍體往地上一扔，大步就要向外走去。葉成紹卻是不依道：「你就這樣走了嗎？」

皇上身子一僵，回身道：「紹兒，難道我在你眼裡就如此不堪嗎？」

「我娘子說，這是個神仙局，要我進來救皇后娘娘。我查了很久，才查到劉全海身上，劉全海是你身邊最得力的，你不給我一個說法嗎？」葉成紹的怒氣平和了些，看著皇上的背影說道。

「她倒著實是個聰慧絕頂之人。神仙局，說得好，的確是個神仙局，連朕的一些小私心也全算計進去了。這個人，可真的不簡單啊，紹兒，你既是查，那就再查徹底一些吧，朕沒有什麼可解釋的，朕只能說，朕要是想讓皇后下位，不用如此假惺惺，只需一年半載不進坤寧宮的門，她便在宮裡不會再有勢力，何必花費如此多心思？」

皇后聽得一震，水靈靈的黝眸又有了些生氣，緩緩看向皇上。她心底還是留下一絲期盼的，畢竟誰也不想自己付出幾乎半生的情感全付諸流水。她顫著聲道：「真的不是你嗎？」

「柔兒，我們經歷了那麼多，妳怎麼還是不信任我呢？」他不自稱為朕，而是用「我」來跟葉成紹和皇后說話，讓皇后似乎又回到了當初相識時的情景，不由淚水湧出，心中複雜得很，一時竟不知道是要恨他，還是要愛他。

太后見此便道：「成紹，你有何證據證明，那毒不是皇后所下，又有什麼可以證明，你方才所說的話全是真的？你可不要冤枉了皇上，可知這可是欺君罔上之罪？」

「自然有證據，我做個試驗便可以知曉了。老祖母，我犯上的事也沒少做，只是您也知道我的本性，我對那勞什子的位置沒興趣，我只想好好地為老百姓做幾件事情，再帶著娘子遊山玩水，做個富家翁便好，您也大可以放寬了心去。」葉成紹淡淡地看著太后說道。

太后被他如此直白的話說得一滯，臉色有些不自在，扯了扯嘴角嗔道：「你這孩子，就是喜歡胡說八道。快去吧，把那真正的幕後黑手查出來，皇上乃一國之君，胸懷坦蕩，怎麼可能如你說的那樣，要不是看在你這孩子平素也還實誠，哀家可真不能饒你，你也太過囂張無禮了些。」

葉成紹聽了，走過去扶住皇后道：「我暫時懶得去，老祖母您看她這樣子，可真不讓我放心啊，誰知道哪一天，這個任性的性子又會招了殺身之禍？」

太后聽得一滯。這傢伙是在譴責自己對皇后做得太過了呢，一時也覺得理虧，想對皇后說幾句軟話，但面子上又過不去。這時，葉成紹派人拿了自己中午時吃過的一些剩飯菜，再倒了五黑籽粥，再讓人點上皇上宮裡的蘭馨香，讓人抱了一隻貓來餵下，果然那貓突然毒發，那症狀正和素顏所發的一模一樣。

太后見了也不由動容，顫著聲道：「皇上，如果真的有這麼個幕後之人，那人也太可怕了些啊！」

皇上和皇后的臉上都露出凝重的神色，只是，皇后多看了皇上兩眼。在這宮裡，連太后都不一定能使得動劉全海，那個人如果不是皇上，還能是誰？陳氏那賤人根本就是個笨蛋，不足為患，這個人會是誰？

皇上也轉眸看著皇后，眼神裡略含愧意，皇后唇邊帶了一絲譏笑，收回目光，轉過頭去，對葉成紹道：「紹兒，你既是司安堂的主管，那點子事情也查不出來，你可算是白掌司安堂這麼些年了。」

皇后的聲音有些發冷，手也在輕輕顫抖。皇上對她的懷疑，太后要針對她時，皇上的虛偽和冷漠，都讓她心寒，如果不是葉成紹及時來救自己，及時揭穿劉全海的陰謀，那自己就會被打入冷宮去。這個自己愛了幾十年的男人，依賴和信任了那麼多年的男人，讓自己拋家棄國、背井離鄉，將全副的身心託付的男人，滿腔愛戀全付與他，到後來，得到了什麼？

親生兒子不許相認，就一個可笑的皇后之位，他也不想讓自己再當，想借別人之手奪去……他們以為自己真的就那麼在乎權勢嗎？

就像紹兒說的那樣，他的眼裡，只有權力、江山、地位，何曾有愛？何曾有親情？

「是，娘娘，微臣——」葉成紹心疼又可憐地看著皇后，點了頭應道。

「不許在我面前稱微臣，叫我娘！你是我兒子！」皇后截口道。她已經心灰意冷，葉成紹那一句「微臣」像是一根刺一樣，刺痛了她的心，再也不要為那個男人委曲求全了，這一刻，就是想要拆穿那個男人偽裝的臉，想要看他在親生兒子面前，是不是也敢矢口否認自己的身分。

皇上聽得大震，眼中利芒一閃，渾身的冰寒之氣層層漫開，臉若冰霜地看著皇后，大聲喝道：「皇后，妳想做什麼？」

皇后看也不看他一眼，拉住葉成紹的手道：「兒子，送娘回宮去。」

葉成紹聽得眼眶一熱。他自小就被人罵成是陰溝裡的老鼠，見不得光，人家的侯府世子風光無限，自己卻是在侯夫人嫉恨的眼光中、皇室上下怪異的目光中長大。有些人，對他很是巴結、尊重，而有些人，卻常用同情的眼光看他，更多的，卻是嘲笑和譏諷。後來，他在一次偶然的機會裡，得知了自己的身世，當時，他就覺得好笑，原來自己是有著天下最尊貴的父母，天下最尊貴的身分，可那又如何，身為親生父母的那兩個人，口中稱他為「姪兒」，而他，卻是要在他們面前自稱「臣」，眼看著別的皇子叫他們「父皇、母后」，而他卻沒有資格跟著叫，只能稱「臣」。

乍聽皇后叫他「兒子」，他很不習慣，但是久違了的心酸卻是湧上了心頭，鼻子一陣酸澀難忍，他有片刻的呆滯，似是很難適應皇后對他的態度和稱呼，半晌都沒有回過神來，張著口，一聲也沒有發出來。而皇上的一聲冷喝，卻是讓他清醒，差一點，他就被那潛藏在心底裡的那份對父母、親情的渴望給迷惑了。

他轉過頭，譏誚地看著皇上，聲音裡帶著懶懶的痞氣。「皇上急什麼？放心吧，便是臣叫她一聲娘，也不會叫你一聲爹的。」說罷，扶著皇后往外走。

皇上被葉成紹的那句話說得一滯，眼裡閃過一絲痛色，聲音裡帶著無奈。「紹兒……」

「不敢，皇上還是稱臣為葉大人吧，微臣聽著不習慣。喔，微臣治河大臣的封賞還沒有下來，請皇上儘快下旨，微臣想儘快去兩淮治河，為皇上分憂，為大周造福。」葉成紹仍是揚著下巴，鄙夷地看著皇上，語氣卻是規矩得很，讓皇上半點錯處也找不到，而且，他很快就轉移了話題，不想再與皇上糾纏那個身分之事。

既然人家根本就不想要認他，他何必強求？本就沒有得到過，就不存在失去，所以，他還是他，沒有什麼變化。

葉成紹的話讓皇上的眉頭緊蹙，眉宇間凝著一層傷痛，他斂了眸中的精光，顫著聲道：「紹兒，不是我不想要……」

葉成紹揮了揮手，像是揮走一直討厭的蒼蠅一樣，淡笑道：「明白、明白，臣很明白，所以，臣不會為難皇上的，臣帶自己的娘回宮去了，皇上您慢忙。」

皇上聽得再也忍不住，伸手拽住葉成紹的手臂。「紹兒，你不能……」

「不能稱她為娘嗎？可是，她就是我娘。您不覺得您太過分了嗎？哪有不許自己的娘親與兒子相認的？您口中所說的孝道、綱常又在哪裡？」葉成紹冷冷地盯著皇上拽著他的那隻手，聲音輕輕的，像是在喃喃自語，如一個離家走失的孩子一般，委屈而無助，卻又帶了一絲的渴望。

這與他說出來的話完全相反的神情，讓皇上一陣錯愕，甚至忘了他言語中的不敬和質問，眼前一陣恍惚，被葉成紹甩開了一步，好半晌，他才似是平息了內心的翻湧，聲音乾澀地說道：「紹兒，明日旨意就會下達，我……不會奪了你治河大臣的身分的，你的才華我是相信的，好好幹，我不會虧待你的。」

葉成紹聽了輕嗤一聲，不屑地轉過身去，扶了皇后往外走。

太后靜靜地站在一旁，看著方才的一切，等那對母子走後，太后嘆了一口氣，問皇上。

「皇兒，你究竟想要如何對待紹兒？那孩子的身分……」

皇上似乎陷入沈思之中，待太后一問，才回過神來，有些疲倦地對太后道：「母后不用擔憂，兒臣自有主張。」

說完，便龍行虎步而去。

第一百一十七章

卻說葉成紹扶了皇后回到宮裡後，便要起身離開，皇后突然扯住葉成紹的衣袖道：「紹兒，跟娘離開這裡吧，帶著素顏一起離開，娘不想再待在這宮裡了。」

葉成紹聽得一滯，蹲在皇后面前，仰頭看著皇后，眼中帶著孺慕和心疼。「您都忍了這麼多年了，就這樣放棄，您甘心嗎？」

皇后聽得眼淚就流下來了，哽著聲搖了搖頭道：「沒意思了，真的，很沒意思，娘這麼些年一直不甘心，就是為了你的身分不被承認，所以才不停地與他們鬥，鬥得娘都忘了當初進這宮的原因是什麼了。娘從小便輕視權勢，所以，才會離開家鄉，可沒想到，是從一個金色墳墓裡逃到了另一座墳墓，而且比以前的那個墳墓更陰冷、更可怕，可怕得……娘差一點失去了珍貴的你。如今想來，承不承認又如何，你過得開心和幸福才是最重要的，何況，孩子你根本就不在乎那些，娘再辛苦鬥下去，又有什麼意思？」

「娘，我雖對那個位置看不上，但是，兒子也要先光明正大地將該屬於兒子的東西奪回來。他們為了那個位置竟然敢害我娘子、陷害您，兒子若就這麼走了，不是正合了他們的意嗎？而且，您苦了這麼多年，就此放棄，您能甘心嗎？」葉成紹雙手伏在皇后的雙膝上，眼神堅定而毅然。

這一刻，皇后感覺自己的兒子是真的長大了，以往那個吊兒郎當，對什麼事都渾不在意的葉成紹已經成長為一個有擔當、有抱負的男人了，悲涼的心境裡，終於流進一股溫暖而欣慰的熱流。皇后含淚笑道：「嗯，不甘心。紹兒，如果你想要，娘就幫你奪，便是粉身碎骨，娘也要幫你討回公道。以前娘太顧忌那個人的面子，顧忌他的難處，如今娘想通了，他不仁，娘也不會再癡心妄想了，以往，他是娘的全部，而現在，你就是娘的全部，娘只為你而活——」

葉成紹走後，皇后換了身簡潔輕便的衣服，帶著花嬤嬤向後殿走去，轉到一個偏房裡，她拿出一根小竹管，向窗外彈出一股彩色的輕煙。花嬤嬤看得一震，小聲提醒道：「主子，您這是要見……這可是在皇宮裡啊，若是被御林軍發現……」

「如果拓拔宏連這點子隱身的本事也沒有，他也不必再做北戎鷹首了。」皇后淡淡地說道。

發完後，皇后便又回到正殿裡，如往常一樣靠著軟榻假寐。不多時，外面走來一名宮人，身穿普通的青色太監服，頭上的青紗帽壓得很低。坤寧宮的宮人只是抬頭看了他一眼，執事小六子見了，小聲斥道：「小順子，你不經召喚，進內殿來做什麼？找死嗎？快快出去。」

那被喚作小順子的太監聽了腳步頓了頓，正要說話，花嬤嬤走了出來道：「小順子，娘娘找你問話，隨我來吧。」

那小順子低著頭走了進去，一進內殿，小順子便單膝跪地，聲音卻是渾厚的男中音，哪裡像平素的太監說話那樣尖細。「屬下參見公主。」

皇后自榻上坐正，美豔的雙眸瞪得老大，細細打量了一陣小順子，才開了口道：「你竟是親自來了，本宮還真是沒想到。」

那小順子猛然抬頭，露出一張英俊剛毅的臉龐，哪裡是什麼小太監，分明就是個中年俊男人。他眼裡也帶著驚喜。「公主，皇上很是想念您。」

皇后一聽，垂下眼簾，掩去眼中的難過和思念之意，淡淡地說道：「我如今在大周過得很好，教他不必掛念。你們這次來大周，所為何事？」

「皇上想請公主回去。」小順子，也就是北戎的鷹首拓拔宏熱切地對皇后說道。

「回去？談何容易，本宮如今是大周皇后，怎麼可能說回去就回去？當年……算了，本宮不想談當年，告訴他，本宮暫時不會回去。」皇后冷靜地對拓拔宏說道。

「可是，公主……臣尋公主尋得好苦，不知公主竟然是在大周深宮之中，若公主不主動與臣聯繫，臣只怕還要找尋二十年才能找到您。公主……跟屬下回去吧，皇上他……」拓拔宏剛毅的臉上閃過一絲痛楚，眼裡含著股熾熱的火苗，正在燃燒著，聲音卻是帶了一絲的蒼涼。

皇后的臉色終於有一絲動容，自嘲地笑了笑道：「辛苦你了，不過，本宮確實不能走。本宮之所以找你，是需要你的幫助……」

皇后與拓拔宏究竟說了些什麼，暫且不表。卻說葉成紹自宮裡出來後，首先就去了司安堂，但是，一進司安堂的總部，屬下便說有人在等他，便將他引到了一個小屋子裡。他抬眼看去，一個偉岸的身影站在暗處，儘管是背對著他，但他還是一眼就認出了那個人，唇邊不由扯出一絲冷笑來，也不等那人開口便道：「怎麼？不放心將如此重要的機構再交到我的手上嗎？你對我的防備又升級了？」

那人緩緩地轉過身來，黑暗中，雙眼如利芒一樣閃著寒光，語氣威嚴無比。「這是你對朕說話的語氣嗎？不要總挑戰朕的耐性，朕自認，除了個身分之外，並沒有虧待過你，給了你大周最強的黑暗勢力，你那兩個皇弟根本就無法望其項背，你還要如何？」

「最大的黑暗勢力？你也說了，是黑暗勢力，也即是陳貴妃口中的陰溝裡的老鼠，對吧？你如今是想拿回去嗎？」葉成紹嘻嘻笑著，對皇上的威嚴渾不在意。

「這幾年，你做得很好，朕為何要收回去？大周朝中，還有誰能讓朕如此信任？你為何就不明白朕的心意呢？你那兩位皇弟各有所缺，難堪大任，朕對你的期望很高，你母親不明白，你應該是明白的啊。」皇上大步走向葉成紹，伸手向葉成紹的臉龐撫去，葉成紹臉一偏，倔強地躲開了，皇上的手便停在空中，半晌也沒有放下來。

「可是我也是個浪蕩子，也是難堪大任的，你還是不要對我存了什麼心思的好，我做不來你那樣無情無義。」葉成紹後退一步，與皇上保持了距離，似笑非笑地說道。

「算了，朕的心，你遲早會明白的，總之，你要相信，朕並沒有害你之心，你到底是朕的嫡長子，是朕與柔兒所生的孩子，朕對你的期望又何止是個大周……」皇上神情有些黯然，說了一半後，頓住了，並沒有繼續往下說，見葉成紹聽了後，劍眉立蹙，又改了口道：「治河之事刻不容緩，可是你提升名望的最佳時期，兒媳提的那些建議很是新穎，但實施起來怕是有難度，你且先邊做邊想，在實踐中改進吧！兩淮，今年怕是不能一下就治得好，今年就不要帶藍氏去了，你……就是太兒女情長了些，要做大事，可不能太多情，更不能窩在婦人懷裡捨不得起身啊。」皇上語重心長的說道。

「是太后不想我帶娘子去吧，所以，娘子才會中毒，所以，才會又演了這麼一齣，你們也不嫌累嗎？」葉成紹對皇上的話絲毫不動容，但皇上那句不只在大周卻是讓他聽出了一些訊息，腦子裡飛快轉著，有很多以往想不明白的、不合理的事情，這時都能想得通了。果然，皇上的野心還真不是一般地大，也許，幾十年以前，初遇皇后時，他就存了那種心思的。

皇上聽了他的話，並沒有正面回答，而是說道：「這次的事情，肯定是與他們兩兄弟有關的。朕也知道你手裡有人有權，很快就可以查出那個人來，但是，畢竟是親兄弟，你可以小小報復，卻不可以傷及手足，朕許你小懲大誡，但絕不能傷他們的性命。」

葉成紹聽了憤怒地看著皇上道：「你也知道可能是他們中的一個，那你也看到了，他們可是差一點就要了我娘子的命，連環毒計使得多順溜啊，一個一個陰狠毒辣，我放過他們，他們可會同意放過我？你還想讓我一直被動挨打，而且是打不還手嗎？」

皇上聽得眉頭緊皺道：「紹兒，說了許你小懲，但無論如何，藍氏還是好好的，並未傷及生命，所以，朕請你手下留情。你要知道，普天之下，莫非王土，你也是大周的子民，如果一個皇子被殺，你知道那會有多嚴重的後果。」

葉成紹聽得一滯，不過，也不得不承認皇上的話很對。如今他還勢單力薄，根本還很弱，沒有與皇上對抗的力量，如果太過忤逆皇上，會給寧伯侯府、藍家，乃至皇后都帶來災禍。他現在並不是孤家寡人，也並非無所顧忌，還有一個他深愛的妻子需要他的保護，他答應過她，要給她一份寧靜祥和的生活，那所有的一切，就要以她的利益和安全為重……

「放心吧，我知道輕重的，等我先查清究竟是誰了再說，總不能白冤枉了一個，又白放任了一個。」葉成紹不得不低了頭，語氣裡很是不甘地說道。

素顏睡得迷迷糊糊的，一直就沒太醒。半夜時，她被自己咕嚕叫著的肚子餓醒來，艱難地睜開眼，竟是感覺屋裡有昏暗的燈光，探手向身邊一摸，竟然沒有摸到那個熟悉的身體，不由微怔，心想道：還沒有回來嗎？難道，皇后娘娘真有危險？

正擔心著，就見紅色的紗帳被輕輕撥開，眼睛就落入了一雙墨玉般的黑眸裡。葉成紹穿著一件寬大的錦襖，腰間鬆鬆地繫著一條紫色的腰帶，眉頭上、鼻梁間，竟然掛著一些白色的東西。燈光太暗，素顏看不出來是什麼，但那個樣子有些滑稽，好像一個小丑一樣，素顏不由輕輕地笑，柔聲嗔道：「你這是從哪裡鑽出來的，怎麼弄得那麼髒？」

一聽素顏的聲音很是平穩，葉成紹臉上立即綻開一朵快樂的微笑，俯了身，手向她的腰背間抄去。「娘子，感覺好多了嗎？」

素顏被他抱得坐起，他又在她身後塞了一個大迎枕，讓她舒服地靠著，又把被子拉上來，蓋到她的肩膀處，將兩邊的空隙掖緊，以免她凍著。

深更半夜的，他自己不睡覺，也不讓她睡，素顏被他弄得莫名其妙，忍不住問道：「紫晴幾個呢？相公，你怎麼不睡？」

「我沒讓她們進來。」葉成紹柔聲回了一句，又將紗帳給掛起一邊，向床邊的床頭櫃伸過手去，竟是像變戲法一樣地端出一只碗來，上面還放著一雙筷子。素顏立即就聞到了一股清香，香菇、麻油外加蔥花、生薑的味道，她肚子很應景地咕嚕叫了起來，忍不住就流下口水，興奮地向葉成紹手裡的那只碗看去，可惜，聞著香，看著就是……真不好看啊，蔥花放得久了，早變成了黃黃的，而他手上的那碗東西，看著黏乎乎、一坨坨的，不知道能不能稱之為「麵條」，她不由斜了眼睨著葉成紹，唇邊的笑意掩都掩不住。

「相公，你不要告訴我，這是……麵？」

葉成紹一聽急了，拿起筷子挑了挑，還特意將一束麵條挑得老高，神情像個獻寶的孩子。「是麵啊，娘子妳看，真的是麵，我和了好久，又切得細細的……只是，好像有些黏在一起了喔……」又覺得有些懊惱，嘟囔著道：「我明明就是聽了陳嬤嬤的，先把水煮開才把麵放進鍋裡的啊，怎麼還是煮成坨了呢？是哪裡沒有做對？」

素顏的心裡暖得她渾身懶洋洋的，一個自小便是衣來伸手、飯來張口的大少爺，竟然會去廚房和麵，做麵條，煮麵，這事要是說出去，怕是全京城的人都會震驚，誰會相信曾經的紈袴公子會親自下廚做這種婦人和下人才會做的事情？

素顏的眼神讓葉成紹很不自在，端著碗的手就有些發僵，很是為難地看著自己碗裡的東西，端走又怕素顏餓著，給她吃又實在是……連自己看著都沒有食慾。

「這是你親手做的？」素顏歪著頭，大而清亮的眼睛裡閃著異樣的光，聲音輕柔，帶了一絲連自己都沒有注意到的柔情。

「娘子，要不，我再去做一碗吧，妳先躺回被子裡吧。」葉成紹很不好意思地就將碗往回收。

素顏眼疾手快就雙手將碗捧住，雙眼彎成了月牙兒。「不行，我要吃，餓死了，真好啊，有麵吃。」她看麵的眼神，就像發現了人間佳餚一樣，一臉的饞樣。

葉成紹冷不防被她搶了碗，忙道：「怕是不好吃呢，娘子，這個……要不，還是讓顧余氏親手做吧……妳慢點，嘴邊都是湯，沒人跟妳搶。」

素顏趁他還在那裡嘀咕時，已經拿起筷子開動了，挑了一大束麵送進口裡，吃得眉開眼笑，嘴邊全是湯汁，葉成紹拿了帕子忙不迭地幫她拭著嘴角，眼中盡是寵溺，看她吃下去一口，神情僵了一下，他的心不由立即高高提起，眼神黯了下來，小意地說道：「要是……要是太難吃了，娘子還是別勉強了。」

「誰說的，真好吃啊。」素顏瞇著眼，快樂地嘆了口氣誇道。

葉成紹的眼睛立即像黑夜中點亮的明燈，興奮地說道：「是嗎？真的嗎？不難吃？給我嚐嚐。」說著就伸手去拿素顏的筷子。素顏卻是將手一縮，護住手中的碗道：「不嘛，我好餓，我先吃飽了再說。」

葉成紹聽了忙點頭道：「嗯、嗯，娘子吃、娘子吃，吃得飽飽的。」神情像強忍著滿心的歡喜，坐在床邊盯著素顏吃麵。

素顏像風捲殘雲一樣，很快將一碗麵全都吃完了。莫說，她原就沒吃多少東西，後來又在坤寧宮裡吐了好一回，回到府裡就沈沈睡了，腹中空空如也，一碗麵下肚，還眼巴巴地看著空碗，一副沒有吃飽的樣子。

「娘子，妳還要不要？我再去做點？」葉成紹意得志滿地端著那只空碗，有些期待地問素顏。

「飽了，再吃就會睡不著。相公，你過來。」素顏一把扯過葉成紹，拿了床頭的帕子，伸了手去擦他眉鼻上的麵粉，眼裡是濕濕的，唇邊卻是暖暖的笑意。

葉成紹伸著頭，微瞇著眼睛任素顏擦著，小聲道：「是什麼？不會是鍋灰吧，可是，我沒有燒火啊？」

「是麵粉。相公，以後不要再下廚房了，會讓別人笑話你的。」素顏輕輕將他的臉擦得乾乾淨淨，忍不住將他的脖子勾下來，在那張俊臉上吻了一下。

葉成紹聽了，卻有些失望地垂著頭，睃著素顏道：「娘子，是不是我做得不好吃？娘子，陳嬤嬤說，多做幾次就有經驗了，以後肯定會做得好吃的……不會難吃。」

素顏聽得鼻子酸酸的，將他手裡的碗奪了，放到床頭櫃上去，一伸手，將他腰間繫著的那條鬆鬆的帶子一扯，他原本就很隨意地穿在身上的錦袍散開了，露出裡面白色的中衣。看樣子，他應該也是上床睡了後，才起來做麵的，是在睡夢中聽到自己肚子咕嚕叫的聲音了嗎？

一種小幸福爬滿了素顏的心頭。這個時代的男人，莫說是大家公子，便是貧苦人家的男子也很少進廚房的，他們認為那是女人和下人們做的事情，做這種事會丟了顏面，可是他……他明明就有那麼尊貴的身分，天之驕子，竟然肯為自己下廚做麵。

她沒有告訴他，剛才那碗麵沒有放鹽，但是，她吃在嘴裡，能嚐到一股淡淡的甜香，很好吃，是真的很好吃，是她有生以來，吃過最好吃的麵。這個傻子，性子純良得就像個孩子，以前只當自己是被迫嫁給了他，現在才知道自己是撿了個大寶，撿了個多麼好的好男人。

衣襟被驟然扯開，葉成紹顯得有些措手不及，可是，那一刻，她真的很想將這個男人擁進自己懷裡，很想將自己的全身心都交付於他。以往都是他主動，這一次，她要給他回報，讓他體驗不一樣的感覺。

手自他的衣襟裡探了進去，柔軟而溫暖，緩緩向上撫摸，觸手的是他緊緻的肌膚，是他健碩的腹肌。手下的身子明顯一僵，葉成紹慌忙地捉住她的手，眼裡火苗四竄，聲音都有些發乾，很艱難地說道：「不行，娘子，妳才大病過，我……我怕傷著妳。」他強忍著身體的躁動，閉著眼，急急地說道。

素顏卻是另一隻手勾住了他的脖子，仰起頭，將自己的唇貼上他的薄唇，不容他再嘰歪，把他那脆弱的抵抗全吞進了嘴裡。

「唔……唔……娘子……」

「你好吵……專心點……」

第一百一十八章

卻說大皇子，將司徒蘭兩手一抄抱進了馬車裡，把個司徒蘭嚇得大聲尖叫、奮力反抗著，大皇子卻是將她往馬車一放，大手一下就箝住了她，眼神陰厲地看著她道：「別裝貞潔烈女了，方才妳不是還主動對葉成紹投懷送抱嗎？爺看得上妳，是妳的福氣。」說著，大手在她豐滿而高聳的胸前狠摸了一把，眼裡放出如狼一樣的綠光來。

司徒蘭真的嚇著了。以往葉成紹再是可惡，卻從沒有真碰過她，更沒有猥褻過她，這大皇子，看似忠厚老實，怎麼像一頭色中餓狼一樣，好生可怕，不由放軟了聲音，哀哀地求道：「王爺……不可如此，這裡可是紫禁城裡呢，來往肯定會有很多人的。」

大皇子一聲淫笑，捧起她的頭，就在她臉上親了一口，放開她道：「也是，這個地方確實不太好辦事，不若司徒小姐跟本王回府？」

司徒蘭聽得大驚，正要叫，大皇子突然拿出一條帕子，在她面前一甩，司徒蘭頓時暈了過去。

她的丫頭根本不敢抬頭看，更不敢作聲。

大皇子對前面的車伕冷冷地說道：「送本王回府。」

將司徒蘭弄回了王府，但大皇子並沒有真對她如何，只是讓那貼身丫頭回護國侯府報信，就說司徒姑娘在他府裡就是。

夜幕降臨，大皇子正坐在正妃的房裡用飯，臉上帶著一臉溫厚可親的笑容，對陳妃道：「娘子，我想娶司徒姑娘為側妃。」

陳妃聽得一震，臉上立即閃出一絲不豫，冷聲道：「聽說司徒大姑娘是要許給東王世子的，王爺，只怕皇上不會允了這樁婚事。她好好的世子正妃不做，怎麼可能會做您的側妃呢？」

「娘子，司徒姑娘性子高傲，心性又高，一個小小的王爺世子怎麼能入得了她的眼……難道，在娘子的眼裡，本王比那東王世子差？」聲音仍是溫和得很，就是眼神也透著忠厚，但陳妃卻是沒來由地打了個冷顫，乾笑著道：「王爺，臣妾不敢，自然是王爺要強過那東王世子。王爺您志向宏遠，又豈是東王世子能比得上的？」

大皇子這才笑了起來，眼中的陳妃看著也不似以前老氣了。這個正妃雖和母妃長得相似，但是，卻是個最會轉彎的，從來不會正面反對自己，嗯，好些年沒有進過她的屋了，今天作為獎勵，就陪陪她吧！

說著，兩眼便有些發光了起來，很是溫柔地牽了陳妃的手道：「娘子，安歇去吧。」

陳妃聽得一喜，忙站起身來隨他走。陳妃的屋子裡這個時候還燒了炭，又薰了香，暖暖的，清香雅致，大皇子聞著那香味，便覺得心神一蕩，手便慌忙急切地往陳妃的身上摸，陳妃也很配合他，伸了手，嬌羞地替他解著衣扣……

整個屋裡滿室旖旎，不久，便傳來一陣陣的喘息聲，可是，再過了一會子，便聽得大皇子的一聲咆哮——

「怎麼會是這樣?!」

又聽得陳妃略帶幽怨和恥辱，又不得不安慰的聲音。「王爺，不急，可能是太過疲累了，休息休息吧。」

「不行，本王怎麼可能不行?再來一次……」

又過了好一陣，終於聽到啪的一聲響，大皇子又在怒罵。「肯定是妳這賤女人太醜，污了本王的眼!來人，將那司徒蘭剝淨了送到本王屋裡來!」

「王爺，你……你怎麼能……」

「放肆!賤人，給我滾出去……把司徒蘭給本王送來!」

「王爺，司徒姑娘不在府裡。」外面丫頭戰戰兢兢地回答。

「那妳進來，本王收了妳放房!」大皇子在裡面又吼道。

這時，大皇子在屋裡久戰不下，身下那物不管怎麼弄，也總是挺立不起來，心中又怒又躁。陳妃被他一巴掌甩到了床邊，正捂著臉嗚嗚小聲哭泣，大皇子手一伸，抓住陳妃的頭，一把將她扯了過來，死勁往自己胯下壓去，嘴裡吼道：「給本王舔，本王怎麼可能不行，怎麼可能不行?本王雄風萬年，怎麼可能不行?」

說著，將胯下那物往陳妃口裡塞，陳妃被迫將他的那物含在嘴裡，嘴被堵得死死的，大皇子微胖的肚子將她的鼻子都堵住了，讓她呼息困難，而頭髮又被大皇子像抓亂草一樣抓在手裡，頭皮被扯得生痛，一時又痛又羞又氣又恐懼，眼淚噴湧而出，大皇子那物仍是耷拉著，他越發狂躁了，突然就扯起陳妃的頭往床外一甩，生生將陳妃扔到了床下，手裡還揪著陳妃的一綹頭髮。

陳妃痛得頭皮發麻，卻也終於脫離大皇子的手心，竟是不顧一切、赤身裸體就爬起來往外逃。這時，大皇子一下跳了下來，也不去抓陳妃了，搶先她一步衝出了房，白晃晃的身子一晃就到了門外，正好看見先前回話那丫頭也正往穿堂裡跑，似是在躲他，大喝一聲道：

「不識抬舉的東西！」

那丫頭嚇得不敢再逃，膽顫心驚地回頭，一抬眼，卻是看到大皇子渾身未著寸縷的樣子，嚇得尖叫一聲，捂住臉便跪在了地上，不敢再跑。

而屋裡還有兩名執事太監，還有一個婆子，那是陳妃的奶娘，見了這情形，驚愕的同時更是羞紅了臉，也氣得嘴唇都在打哆嗦，擔憂地看向內屋，卻是也不敢作半句聲，只能默默地向角落裡退去。主子這是醜態百出，如今他正狀似瘋狂，等他清醒時，回想起方才的情形，一想到有誰看到了他出醜的模樣，定然是要滅口的。她在大宅子裡待得久了，自是非常懂得趨利避禍，這會子也顧不得陳妃，只能先躲了再說。

大皇子衝到那丫頭面前，胖手一把揪住了那丫頭，像提隻小兔子似地將那丫頭提起往內屋而去，那丫頭連哭都不敢大聲，只能哽著喉嚨嗚咽著。

而陳妃，這時也知道扯了一塊床單裹在自己身上，趁大皇子不注意，才從內屋溜了出來，悶頭往偏屋而去。剛走幾步，便被那婆子一把扯住，陳妃像隻受了驚的兔子，突然被人碰到，嚇得猛然驚呼，那婆子捂住了她的嘴小聲道：「王妃，是奴婢。」

陳妃這才沒有再叫，伏進那婆子懷裡便嗚嗚地哭了起來。那婆子哪敢讓她就在正屋裡哭，忙半抱半拖地就往東廂房裡去。

陳妃被那婆子安置在東廂房裡的床上，蓋上兩床厚厚的錦被，陳妃渾身還在不停地抖著，臉色蒼白，兩眼空洞而無神。她乃大家閨秀，家世顯赫，自小受盡父母寵愛，學的就是女訓女德，最是端莊穩重、自持身分，從來將那些哄男人的手段看成下作下賤之事，而今天，卻是被大皇子當成狗一樣地污辱痛打，讓她做……那種羞死人的事，這讓她的心靈一時難以轉彎，好半晌還處在呆滯之中。

正胡思亂想，便聽到裡屋傳來自己貼身丫頭的求饒聲。「王爺、王爺，求您饒了奴婢，饒了奴婢吧！」

接著，又聽到大皇子狂怒的吼聲，聲嘶力竭，如困獸在嚎叫。陳妃不由又是一陣哆嗦，淚眼矇矓地看著那婆子，那婆子眼中卻是露出沈戾之色，小聲道：「王妃，今兒個王爺可是見過那司徒姑娘的，是不是王爺對她行止不端，所以被她……」

陳妃聽得一怔，很快明白了意思，她雖是害怕現在的大皇子狀若狂獸的模樣，但畢竟是自己的丈夫，他若真的不能人事，那她的後半輩子不是要守活寡了嗎？

方才她也聽到大皇子說要將那司徒蘭剝淨了送到屋裡的話……聽說，那女人其實是真心喜歡寧伯侯世子的，只是因為藍氏太過優秀，將她的鋒芒都蓋了去，才會不得寧伯侯世子的眼。王爺突然說要娶她進門，怕只是她敷衍王爺的話，又被王爺纏得急了，才會……好狠的女人啊……陳妃一時氣得咬牙切齒，手指甲掐進了皮肉裡而不自知。

正暗恨司徒蘭時，裡屋傳來一聲刺耳的慘叫，那聲音悲慘而絕望，陳妃聽得心提得老高，突然一扯錦被，將自己縮進被子裡躲了起來。

那一夜，大皇子正妃的貼身丫頭全身青紅紫綠，頭髮都被生生揭了半邊，嘴唇竟是被咬去了上半唇，下身女子的私處更是血肉模糊，像是被利刃戳爛了，而陳妃第二天卻是使人將她偷偷地拖到郊外的亂葬崗給扔了。

正妃院裡的人也來了個大清洗，凡頭天晚上在陳妃院裡值守當差的，打的打、賣的賣，更有些是莫名地失蹤了，找不到人影。

陳妃認定那些人是逃走了，但大皇子卻是一派寬宏大度的樣子，說那些奴才逃了就逃了，王府絕不再追究。王府裡隔得遠些的院子裡的奴才雖是不明白那些人好好的為何要逃，卻也還是感念王爺厚道仁愛，對背叛自己的人都如此大度，真真是個仁人君子，比起二皇子的清冷陰鷙，大皇子要仁厚得多。

大皇子於是在王府裡的聲望又進了一層，王府的奴才們還將這事傳了出去，不明真相的，便只道是陳妃刻薄，使得那些奴才們在王府待不下去才會逃，又更加覺得大皇子的厚道與寬仁了。

素顏第二天仍是懶懶的，並沒有起床。葉成紹早早就起來了，在她身邊膩歪了一陣，臉上雖是笑嘻嘻的，眉宇間卻是凝著一絲凝重，素顏便問他皇宮裡的事情，他只道皇后娘娘的冤屈已伸，已經回到自己宮裡，並無大礙，一副不想多說的樣子，素顏也就沒有多問。自己是如何中的毒，當時完全不知道，但後來一想，卻是了然，便深懼深宮裡的可怕，拉著葉成紹的手就不肯鬆，清亮的大眼裡滿是擔憂。「相公，若是能早點去兩淮，那就早些動身吧，不要太捲入宮裡的爭鬥了，能遠離朝堂是最好的。」

葉成紹聽得微怔，雙眼凝在素顏的臉上，好半晌才道：「娘子，妳難道就不想要……想要那最榮耀的權勢和地位嗎？或許，我也可以……」

素顏聽得大驚，大大的雙眼裡全是震驚，心中一慟，好半晌，她才幽幽地道：「你……真的想要那個位置嗎？」

「如果我想要呢？」葉成紹試探著問。

素顏的眼睛一瞬不瞬地看著他，清亮的眼睛像是要看穿葉成紹的靈魂一樣，靜靜地開了口道：「你是我的相公，你想要什麼，我會竭盡全力去幫你。」

葉成紹聽了，心都快化成水了。一直以來，他都知道素顏是不喜歡爭名奪利的，更知道素顏骨子裡的傲氣，她是個獨立性極強的人，喜歡的是簡單寧靜的生活，她所想要的不是榮華，也非權勢，她要的，只是兩個人手牽著手，一起慢慢地走過人生四季，她要的，是專心專情的愛，她的眼裡容不得一點沙子，可是，成為帝王，又怎麼可能會……所以，葉成紹是知道她最不願意他為了那個位置去爭，也更不願意他坐上那個位置的。可是，今天，她……竟然不但同意了，而且還這樣支持他，這讓他詫異的同時，又感動莫名，真想將她就此揉進骨子裡去，藏在心窩裡，既保護她，又不讓他人覬覦。

素顏從他懷裡抬起頭來，指尖在他俊逸的臉龐上，順著輪廓輕輕描繪，眼裡帶了笑。

「宮裡頭應該還有不少事情要你去處理吧，去吧，早朝晚了可不好。」

葉成紹這才放心地走了。素顏睡在床上卻是再也睡不著，在乾清宮看到的那雙狠毒的眼睛不時浮現在她的腦海裡，那雙眼睛並不年輕，有些熟悉，卻又想不起是在哪裡見過，讓她好生詫異。

那雙眼睛究竟是誰的？素顏拚命在腦子裡搜尋著，在床上翻來覆去，小半個時辰也沒睡著。這時，就聽到紫晴在外頭輕聲問：「大少奶奶，起了嗎？侯夫人一大早就過來看您了。」

素顏一聽，不由眉頭蹙得老高。辰時不到她怎麼就來了？侯夫人是長輩，來了不見怕是又會遭人詬病，她只好打起精神來。如今她也明白了，身上的毒素應該還沒有徹底清除，而那毒藥最終是不會要她的命的，只是讓她渾身乏力罷了，看來，下毒之人應該是不想讓自己跟著葉成紹去治河吧，如此一來，她便想得越發透了，立即又想到了太后。

太后是最不希望自己去兩淮的，但是，皇后一再阻攔，而皇上又是贊成的，所以無奈之下，正好發現有人對自己下手，便順水推舟，把那致命的藥改成了另一種讓自己乏力的藥，從而不但阻止了自己去兩淮，又達到了陷害皇后的目的……嗯，應該是這樣。

素顏對太后有種特殊的感覺，她一直便不太相信太后想要置自己於死地，所以，即便知道太后也是幕後人之一，心裡也恨不起來。

「進來幫我梳頭吧。」素顏在床上懶懶地說道。

進來的只有紫晴，紫綢卻是沒來，素顏不由詫異，紫晴不等她開口便道：「紫綢昨兒個有些著涼，奴婢便沒讓她起來。大少奶奶，您是要起嗎？爺走時吩咐了，說您身子還沒復元呢，還是躺著好了。侯夫人也說，不用您起來相迎。」

素顏聽了便從善如流地點頭，只讓紫晴給她稍稍把頭髮理了理，便披了件錦襖，背後靠著個大迎枕子，歪坐在床上。

紫晴便出去送信，一會子，陳嬤嬤便面無表情地陪了侯夫人進來。侯夫人卻是一臉的笑意，一見素顏歪坐在床上，忙道：「坐起來做甚？快躺下吧，別再著涼了，紹兒回來又心疼了。」語氣親熱得很，像是她與素顏原就是一對關係融洽的婆媳一樣。

素顏也只好笑道：「倒是煩擾到母親了，您還這麼早就來看望兒媳，讓兒媳心中好生不安。」

侯夫人笑著坐到素顏的床邊，很親切地幫她扯了扯被子，又道：「如今妳可是咱們大周朝的第一才女，整個侯府都跟著妳沾了光呢，連著一直不成器的紹兒也出息了，這可真是侯府的一件通天的大事。侯爺昨兒個可是一直興奮著，但一聽說妳被人害了，又急得不行了，一再催促我親自來照顧妳呢。」

素顏身子疲累，所以，也不想與侯夫人太繞彎子。「娘，紹揚的病……可好了些？我這想起了兩個簡單的方子，雖不能立即見效，但長期服用，對於他身上第二種毒素的清除還是有些作用的，您不妨拿去試試？」

果然侯夫人聽得眼睛一亮，鼻子就有些發酸了，熱切地看著素顏道：「聽說，妳給了太后一個方子，太后用了後，說是身子骨強健得多了……真一天不吃那粥便欠得慌，看什麼、做什麼都不對勁。」

素顏聽了卻是鬆了一口氣。侯夫人肯當著她的面承認自己身上也是中了毒的，說明她對自己的敵意著實少了很多，便笑道：「二弟的毒癮比您的更重，如果二弟能有毅力忍得住，母親，您也一樣能行的。您要給二弟做個榜樣，這樣才能鼓勵二弟有決心繼續下去。」

侯夫人聽得眼眶就紅了，有些不好意思地垂了眼眸道：「嗯，為娘知道的。有幾次，我想那粥想得慌時，就去了紹揚屋裡，看著他唸書，陪他說話，好像忍忍也就過去了。我聽妳的，以後會控制自己的。」

素顏聽得便笑了，對紫晴道：「去拿紙筆來，妳也是個識字的，幫我記下方子。」

又對侯夫人道：「給二弟的方子，您也可以用點，毒性是一樣的，若是能堅持，應該也能斷了那毒癮的。」

紫晴聽了便出去拿紙筆，素顏便告訴侯夫人一個方子，又把給太后吃的那個五黑籽粥的方子告訴了侯夫人，侯夫人拿了方子，看素顏的眼神也真誠了一些。

但她還是不肯走，仍是坐在素顏的床邊，素顏無奈地在心裡嘆氣，只能裝作有氣無力的樣子，眼睛半開半閉地看著侯夫人。

侯夫人見了就有些坐不住了，但她心裡著實是急，只好乾笑著道：「想不到，文嫻那孩子昨兒個也得了個好名次呢。兒媳啊，聽說妳這一次與東王妃相交，關係甚是融洽，東王妃還下了帖子給妳，說是要約妳去含香山別院去玩，到時候，妳可要多帶著妳三妹妹。聽說，那東王世子還給妳伴過奏，應該跟妳也是熟的吧？」

侯夫人一高興，這話說得就有點不經大腦，素顏聽著就有些生惱，便道：「母親，那世子只是遠遠地合了下音，當時相公也在幫我配著劍舞呢。」

說得好像自己跟東王世子有些曖昧不明一樣，素顏忙澄清著。

侯夫人立即也聽出素顏的意思，不由就有些不自在了，笑道：「嗯、嗯，那是，娘就想著，去了含香山後，能不能妳也拉了那世子來，與文嫻幾個一起彈彈曲子。文嫻那孩子的琴技可是不錯的，世子應該與她合得來才是。」

素顏聽她話都說到這分上了，只好點頭，微閉了眼睛。侯夫人見了便起身告辭，但是才走了幾步遠時，她又回過頭來，狀似無意地說道：「說起來也是怪，昨兒個妳們都去了壽王府，娘一個人在家就閒得慌，又擔心著妳們幾個在外頭會不會被欺負，想找白嬤嬤說話來著，卻是連找幾次也沒見著人影。妳說她一個老婆子不待在屋裡，沒事到哪兒去了？」

素顏聽得震驚，有些不可思議地看著侯夫人，侯夫人卻是不再多說，輕飄飄地走了出去。

第一百一十九章

素顏細細地品著侯夫人的話，突然眼睛一亮——是的，那雙眼睛，那雙看似熟悉的眼睛，分明就是白嬤嬤的！

她一個侯府的老媽子，怎麼可能會在乾清宮裡出現？看那樣子，似乎對宮裡熟悉得很啊，難道那天下毒的是她？

侯夫人這是在投桃報李嗎？或許，她怕是早就懷疑了白嬤嬤，但懼於白嬤嬤身後的勢力，不敢反抗吧？可白嬤嬤不是侯夫人的奶娘嗎？難道，她不是？

想了好一陣子，也沒想明白其中的關節，後來，她竟是睡著了。中午時，葉成紹還沒有回來，陳嬤嬤卻是帶來了個令素顏震驚的消息——大皇子竟然向皇上討了恩典，要娶司徒蘭為側妃，而二皇子，竟也提出求娶素麗為良娣的話。

這讓素顏好生擔心，她可不想素麗嫁入皇家，給二皇子做側室。且先不說皇家的爭鬥有多麼激烈狠毒，光二皇子那個人就不是很地道，還不如東王世子。

素顏一時心急如焚，就想要快些起來回娘家一趟，趕快阻止這件事。不回娘家，就得去宮裡頭，晚了，只怕素麗就被亂點鴛鴦了。

中午，葉成紹回來了，臉上卻是帶著舒心的笑。素顏看他心情好，便拽著他問：「相公，今天宮裡有什麼好事嗎？」

葉成紹笑著說道：「也沒什麼，只是護國侯不肯將司徒蘭許給大皇子，在朝堂裡與皇上頂了兩句而已，可太后作主了，護國侯也沒辦法。看來，司徒蘭是要嫁給大皇子了，喔，大皇子府裡昨天出了一樁醜事，大皇子的正妃躲在偏房裡哭了一個晚上，府裡頭死了個丫頭，情況很慘啊，很慘……」

「很慘你笑得那麼得意做什麼？」素顏好生不解，不由戳了葉成紹。這廝不是那麼狠心的人吧，人家死得慘，他卻這樣幸災樂禍。

「嗯，她被丟在了亂葬崗，今兒個我著了人，把那屍體又擺在了大皇子的王府前，呵呵，護國侯只要細查，便知道那丫頭是如何死的。這戲又好看了，哈哈哈！」葉成紹笑得一臉得意，伸了手，捉住素顏的手道：「不是說讓妳好生歇著的嗎？怎麼又起來了？」

「我要進宮去。二皇子要娶素麗，我可不答應。」素顏急急對葉成紹說道。

葉成紹聽了眉頭皺了皺，深深地望著素顏道：「皇上好像應了啊。娘子，妳這副樣子能去宮裡？我當時也想了法子要反對的，可是……」

素顏聽得大急，忙附在他耳邊嘰哩咕嚕說了好一氣，又把葉成紹往外推，連連道：「快，快走，快去幫我辦了這事！」

葉成紹忙安慰她道：「妳使了青竹去就行了，不用我親去的。」

素顏一想也是，使了青竹去就成了，一時，又叫了青竹來，吩咐了幾句，青竹飛身走了。

過了兩天，藍家立即傳出藍三姑娘突發暴病，躺在床上不醒人事的消息。皇上和太后聽了便不是很樂意了，叫了二皇子進宮，好在兩家也沒有許婚，更沒有換庚帖，一切還算來得及，畢竟皇家可不能要個病殃子做兒媳。

二皇子卻是一臉篤定，怎麼都不肯鬆口，只說素麗是會治好的，還隔三差五就去藍家探視。皇上和太后也沒法子，配婚的指令也一直沒下，就在觀察素麗的病情，如果能好了，便是將她給了二皇子也行，反正只是個良娣，並非正妃，倒也不算是太重要。

這天，素顏終於舒服了些，便起了身去侯夫人屋裡請安。侯夫人正與白嬤嬤說著什麼，青竹隨在素顏身後走近，白嬤嬤便停了嘴，靜靜地站在一旁，卻見青竹突然發難，疾指如電，一下便制住了她的穴道，白嬤嬤立即大怒，喝道：「妳這是為何?!」

侯夫人出了一身冷汗，但神情卻還算鎮定，一見青竹制住了白嬤嬤，她立即便閃開了，對素顏道：「好在妳也看出來了，這個老貨果然不是個東西……」

素顏卻是向她一揖道：「那日多謝母親提醒，不然，兒媳也不會立即就想到她。」

侯夫人嘴角抽了抽，卻是怒視著白嬤嬤道：「我待妳素來不薄，妳卻如此狠毒，害我孩兒，妳……妳快些將紹揚的解藥拿出來，不然，我便要妳生不如死！」

白嬤嬤聽得微怔，隨即臉上露出鄙夷之色，呸了侯夫人一口道：「沒想到妳這蠢貨也有變聰明的一天，老身倒是走了眼了，沒看出妳的膽子竟然變大了，敢與這小賤人勾結一起來害我！」

侯夫人聽得大怒，上前就扯住白嬤嬤的胸襟，使勁推搡著。「老貨，拿解藥來！可憐我那紹揚孩兒，竟是被妳這老貨折磨了十幾年之久，妳個老牲口，妳為何要這麼做？」

白嬤嬤身子動不得，掙不脫侯夫人的手，便只能向她吐了一口唾沫，卻是不再說話。

素顏便看了青竹一眼，青竹手指裡立即又閃出一片小刀片，仍是一臉的媚笑，走近白嬤嬤，聲音嬌滴滴的。「唉呀，嬤嬤，妳今兒穿得可真多啊，不若奴家給妳脫幾件吧。」說著，又舉起自己手裡的刀片道：「嬤嬤可是認得此物？這可是精鋼淬鍊而成的刀片，最是用於宮裡淨事和刑場上凌遲之刑，奴家拿著也玩了多年了，還從沒有片過一個老皮老肉的身子，今兒在嬤嬤身上試試如何？手藝不精，還望嬤嬤海涵。」

說著，便是手一舉，輕輕一劃，便將白嬤嬤外面那件衣服盤扣給劃開，隨著，便是手腕動如花，只見她的動作如行雲流水，優雅而眩目，一陣白芒閃動，只消片刻，白嬤嬤竟然不著寸縷地立在了寒風之中。侯夫人身邊的晚榮，素顏身邊的紫綢看得目瞪口呆，立即就羞得捂住了眼睛，不敢再看。

侯夫人見了也是怔了怔，但她很快便退開一步。

白嬤嬤也是女人，突然被人剝光了衣服，立於大庭廣眾之下，羞憤欲死，氣得大罵道：「小賤人！妳要打就打、要殺就殺，如此折辱老身，老身便是做鬼也不會放過妳！」

青竹眼一沈，抬手輕劃，立即便將白嬤嬤肩頭上的一塊皮給生生揭了下來，那皮帶著血，卻並沒有黏多少肉，可見她動作是如何嫻熟精準，白嬤嬤痛得牙一齜，不由怒視向素顏。

素顏也有些不敢看，但如白嬤嬤這種人，若不用重刑，怕也不會說實話，想想紹揚那個乾淨又溫和的大男孩，又想著她對自己下手，素顏對這個惡毒的老婆子著實恨透，便強按住那不忍之心，並沒有制止青竹。

「嬤嬤還是好些說話的好，奴家的手有些發抖，下一處，怕就不會在肩頭了，只怕您這胸前的兩塊老皮，可能掛不住喔。」青竹言笑晏晏，又舉了手，白色的玉腕上沾滿鮮血，紅白相間，很是刺目。

白嬤嬤羞憤難當，偏又動彈不得。素顏牽了侯夫人道：「進屋去吧，別污了咱們的眼。」

侯夫人也是怕看這種酷刑，依言跟著素顏一起往屋裡走，很快便又聽到了白嬤嬤的一聲慘叫、青竹的笑問，侯夫人回頭，擔心地說道：「不會讓她死吧？妳弟弟的解藥可是在她手裡呢。」

話音未落，便聽得白嬤嬤大嚎道：「我說、我說，說完妳們直接殺了我吧……我受不了了！」

素顏聽得心頭一鬆。白嬤嬤再要堅持下去，難道真要來個活剝人皮嗎？那也太殘忍了。

侯夫人一聽那話，急急走了回去，這時，青竹丟了件衣服掛在白嬤嬤身上，算是給她遮羞，斥道：「老實點說，不然，我的手段可不只這些。」

白嬤嬤看了她一眼，似是痛極，顫抖著說道：「我也是奉人之命行事，請大少奶奶……給我一個爽快些。」

「妳主子是誰？妳平素又是如何與她聯絡的？」素顏厲聲問道。

「是陳貴妃，夫人應該心裡清楚的。」白嬤嬤回道。

「解藥呢？拿解藥來！」侯夫人心急如焚。她早就知道是貴妃在控制她，但那個暗藏在她身邊的人，卻是一直無法找到。十幾年來，那個人便像個惡魔一樣折磨著她和紹揚，她痛恨卻又無奈，最恨的便是侯爺，對此事曖昧不明，明明知道貴妃在害紹揚，卻口口聲聲說為了整個侯府的安危著想，不得不屈從云云，紹揚可是他的親生兒子啊，他竟然忍心至此……

白嬤嬤可憐地看了眼侯夫人，好半晌才道：「我背叛妳也是出於無奈，妳也知道，我也是身不由己，解藥……從來就沒有，每次給妳的那粒藥丸，不過是貴妃著人製出來的一味克制二少爺身上之毒的藥物罷了，真正的解藥，卻沒能製得出來。」

侯夫人聽得大震，哪裡肯信這話，一甩手便打了白嬤嬤一巴掌道：「放屁！她下的毒，怎麼可能製不出解藥來？妳今天若不給我解藥，我便讓這女子將妳凌遲活剮了！」

白嬤嬤聽了，再一次同情地看著侯夫人，冷笑道：「說妳蠢，妳還真是蠢，都十幾年了，竟然還看不出來，真正要害二少爺的是誰？二少爺身上的毒根本就不是貴妃娘娘下的，貴妃只是知道他中了毒，便加以利用罷了。」

侯夫人聽得大震，仍是不信，仍是要打白嬤嬤，素顏見了，眉頭一皺道：「母親，貴妃的那丸解藥著實對二弟的毒有些克制作用，卻不能徹底清除，您也別傷她了，跟兒媳一起進宮去找太后娘娘，請太后給您一個公道吧。」

侯夫人聽得一怔。去宮裡找太后討公道？多年前她就想啊，可是，她連宮都進不了，又怎麼能找太后理論？不過，也好，白嬤嬤這老貨這一次可是害了素顏，而且，宮裡的那一回，可是連著太后、皇上一併算計進去的。這一次，貴妃那賤人應該再也逃不過去了吧？

於是，素顏也不遲疑，帶上侯夫人和白嬤嬤，又多添了個護衛紅菊，向宮裡而去。紅菊是葉成紹給素顏的，而她的出處，竟然是青樓。

眾人剛行至一半路程時，便遇到了葉成紹。葉成紹跳下馬，鑽進了馬車，一把將素顏攬進懷裡。

「娘子，辛苦妳了。」

侯夫人想要向太后討個公道的，便看了葉成紹一眼。葉成紹知她的意思，輕輕喟嘆了一聲。

葉紹揚的毒，歸根究柢是因他而起，可以說，他這輩子覺得最對不住的就是紹揚了，他生下來就成了權力爭鬥的犧牲品和工具，著實也可憐。

於是，葉成紹便陪著兩人進宮。

太后宮裡，太后震驚地看著素顏和葉成紹，她才聽完素顏將全部過程說完，半晌也沒有回過神來，更不知道要如何應對。這一次，事情真是鬧大了，那個蠢貨，前次若非自己掩護，怕是早就暴露了，真是個扶不上牆的阿斗啊！

不過還好，那白氏只是咬出了陳氏，沒有將那蠢貨咬出來，陳氏這一次怕是真的保不住了。

沒多久，皇上和皇后一齊來了，素顏和葉成紹齊齊上前見禮，皇上的臉沈如鍋底，語氣裡有些不耐煩。

「又是何事鬧到宮裡來了？」

葉成紹聽得大怒，衝口就要說話，素顏將他一扯，道：「回皇上，臣婦前次遭人毒手，害得太后娘娘和皇后娘娘擔心，幸虧臣婦外子派了人在臣婦身邊護著臣婦，如今活捉了一名賊人，並問出背後指使之人，現將賊人押在宮外，等候皇上發落。」

皇上聽得一滯，心裡便立即在盤算，要如何才能將這件事造成的後果儘量減到最小，畢竟宮裡陳貴妃一旦下了位，還有誰能與皇后匹敵？陳貴妃不足為用，陳家卻是有靖國侯在撐著，若是真將陳貴妃廢了，陳家原就出了陳閣老丟臉的那檔事，再出這一件，只怕靖國侯會暴跳如雷了。可如今皇后和葉成紹似乎對自己都很失望，不管如何，不能讓皇后對自己失去情意，還有，也不能讓成紹因此反感自己這個父親……

思慮半晌，皇上才道：「紹兒，那賊人在哪兒？來人，將那賊人拉出去砍了！」

素顏聽得要氣炸了。什麼叫拉出去砍了？皇上又想避重就輕嗎？怎麼也不問一問那背後之人是誰？分明就有殺人滅口之嫌，這也太過偏心了吧！

素顏如今絕對相信，那要害自己幕後之人未必是陳貴妃，以她對陳貴妃的瞭解，那個老女人根本就沒有這麼深的城府。不是陳家人，便可能是大皇子，那位看似忠厚，但眼神猥瑣的男子。

但，會不會是二皇子？這個念頭在心中一起，她又立即否定了，因為以二皇子現在的表現來看，他似乎不想正面與葉成紹衝突，而是似乎在拉攏葉成紹，畢竟他是養在皇后名下的，掛了嫡皇子的名，想要上位，還是需要皇后的聲望和支持。

但中毒事件……他不會是主導者，是不是參與者就不得而知了，畢竟他出現在自己馬車前的時機，也太過巧合了些。

如此一想，素顏在心中冷笑一聲，卻是恭敬地對皇上道：「謝皇上，您真是英明神武，受萬民敬仰的好皇上，您如此大公無私、正義公道，是大周之福、萬民之福啊！」

一連串的高帽子拍得皇上莫名其妙，更是感覺背後冷風颼颼。自己那話裡的意思，在場之人怕是無人聽不懂吧，那可是他和稀泥、息事寧人的做法，藍氏怎麼一下子如此懂事，竟然就此放過那背後之人？

太后也是聽得莫名，不解地看著素顏，而皇后則是拿眼瞪素顏。她如今對皇上真是失望透了，這個男人何曾正義公道過？他的心裡只有江山權勢，只有利益……

只有葉成紹聽了素顏的話，唇邊勾起一抹寵溺的笑，也有樣學樣地跟著素顏向皇上行了一禮道：「臣謝過皇上，您終於肯為臣一償宿願了。來人啊，皇上親下口諭，將陳貴妃拉出去砍了！」

皇上和太后同時聽得大震，皇上更是自椅子上站了起來，大聲道：「紹兒，你又胡鬧！」

葉成紹身子一躬，向皇上行了個大禮道：「皇上，您可是一國之君，君無戲言之話您應該明白吧？方才太后、皇后兩位娘娘可都是親耳所聞啊，您怎麼一下子又不承認了呢，您這不是戲弄於臣嗎？臣的小心臟可是承受不起如此大的起落啊！」聲音裡帶著一絲的哭腔，還有細微的親暱和撒嬌的意味。

皇上正要平息他心中原有的怨氣，這會子見他對自己的成見似是有所鬆動，一時又有些捨不得斥責他，便放軟了聲音，無奈地說道：「紹兒，不要鬧了，朕何時說過要砍了陳貴妃的話，母后和皇后聽到了嗎？」

太后正要立即否定，皇后卻是微微一笑，欣賞地看了素顏一眼，道：「皇上自然是說了的，臣妾也是親耳所聞。」

皇上也是眉頭微挑道：「柔兒，紹兒胡來，妳就別跟著鬧了。」

素顏聽了便道：「皇上您可是說過，將臣女活捉的賊人和她背後指使之人一併拖出去砍了？」

皇上聽了點頭道：「是啊，朕確實是如此說了，可是，這與陳貴妃何干？」

素顏笑道：「那賊人正好供出背後主使之人便是陳貴妃，這話可是您親口說的，相信沒有人再反對您的英明和果決了吧。」說著又看了一眼皇后，對皇后微微一笑，這分明就是在鑽皇上話裡的空子。

皇后便揚了聲道：「奉皇上口諭，將陳貴妃與白氏奴才拖出午門外斬首！」

皇上氣得目瞪口呆，竟是無法反駁，重重坐回到椅子上，直直地瞪著皇后。

太后氣得猛然一拍身邊的小几子，大聲喝斥道：「皇后，妳越發大膽了，竟然敢假傳聖旨?!」

皇后絲毫不畏懼，豔麗的眸微瞇了看著太后道：「母后，請您注意措詞，臣妾可擔不起如此大的重責。」說著，眼圈一紅，楚楚可憐地看向皇上，淒哀地說道：「皇上，您可是親耳所聽，您說句公道話，臣妾可有假傳聖旨？」

皇上聽得一滯。皇后這話問得也讓他太難回答了，若說是吧，那便是承認皇后假傳聖旨，那可是欺君之罪，與謀逆等同，那不只是廢掉后位之事，弄不好是會要了皇后性命的，他怎麼可能殺了皇后呢？更不可能在這個節骨眼上廢后，成紹還站在這裡巴巴地看著他呢，一旦他承認，那小子怕是連慈寧宮都會掀翻了去的。

可是，若說不是，那便就要殺了陳貴妃？陳貴妃若死，大皇子不是就會……

如今三個成年的兒子，雖然各有長處，但都有缺點，這個江山，交到誰的手上，皇上都不放心，但如今最不能傷的就是葉成紹的心。老二陰沈，他的心思連自己有時都摸不太透；老大忠厚，又深有賢名，但做事又太小家子氣，沒有帝王的胸襟，但如今指定任何一位成為太子，都會對朝堂造成動蕩，北戎正有動靜，他需要靖國侯的忠誠衛國，替他守衛邊疆，而北戎皇室的爭鬥，又讓他看到了希望，多年的心血終於快有回報了，這讓皇上激動的同時，又更加小心了起來……

「皇上，您怎麼不回答臣妾的話？難道，您真的認為臣妾假傳聖旨了？」皇后眼中浮出一層水霧，眼神哀怨地看著皇上，皇上的心一顫。自從那日藍氏中毒後，皇后這幾天根本不拿正眼看他，讓他好生失落的同時，又有些緊張和擔憂，如今突然見皇后又如從前一樣在自己面前撒嬌，頓時心頭一鬆，衝口便道：「皇后，妳向來溫婉賢淑，又怎麼會做如此不懂事之事？」

話說得輕描淡寫，既沒有肯定也沒有否定，而且，還把犯上之罪說成了不懂事，太后聽得眉頭一皺，臉沈如鍋底。皇上對皇后太過縱容了，這讓太后心中很是不舒服，不過，這個時候，她也知道皇上的難處。那個蠢貨做事太不顧後果了，如今連皇上也難以給他擦屁股，這一次，讓他受點教訓也好……

皇后哪裡肯讓皇上就此溜過，聞言忙道：「皇上聖明，臣妾自是不會做那假傳聖旨之事。」一轉頭，又揚了聲道：「還不去冷宮將陳貴妃拖到午門外去，你們還在等什麼？」

外面的侍衛終於有了反應，雖有些遲疑，但畢竟還是動了。皇上看著就急，想要阻止，可皇后一雙秋水般的眸子殷殷地看著他，眼神純淨明妍，一如當年初見時的驚豔，皇上的心一顫，那想要喝止的話就沒能說得出口。

皇上似是被美色所迷，太后卻是清醒得很。陳貴妃可以廢，但絕不能殺。她瞪了皇上一眼，恨鐵不成鋼。這個兒子，能力有，就是兒女情長，英雄氣就短了。

「慢著。如今可都只是聽素顏這孩子一面之詞，堂堂貴妃，豈能由個小孩子片面之詞就殺了？如此草率，不只會傷了陳閣老和大皇子的心，怕是宮裡的其他妃嬪也都會心生動亂。素顏不過小小命婦，便能一言定貴妃生死，不怕人說素顏恃寵而驕，逾矩越權了嗎？皇上，你也是糊塗了，這麼大的事，怎地就輕易下殺旨。貴妃既是有嫌疑，那便將她與人證一起送至宗人府去審問吧，若她果真是那幕後黑手，再按大周律法嚴辦，如此也能堵了陳家人的嘴，安了眾宮妃的心不是？」

太后果然精怪老道，說出的話合情合理，讓人反駁不得。不過，包括皇后在內，葉成紹、素顏幾個都知道，不可能如此輕易便能殺了陳貴妃，能送她去宗人府受審，已是最好的結果了。一入宗人府，人證物證俱有，又有皇后娘娘在一旁盯著，陳貴妃死罪可逃，怕是那貴妃地位就難保全了。

皇上聽得一喜，太后總算是給他解了圍，忙點頭應道：「母后說得甚是，兒臣糊塗了。」又親自下了召，命人將貴妃送進宗人府，連同那白婆子一起。

素顏便想起侯夫人正在殿外守候。侯夫人原是想要向太后討個公道的，可是，這會子只怕太后也沒有心情見她，於是看了葉成紹一眼。葉成紹知她的意思，輕輕喟嘆了一聲。葉紹揚的毒，歸根究柢是因他而起，可以說，他這輩子覺得最對不住的就是紹揚了，他生下來，就成了權力鬥爭的犧牲品和工具，著實也可憐，便對素顏悄悄地搖了搖頭。

素顏這才消了向太后進言的心思，看事情也辦得差不多了，便向太后告退，自慈寧宮裡出來。

而葉成紹帶著侯夫人去了宗人府。

第一百二十章

回到坤寧宮裡，素顏請求皇后。「娘娘，我那妹妹年紀尚幼，行事懵懂，實在不適合皇家生活，姪媳求您了，二皇子的婚事，您幫她退了吧！如今她重病在身，吃了不少藥卻不見好，她不知道將來……」說著，頓了頓，聲音哽咽。「她如今心事甚重，自個兒是不想嫁入皇家的，姪媳就這麼個貼心的妹妹，就想著她能快快活活地活著就好……皇家，看著榮華無限，可其實……」

素顏沒有繼續往下說了，皇后卻是聽得呆住了。素顏說得沒錯，皇家確實不是個什麼好去處，分明就是個最齷齪、最陰暗的地方，就像自己，嫁進大周皇宮多年，得到了什麼？親子不能相認、夫妻相互猜忌，周身更是虎狼環視……活得確實辛苦啊！

「我替妳想想辦法吧，正好皇上和太后都覺得妳那妹妹身子太弱，福報不夠，也正壓著二皇子呢，只是那孩子也不知道是哪根筋不對了，就是拗著了，不肯鬆口。至於妳那妹妹倒是難了，如果她身子好了，這邊老二又一直霸著不放，她便不好再說人家，好些個人家又有誰敢與他爭？妳放心，我去勸勸他，我的話，他還是聽得進去些的。」皇后嘆了口氣說道。

素顏聽得心中一暖。她對皇后一直持有戒備，皇后給她的感覺太過精靈古怪，總有些看不透的樣子，與皇后在一起時，她還不如與太后在一起輕鬆，但就方才皇后這番言談，素顏覺得皇后其實是個心性純厚樸實之人，可能是在皇宮待得久了，她不得不養出那副高深的模樣，讓人生畏的同時，也能自保吧。

不過，光勸不行，得讓皇后極力反對才好。二皇子敢與大皇子叫板，很大的倚仗就是皇后，皇后的話，他怕是不聽也得聽吧……

於是素顏忙謝過皇后，又深深地看著皇后說道：「相公他……常對我說，娘娘您受了不少苦，說是將來，一定要孝順您……」

皇后聽得心頭一酸，豔麗的眸子頓時像湛亮的星星，激動地抓住素顏的手道：「紹兒他……他是這樣對妳說的嗎？」

皇后這輩子最大的遺憾便是不能認自己的兒子，不能光明正大地叫葉成紹為兒子，不能聽葉成紹喚她一聲娘親，她一直擔心葉成紹的心裡會對自己存了怨恨，畢竟自己沒有盡到做母親的責任，他從小也吃了不少苦，乍聽葉成紹其實還是很在乎自己的，不由得激動。

「嗯，是的，相公還說，您這輩子過得太窩囊，他要為您討回公道，該屬於他的，他要奪回來，要讓您以他為榮。」素顏也被皇后所感，很是同情皇后。皇后風華絕代，位居后位，看似風光無限，但其中苦楚又有誰人知？便是親生兒子，也要稱為姪兒，放在別人家裡養大，甚至連見上一面都很難……

皇后將素顏的手攥得更緊了。以往她沒少對葉成紹說過，要他努力，希望他能登上帝位的話，可葉成紹總是懶懶散散的，根本就聽不進去，更沒有興趣，讓她又急又氣，如今在素顏這裡得知他終於肯上心了，頓時喜出望外，心中激動不已，腦子也轉開了，素顏以前在她面前端莊有餘、親暱不夠，總是透著股淡淡的疏離，今天突然跟自己說這些掏心的話……皇后也是蕙質蘭心之人，前後一連，立即想通透了。

葉成紹如果想要奪大位，那以後必然是會與二皇子為敵，如若藍家三姑娘嫁給二皇子，將來她們姊妹便會反目成仇，素顏這是在未雨綢繆，不想將來親人反目，於是拍拍素顏的手道：「妳放心吧，自去讓妳家妹妹好生調養身子，妳若是給她物色了個好人才，只管跟我說就是，我來作主，將她配個良配。」

素顏聽得大喜，就要跪下謝恩，皇后秀眉一皺，托住她，語氣有些嬌嗔。「妳在太后面前隨意得很，倒是到了我跟前反而生分了，咱們娘兒倆就不要講究那些虛頭巴腦的禮數了，在我的宮裡，妳來去自由，誰敢多說妳半句，本宮撕了他的嘴。」

素顏聽得嫣然一笑，也親熱地挽住皇后的手，脆生生地應道：「嗯，媳婦聽您的。」

一聲媳婦，而不是姪媳，讓皇后聽得眉花眼笑，忍不住就戳了下素顏的腦門道：「這才對嘛，一家人呢，妳以後多進宮來陪陪我，別老守在妳那破侯府裡頭，與那一群淺薄女人爭些個雞毛蒜皮的小權小利。如今妳可是一品誥命了，也拿出些一品命婦的氣勢來，那些人見著了妳，該行禮的就該行禮。有些人啊，就是不能慣著，妳慣她，她便不知自己有幾斤幾兩了，沒得還白費了妳的一片心。」

素顏聽得微震，皇后這一番話聽著雖是順耳，卻也讓她聽出些意思。原來，自己在侯府裡的事情，皇后是清楚的，只怕侯府裡也一樣有皇后娘娘的暗哨，只是不知是哪一個。

皇后又說起讓素顏一起去兩淮的話來，素顏這一次卻是沒有及時應下，想了想才道：「娘娘，請准兒媳暫時不與相公同去了，等相公在那邊安定下來後，兒媳再去好了。太后娘娘極力反對我去輔佐相公，怕的就是相公聲望太高，兒媳的聲望太高，會蓋過了大皇子和二皇子的聲勢……我如果現在就去的話，便會與太后娘娘起正面衝突，勢必引來不少麻煩，不若過上兩個月後，太后的戒心淡了，兒媳再以普通官員家眷身分去，好瞞過太后的眼睛，也能讓相公安心公事，省去不少麻煩。」

皇后一想，也覺得對，但她還是有些覺得可惜，正要說話，素顏卻是拉住了她的手，附在皇后耳邊道：「娘娘，兒媳就先在京裡為相公賺些錢了再說，咱們要是有很多很多的錢，想做什麼都行呢。」

皇后聽得眼睛都亮了，轉過頭，興奮地捧住素顏的臉，像個孩子似的，調皮地將素顏的臉一擠，嘻嘻笑道：「怪不得紹兒愛死妳了，如今連我也愛死妳了呢。我可告訴妳，以後妳只能是我那紹兒一人的，不能三心二意，不能多看別的男子一眼。」

素顏被皇后的話弄得哭笑不得，也終於知道葉成紹那副痞賴的樣子得自誰的遺傳。皇后怎麼說也有三十好幾了吧，竟然一開心，就像個調皮的孩子，不過皇后心無旁騖、開心言笑的樣子，也著實有幾分可愛，熱情純率的性子讓人心生歡喜。

素顏嗔道：「娘娘，您說什麼呢，好像兒媳就是那……不檢點的人似的。」

皇后聽得嘴一撇，很是不屑地說道：「甭給我提你們那些個禮儀規矩，我可是個渾不吝的，若是紹兒對妳不好，妳休了他，另作他嫁，我也不會說半句屁話；但他要是乖乖的，妳就不能欺負他。別以為我不知道，妳那天在壽王府可是大放異彩了，喜歡妳的俊俏少年多著呢，我那紹兒啊……將來不知道還要喝多少酸醋呢。」

素顏是越發喜歡皇后了，沒想到，皇后是如此一個率性灑脫之人，竟是連休了葉成紹的話也說了出來，還真是很對自己的味，一時，兩人湊得更緊了，從男人又聊到了做生意上。

素顏給皇后說了好些個前世用的粉底、養顏的滋潤霜之類，竟然有了個開美容院的想法，但很快被皇后否決了，說那太不現實了，這個時代的貴婦規矩太嚴、家人又多，出得起錢的夫人們，哪一個不是掌著一個大府邸，成日就要圍著三姑六婆，一大堆男人的吃喝拉撒瑣事忙的？

想要出趟門子，那是難上加難，哪裡有時間去什麼美容院？再說了，誰家夫人身邊不是有好些個丫鬟婆子服侍著，那美容院的法子，人家看幾回就學了去了，自家在府裡頭由丫鬟們服侍著，又能省去不少花費，哪裡還會去美容院？

素顏聽得直點頭，覺得皇后比自己更瞭解這個世道一些，於是打消了開美容院的念頭。皇后還是惦記著開胭脂鋪的事，素顏也正是想跟皇后商量這事，兩人便嘀嘀咕咕地湊在一起商量了好一陣子。

後來，素顏還是把話題轉到了紹揚身上的毒，試探著道：「二弟他著實可憐，那毒發之時，太過恐怖了，可是非人的折磨，兒媳實在是看不過去。」

皇后聽了卻是臉一沈，笑容全收了，冷著聲道：「這事妳不要多管，裡面的彎繞太多，不是妳能管得了的，妳只需好生護著自己就好，還有，早些給我生個孫兒出來才是正經。」

素顏沒想到一提紹揚的事，皇后就變了臉，心中好生疑惑。皇后不會是那下毒之人吧？聽白嬤嬤話裡的意思，那毒不是貴妃下的，而是另有其人……

如此一想，便感覺後背的冷氣直竄起，不禁打了個寒顫。

皇后眼波一轉，瞋了她一眼，伸手就去擰素顏的鼻子，罵道：「妳想什麼呢，那孩子中毒可是有好些年了，那時候，本宮還正年輕呢，要有那樣的心思，紹兒那孩子也不至於落得如今這個地步了。」

素顏被皇后說得臉紅，不自在地點頭，小意地說道：「您也不知道是誰下的毒嗎？」

皇后聽了對著素顏的額頭就敲了下，一副恨鐵不成鋼的樣子道：「妳呀，不要太過仁慈。這事我說了妳不要管，就不要管了，免得惹禍上身。」說著，便懶懶的往軟榻上一靠。「妳那婆婆還去了宗人府呢，妳也去看看吧，她可是個蠢腦子，別一會子又鬧出什麼事來不好收場。」

這便是在趕素顏了，素顏也覺得無奈。皇后還真有點小孩子心性，高興的時候，巴不得巴著人親親熱熱的，不高興就趕人，也不怕人家受不了她這脾氣。

於是她乖乖地行禮退出。外面，青竹、紅菊正候著，素顏便和她們一同去了宗人府。

宗人府裡，果然侯夫人正指著貴妃在罵。

「妳身為貴妃，竟然如此惡毒，將我那孩兒害得痛不欲生，折磨了他十幾年，如今妳又害我兒媳，妳太不是個東西了！」

主持審理的正是陳王爺，他正黑著臉坐在正堂之上，無奈地看著侯夫人。貴妃雖然一身素衣，但衣服整齊，頭髮梳得光潔，紋絲不亂，筆直地站在堂中。侯夫人話音未落，貴妃突然揚了手，「啪」的一巴掌打在了侯夫人臉上，冷冷道：「本宮便是真犯了罪，也由不得妳這賤人來訓斥我。一個小小的侯夫人，也敢對本宮大呼小叫，真以為本宮是任人欺凌的主嗎？」

原本應該在這裡的葉成紹這會子卻又不知道去了哪裡，素顏皺了皺眉，上前給陳王爺行了一禮，陳王爺點了點頭，示意她到一邊坐下。

侯夫人被打得頭暈目眩，衝上去就要撕扯貴妃的衣服，一旁的宮女忙將她攔住，喝道：「大膽！貴妃娘娘一天沒有定罪，沒有被廢，便還是貴妃，妳要以下犯上嗎?!」

侯夫人目眥盡裂地瞪著貴妃，還待要再罵，素顏上前拖住她道：「母親，您且稍安勿躁，有王爺在，王爺會主持公道的。」

陳王爺與寧伯侯關係甚好，也深知侯夫人的脾氣，一直不好太斥責侯夫人，如今素顏勸住了侯夫人，他才鬆了口氣，便對素顏道：「葉夫人，如今妳交上來的證人已然承認，的確是受貴妃指使下手加害於妳的。因貴妃生有皇子，於大周有功，所以按律死罪可免。本王寫陳條，一會兒就呈報於皇上，究竟如何判決，還是皇上欽點吧！」

素顏知道陳王爺這也是公事公辦，由不得她多說什麼，忙站起身來致謝。

侯夫人聽得不甘，又道：「王爺，陳氏她下毒害我孩兒，得讓她拿出解藥方子來才是！」

貴妃冷冷地看了侯夫人一眼，冷笑一聲道：「說了妳蠢，就是蠢，妳家男人是個什麼角色，難道妳不清楚嗎？以他的本事，本宮如何能在妳府上加害於他的親生兒子？」

貴妃並沒有反駁陳王爺的話，似乎是默認了她下毒害素顏之事，這讓素顏好生奇怪。貴妃身在冷宮，行動不便，就算在宮裡經營多年，有不少人脈和資源，怕也是難以使得動劉全海那種身分極高的太監，能讓貴妃忍氣吞聲、自甘頂罪之人，只會是大皇子。

果然是大皇子對自己下的毒嗎？

素顏不由一陣冷笑。也好，貴妃如今倒臺了，大皇子就失了一個很大的助力，所能倚仗的也只有陳家了，如果陳家也倒了呢？她不由又盤算了起來。

侯夫人聽得大震，臉色立即蒼白起來，不由連連退了幾步才站得穩。素顏也是聽得震驚得很。難道說，紹揚所中之毒究竟是何人下的，侯爺一直是知道的，而且是縱容的？

侯夫人一直便被貴妃挾持，侯爺怕是也清楚吧？他卻裝作不知，任侯夫人獨自痛苦掙扎？

侯爺究竟是何用意，他在葉成紹的生長過程裡，究竟是扮演了一個什麼樣的角色？

貴妃被人帶走。皇上的旨意這一次下得很快，素顏離宮時，就聽到皇后差人來送的信說：「貴妃被皇上廢了，徹底打入冷宮。」

素顏聽得無喜無憂，扶著心思恍惚的侯夫人出了宮，讓侍衛們護著侯夫人回了府，自己卻是直接帶著青竹、紅菊去皇后娘娘的那間鋪子。她想著手開店了。

慈寧宮偏殿，太后正氣得兩手發抖，痛苦地瞪著地上跪著的大皇子。「你這個蠢貨！哀家教了你近二十年，你做事還是如此不顧後果、不經大腦，你真真是氣死哀家了！早就對你說過，不要輕易去動那藍氏，你不聽，如今把你那蠢貨的娘送進了冷宮，你開心啊？你得意了？」

大皇子沈著臉，一臉的陰厲之色，卻是垂著頭，老實聽著太后的訓斥，一言都未發，兩隻肥短的手掌緊握成拳。

「你快些去送信給你家舅舅，如今只有他能救你娘了。皇上原就最是寵信皇后，如今你娘再倒了，宮裡還有誰能與她匹敵？陳家可還是大周肱骨，皇上暫時還少不得陳家的，你快些趁現在這個時期，好生韜光養晦，趁著陳家聖眷還濃時討好皇上，最好逼他立你為太子，不然再過幾年，等那個孩子羽翼豐滿了，你就再沒半點機會了。」太后瞪了大皇子一眼，扶著腰坐在一旁的椅子上，聲音放軟了些又說道。

大皇子忙應了，又老實地說道：「皇祖母，您不能救救我娘親嗎？都是皇孫的錯，皇孫太衝動了，沒有聽您的話，您消消氣，打孫兒幾下吧。」

太后嘆了口氣道：「哀家能救她一命，已是費盡心力了，只要她沒死，就還有機會起來。」說著又頓了頓，繼續道：「若非只有你的血統最純正，哀家又何必為你操這麼些心？皇上的野心太大，殊不知，蛇吞象，也要吞得下去才是，一個不小心，蛇就會被象踩死的。」

大皇子聽得糊塗，卻是不敢多說，只能低了頭垂眸聽著。

太后罵了他好一陣，又說了些安撫和鼓勵的話，才讓大皇子起來，大皇子便扶著太后回到了正殿，殷勤而孝順地給太后捶著腿。

這時，宮人報說，皇上來了。

大皇子聽了就想要躲，太后氣得一把揪住他的耳朵罵道：「他是老虎嗎？見著他就像老鼠見到貓一樣，你有點出息好不好？」

大皇子苦著臉，眼睛不時往外頭瞭，一副怯懦畏懼的樣子。太后看了更是氣。平素大皇子也怕皇上，但沒有怕到這個地步，人還沒來，就已經像是嚇破了膽，如此模樣，教皇上如何喜歡他？

皇上龍行虎步地走進慈寧宮，身後跟著葉成紹。葉成紹一見大皇子在，英俊的臉上便立即掛了邪魅的笑容，對大皇子挑了挑眉，一副嘻嘻哈哈的樣子，卻讓大皇子感到渾身發冷，垂了眸不去看他。

皇上一見大皇子，也不給太后行禮，衝過來就揪住大皇子的領子，回手一巴掌，打得大皇子暈頭轉向。

太后知道皇上也明白陳貴妃是給大皇子頂了罪，皇上心中有氣也是應該，便沒有阻止，任皇上出著氣。

可是，皇上打完後，卻沒有停手，又將大皇子扔在了地上，對著大皇子便是一腳踹去。太后的臉就黑了，說道：「皇上，便是這孩子做錯了什麼，你也不能下這狠手打他啊，這無緣無故的，打壞了孩子怎麼辦？」

皇上正怒火沖天，見太后護著大皇子，火氣更大，又是一腳踹向大皇子，怒道：「朕今天要打死這個沒用的東西！母后，您不知道，如今京城街頭都鬧翻了，這個畜生竟然把幾個小丫頭生生折磨至死，手段之殘忍，令人髮指啊！」

大皇子原本不停地求饒，一聽這話頓時臉都黑了，額間青筋暴起，突然就從地上爬了起來，瘋子一樣地向宮外衝去。

葉成紹很隨意地一伸雙臂，抱住大皇子道：「啊呀，王爺，皇上和太后跟前，你如此不辭而別，也太不敬了些吧？」

大皇子回過頭，眼神像惡魔一樣地看著葉成紹，乾著嗓子道：「是你！一定是你對不對，是你下的手?!」

葉成紹聽得大怒，隨手一推，將大皇子肥胖的身子推倒在地上，冷冷地道：「王爺瘋了不成？莫名其妙地說些什麼，臣何時對你下了什麼手？」

皇上聽了更氣，走過來又要打大皇子。太后在他身後喝道：「住手，不許再鬧了，給哀家好好說說，究竟出了何事？」

皇上忍住氣道：「母后，這個畜生也不知道發了什麼瘋，一連折磨死幾個丫頭。害死人也就算了，竟然還把人丟在亂葬崗裡，不好生掩埋罪證，也不知道是哪個好事的，不斷地將那幾具屍體都擺在這個畜生的王府門前，還在屍體身上蓋了一塊白布，上書：『王爺，我死得好慘，還我命來』幾個字，偏生死的又全是他府裡的丫頭，有些街坊就認出了幾個，王府裡的下人們也認出來了。現在他府裡亂成一團、人心渙散，而京城裡如今連平頭百姓也知道了這事，全都在議論著呢！」

太后聽得臉一白，原本看著還算年輕的臉上立時顯出老態，頹然地坐靠在椅子上，極其失望地看著大皇子道：「你是瘋了嗎？怎麼連這種事也幹得出來？你太讓哀家失望了。」

大皇子聽得大震。太后可是他在宮裡最大的倚仗，他的生母貴妃頭腦太過簡單，根本就難成大事，幫不了他多少忙，但太后可不一樣，太后可是皇上的生母，皇上對太后是很孝順的，如果連太后也不再幫他，那他還拿什麼去跟二皇子爭，與葉成紹爭？

他跪爬向太后，哭著喊道：「沒有！皇祖母，那不是孫兒做的，是有人陷害孫兒！」說著，又轉過頭，惡狠狠地看著葉成紹道：「是他，祖母，一定是他，是他在報復孫兒！」

葉成紹聽了冷笑一聲，走近大皇子道：「我報復你？我為何要報復你？你做過什麼事情要讓我報復？」

大皇子被葉成紹問得一滯，張口結舌，半天也沒說出話來。葉成紹微瞇了眼道：「你自己心狠手辣、虛偽無恥，倒是怪到我身上來。那些人可是你親自下的手，便是我對你有氣，要報復於你，也不能押著你的手去殺人吧？你又不是傻子，我讓你做什麼，你就做什麼？你會這麼聽我的話？真是荒謬！」

皇上聽了也更是氣，不顧太后就在身邊，又是一腳踢了過去，大皇子頓時抱著肚子哀嚎起來，太后見了便有些不忍，對皇上道：「這孩子平素最是忠厚，不會是有人對他下了毒，讓他突然失了理智吧？」

皇上一想也是，沈吟了一下，轉頭看葉成紹，試探著問道：「紹兒，可真的是你……」

葉成紹聽得大怒道：「什麼都怪我，你有什麼證據怪我？我無緣無故地為何要害他？」

「不就是我害你老婆嗎？所以，你就報復我！」大皇子又氣又痛，衝口說道。

「原來，我娘子是你下毒害的嗎？皇上，他可是親口承認的啊，您若再姑息包庇，臣就辭了這破世子之位，臣什麼官也不做了，帶著我娘和娘子浪跡天涯去！」

葉成紹聽得更怒，對著皇上便吼道。

皇上只差沒有被大皇子氣死。真是個蠢貨，扶不起的阿斗！自己和太后好不容易幫他包瞞了罪證，讓陳貴妃頂了罪，他竟然自己全招了，蠢貨，十足的蠢貨！

太后也是氣得不行了，忙對葉成紹道：「紹兒，這事就算了，便是他做的，貴妃也有教子不嚴之罪，貴妃受罰就行了啊，你就讓一步吧。你究竟對他下了什麼毒？你們可是……呃，都是一家子，你玩鬧過就算了，不要做得太過分了。」

葉成紹聽得大怒，怒視著太后道：「他如何了關我個屁事啊，我是方才知道他便是那毒害我娘子的人，我哪裡害過他了？太后娘娘，您也太過偏心了些，他犯了錯，便不要我追究，我啥也沒幹，您就怪到我頭上去，天理何在？他那兩天做過什麼，要問他自己，人家護國侯的嫡長女，好好地在紫禁城邊的馬車裡待著，您問他做過什麼？好好的，司徒蘭為何會要嫁給他？護國侯可是想要將她許給東王世子的呢！」

大皇子聽得心中一震。要說起來，自己那天確實是猥褻過司徒蘭，又說過要娶司徒蘭的話，那女人……難道真是那女人？

第一百二十一章

葉成紹的話皇上當然也聽出意思來了。那天大皇子提出要娶司徒蘭為側妃時，護國侯一臉震驚，還帶著一絲憤怒……

皇上心一沈，看向大皇子，見他正低頭暗忖，濃眉緊鎖，眼神陰沈，肥胖的臉上一副猥瑣陰險的神情，再抬眼看向葉成紹，同樣是兒子，葉成紹劍眉星目，一雙眼睛明澈有神，身材筆挺如松、俊逸瀟灑，哪似大皇子……一比之下，高低頓現。

太后見大皇子眼神閃爍不定，那神色似是在盤算著什麼，心裡又氣又失望，看了葉成紹一眼後問大皇子。「你且說說，你究竟是中了什麼毒？那毒性發作之後，怎麼會……會如此凶殘呢？」

大皇子聽得一驚，臉色更加陰沈了，卻是支吾著，不肯明說，只是吶吶地道：「皇祖母……其實……孫兒正在找太醫診治，相信不久之後，應該就會痊癒的。」

葉成紹在一旁聽了就是一聲冷笑。「原來王爺的病症不久之後就會痊癒啊，只是不知道這個『不久』是多久啊，如果是一天，那不是還得多死一個丫頭？如果是一個月，是不是會再死三十個呢？我還不知王爺究竟是生了何病，怎麼發作後，非得殺人家小丫頭呢？」

皇上的臉比鍋底還黑了，他瞪了葉成紹一眼道：「紹兒，你娘子怕是回府去了，你不去陪她嗎，也不怕她再有危險？」

這是在趕自己走，好讓他們祖孫三人一起商量對策？哼，完全就把自己當外人，不過也無所謂，自己原本就沒當他們是親人，尤其是皇上，那個暗地裡自稱為父親的人，只有地上那個人渣才是他們的心頭肉，自己不過是根爛草，一個被利用的工具罷了，哼，事情鬧到了這個地步，又怎麼能讓他們輕描淡寫地給抹圓了，先前的那一番心思不就白花了嗎？

得乘勝追擊，娘子說的，要痛打落水狗。

葉成紹的眼睛向上一翻，對皇上道：「我只管守著王爺，我家娘子就不會有什麼危險了，而且，王爺還沒有受到懲處，我這麼走了，不是對不住我家娘子嗎？一個男人，連害自己娘子的凶手也不能手刃，我還有什麼臉面去見我家娘子？」

皇上聽得頭都要大了，真想一腳踹死大皇子這個蠢貨算了。葉成紹本就是個混帳而痞賴的，好不容易廢了陳貴妃才堵了他的嘴，這貨又不打自招、自投羅網，真是個不中用的東西。原本看他溫厚賢達，素有賢名，雖闖勁不足，但守成是有餘的，本對他寄予厚望，如今看來，他根本就是個廢物，不堪大用，而且正如成紹所說的，偽善陰險、狠辣殘忍，這樣的人怎麼能夠成為一國之君？大周交到他的手裡，遲早都會被他國給滅了。

皇上越想越氣，原本覺得葉成紹逼得太甚，這會子也轉了心思。

只有三個成年的兒子，這個已經廢了，就不能再傷了另外兩個的心了，於是便道：「紹兒，你待要如何？」

葉成紹不知道他的心思已轉，只當他又要護著大皇子，又來威脅自己，想讓自己放過大皇子，因此也不管不顧地大聲道：「自然是手刃了這個奸人，好為我家娘子報仇出氣。」

說著，便突然閃身將大皇子提起，一拳打在他的肚上，大皇子痛苦地一聲嗷叫，嘴角淌出一條鮮血。太后看得心驚膽顫，又氣又擔心，顫著音道：「成紹，你太過分了，當著哀家的面，你也敢對你弟弟下毒手？」

葉成紹將大皇子往地上一扔，拍了拍手，嫌惡地看著大皇子，頭也不抬地說道：「太后娘娘怎麼也糊塗了，臣可沒有資格做王爺的哥哥，更不齒有這種時刻想害嫂子的弟弟。」

太后聽得一滯。葉成紹聲音裡的怨恨和滄桑讓她有一刻的怔忡和心酸，那孩子……心中是怨著的吧，若他不是那個女人生的，自己又怎麼會寄望於地上的這個蠢貨？說起來，三個孫子，真真得她心的其實只有葉成紹，只是……罷了，打了就打了吧，這個蠢貨也招打。

如是便軟了音道：「紹兒，你打也打了，氣也出了，他畢竟是皇家的人，皇家的臉面還是要的，好在素顏那孩子也還安好，你就饒他一命，你、你……皇上會處置他的。」到底沒有說出你父親這三個字來。

「是啊，我也不過是說說氣話，出出氣罷了。如今我氣出了，就算了吧，不再追究他了，不過我很好奇，他究竟是中了什麼毒？怎麼會性子大變，變得比畜牲還不如了呢？」

葉成紹聽了似是被感動，還算體貼地說道，只是他後面的那句話讓大皇子原本就蒼白的臉色更加灰暗了。

中毒的這幾天，他找了不少太醫看了，但就是無人能解他的毒，而且一致說，他的毒中得太深，治癒幾乎是不可能的了。

不能人道的男人，還有資格坐到那個至高無上的位置上，統領天下，讓天下之人俯首稱臣？皇上只要知道了這個秘密，自己立即就成了廢人，莫說奪嫡，便是這個王爺之位只怕也難以保全了。

就是太后，也肯定不會再幫自己了。一個不能人道的君主，便是整個大周的恥辱，太后丟不起這個臉。

皇上看大皇子神情怪異，又是討厭又是疑惑，便問道：「你究竟是中了毒，還是得了病？怎麼神神秘秘的，太醫是怎麼說的？如果你只是藥物所致才會變得凶殘的，朕還能原諒你，但是，如果你本性如此，那朕也保不了你了。民怨太甚，朕不得不為大周基業考慮。」

太后則是乾脆得很，直接揚了聲，讓人去請太醫來，當場給大皇子診脈。大皇子一聽，忙大聲道：「不要請太醫，不用請了，孫兒已經好了，孫兒保證再也不會做那種事情了，求皇祖母原諒孫兒這一次吧！孫兒真的是在無知無覺的情況下做的那種事情，皇祖母您看著孫兒長大，應該是最瞭解孫兒的，孫兒雖笨，但連隻雞也沒殺過啊，怎麼會做那種殘忍之事？這全是有奸人在謀害孫兒啊！」

又想狡辯。葉成紹在一旁冷笑著，輕蔑地看了大皇子一眼道：「王爺，雖說是好了，但太后疼愛你的心你也要體諒，老人家總是看不得自己的孫子身體有恙的，既然太醫都來了，就讓太醫給你號號脈吧，便不是查那病症，你如今一身的傷，不是也該治治了嗎？」

分明就是黃鼠狼給雞拜年，沒安好心。大皇子怒視著葉成紹，心裡越發懷疑，葉成紹肯定是知道了自己的毛病，他可是司安堂的人啊，這點子秘密還能逃得過他的眼耳？

大皇子越是憤怒，葉成紹就越是開心，一揚聲，將外面的太醫叫了進來，讓太醫當著皇上和太后的面給大皇子把脈。

大皇子一見太醫，便像看到鬼一樣，突然就從地上一躍而起，抱頭鼠竄地往外逃。葉成紹眼疾手快，再一次捉住了他，扯住他的後領子，將他像拖死豬一樣地拖了回來，往地上一扔，對太醫道：「辛苦你了，就這麼著給王爺診治吧，我估摸著他可能又發作了，所以，你也不要太介意啊，將就著吧。」

太后、皇上都在，又是給大皇子診治，那太醫不由一陣哆嗦，對大皇子行了個禮道：

「王爺，請伸出一隻手來。」

大皇子哪裡肯，爬起來又要跑，葉成紹看得煩躁，伸指一點，便將他制住，嘴裡卻道：

「王爺不要任性了，聽話，讓太醫瞧瞧，指不定明兒就治好你了。」

大皇子動彈不得，鼓著眼睛瞪著葉成紹，又氣又急又恐慌，卻又無計可施，只是狂叫：

「我沒病！不要碰我、不要碰我！」

但全身上下除了脖子，就沒有一處是能動的，只能任太醫冰涼的手指搭在他的脈上，偏生葉成紹還笑得很得意，那眼裡除了輕蔑，就是鄙夷。大皇子從沒有如這一刻這般恨葉成紹，真想撕了他那張可惡的笑臉才好。

太醫診完脈，額頭上卻是冒著豆大的汗珠，收回手時，半晌也不知道要如何向太后和皇上稟報才好，一時，竟是臉色也跟著蒼白起來。

葉成紹看了就覺得好笑，對皇上道：「唉呀，王爺的病不會傳染吧？怎地太醫給他探完了脈，他也病了似的？」

皇上聽了不覺暗罵，若是真能傳染，首先就傳染了這混小子。不過，太醫的神色太過怪異，皇上的心也有些發緊了。再是如何生氣，大皇子也是他的親生兒子，如果他得了什麼不治之症，或是無法清除的毒藥，那不是……

太后更是擔心，瞪了葉成紹一眼，對那太醫道：「王爺究竟是得了何病，你快些道來。」

那太醫眼神猶疑不定，拿著帕子擦了擦汗，仍是不敢說。皇上看得不耐煩，斥道：「快快從實說來，不然，朕治你個欺君之罪。」

太醫嚇得撲通一聲跪在了地上，顫抖著說道：「稟……稟太后，稟皇上，王爺他……他是……不能人道了。」

皇上和太后同時聽得一震。皇上終於有些明白，為何大皇子會對丫頭如此殘忍了，是個男人，突然發現自己不能人道了，只怕也會發瘋吧，大皇子可是他的親生兒子啊，竟然被人害得不能人道……不能人道……

皇上氣得兩手握拳，額上的青筋都根根暴起，他極力控制自己的怒火。這個下毒之人，怎麼會如此狠毒？這比殺了大皇子都還要惡毒，一個胸懷大志的皇子，原本有問鼎大寶的希望，卻是突然被人害得連男人也做不成了，簡直是從天上被直接打入了地獄啊，查，一定要查出這個人來，要將他千刀萬剮，才能消自己心頭之恨！

太后聽得木了，怔坐在椅子上，半晌也沒回過神。她痛心地看著那個自己疼愛了近二十年，寄予厚望的孫子，所有的希望都成了泡影，所有的努力都付諸東流，大周不可能要一個不能人道的男人當皇帝的……

這一刻，太后只覺得天旋地轉，眼前直冒金星，等她穩住心神時，她感覺渾身力氣都似乎被抽乾了似的，人也頓時像老了很多，半癱在椅子上。

葉成紹聽了，臉上立即裝出驚詫莫名的樣子，半晌後，卻是毫無顧忌地噗哧一笑，很善良地說道：「唉呀，怪不得王爺生死都不想診治呢，原來是見不得光的病症啊。還好啦，王爺你也不要太過難受，無非是後半輩子像太監一樣地過日子就是了，喔，不過，你還是有兒有女的，皇上應該還是會重用於你，將來，保不齊你還能成為大周之主喔。」

皇上和太后都覺得這話聽著很是刺耳，不對，是在拿刀戳他們的心窩，可偏生葉成紹還笑得很是欠抽，一副喜氣洋洋的模樣。太后甚至認為，大皇子的毒很有可能就是葉成紹下的，但如今大皇子已經廢了，皇上成年的兒子就這麼兩個了，太后雖是不願意承認葉成紹的身分，但在皇上的心裡，葉成紹是同樣重要的兒子，自己便是再恨，也不能對他如何，只能生生將這口氣給憋回去。

一時，太后的心裡像是堵了一團棉花，氣血在胸口翻湧，卻是堵得上又上不得，下又下不去，她兩眼一閉，乾脆地暈了過去。

皇上一見更是急了，忙大步走到太后面前，扶住太后道：「母后、母后您醒醒！」

那太醫這會子倒是見機，立即跪爬到太后面前，給太后做著急救。太后卻是怎麼也沒醒來，皇上心中大急，對著那太醫就是一腳踹了過去，大聲道：「來人，將這沒用的奴才拖出去砍了！」

葉成紹見了忙攔住道：「皇上，太后娘娘怕是不願意醒來，倒是怪太醫不得，您可是有名的聖主，無端開殺戒，可是有損您的聲譽的。」

皇上被葉成紹的話氣得半死。這混小子，就算太后心力交瘁，不願面對現實，也不應該當面戳穿吧？殺個把太醫算什麼，他對個毫無血親關係的太醫都如此仁慈，對太后和大皇子卻是冷漠無情，這小子，真真氣死自己了！

怒氣攻心之下，皇上第一次伸掌向葉成紹拍了去，吼道：「你給老子滾蛋！」

葉成紹的身子一閃，輕鬆地躲過了皇上的一掌，不氣反笑，對那太醫不停地使眼色，太醫如獲大赦，低頭如驚兔一般地跑了。

葉成紹等太醫走後，對皇上道：「那臣就滾了。皇上您節哀，不過是廢了一個兒子罷了，您的兒子反正多，丟個把、再廢個把也沒得關係，您後宮三千佳麗，想為您生兒子的多了去，使勁生、拚命生，多生幾個就是，大周皇朝從來不缺的就是皇子。」
說罷，也不看皇上的臉色，一甩袖，揚長而去。
皇上氣得差點吐血。他登基多年，從來無人如此大膽地諷刺和譏笑過他，從來沒有人會如此不尊重他，一時氣得青筋突起，突然便縱身掠起，一掌隔空向葉成紹擊去，口中罵道：「孽子！」
葉成紹回過頭，墨玉般的眼睛一瞬不瞬地看著皇上，不躲也不避，硬生生地站著，等皇上那飽含勁力的一掌向他拍去。
皇上人在空中，看到葉成紹的眼睛裡淨是蒼涼，還有一絲的譏諷和決然，想起他方才的話。
「丟個把、再廢個把……」是怪自己不認他吧，他其實是很想自己認他的吧……那掌力堪堪拍到葉成紹身上去時，皇上突然收了力。原本吐出的勁力驟然回收，一股渾厚之力便撞了回來，震得他內腑一陣劇痛，胸中氣血翻湧，一口鮮血便直噴向了葉成紹身上，人也咚地一聲落在地上。
說時遲那時快，整個過程不過是眨眼間的事情，葉成紹有一陣發懵，原本絕望的心情變得複雜莫名，目瞪口呆地看著眼前的一切，有些不相信自己的眼睛。他……他不是分明要親自動手打死自己的嗎？怎麼會……
看著皇上蒼白的臉，和他嘴角那一抹刺目的豔紅，葉成紹感覺心裡怪怪的，有些痛，又有些暖，乾涸多年的心田似乎被人灑上了一滴甘露，瞬間融入了心田，便消失不見，只是……心會澀澀的，有種想哭的感覺，太渴望得到，卻從沒擁有過，想要放棄時，卻突然得到了，又覺得好不真實。

葉成紹緩緩地彎下腰，像是捧著一件精緻的瓷器一樣地將皇上抱起，傻傻地問道：「您怎麼摔了？怎麼吐血了？」

皇上頹然地被葉成紹像抱孩子一樣抱起，他分明看到了葉成紹眼底的一抹淚意，那樣純淨而湛亮，胸口乃是被自己的勁力反噬，一陣陣劇痛，可是，他覺得值，因為他看到了葉成紹眼裡的孺慕之情，看到了他的心痛和內疚，真是太值了，好在那一掌沒有真的對他拍下去，不然，這個兒子就真的沒了……

「爹爹原是要打你的，你不恨爹爹嗎？」皇上的眼睛也濕了，被兒子像抱娃娃一樣地抱著，半點也沒覺得有損帝王的顏面，眼裡流露出暖暖的寵溺之色，還有一絲的愧意。這一次，他很坦白，話裡沒有再繞半個彎子。

「可是，你怎麼沒打過來，你還是沒有打過來的，不是嗎？」葉成紹抱著皇上大步向寢殿走去，語氣仍是有些癡癡的。

「死小子……下次，你再氣爹爹試試，爹爹一定會打斷你的雙腿……」皇上咬了咬唇，眉頭痛苦地皺著，卻是罵道。

「下次你要打就打吧，別傷了自己就好，都一把老骨頭了，逞什麼能啊。」葉成紹的聲音在寢殿外響起，聲音裡帶著從未有過的愉悅，似乎心情很暢快。

太后睜開了眼，自己緩緩坐了起來。

殿裡早就沒有了一個服侍之人，地上的大皇子仍是不能動彈，偌大的慈寧宮正殿內，只有她和大皇子兩個。高大而金碧輝煌的殿堂，兩旁的多寶格上擺著的名貴瓷器、玉飾、古董，還有素色拖地而垂的長紗，一件件、一樣樣，無不透著華麗與雍容，卻是那樣的冰冷而刺眼。

太后感覺內心一陣空洞和倦怠，垂眸看了地上的大皇子一眼，卻沒有管他，自己起了身，蹣跚地向寢殿走去。

第一百二十二章

寢殿裡，葉成紹正要用內力給皇上療傷，皇上一把捉住他的手道：「死小子，你又想要偷懶嗎？明兒個那些犯案的官員就要全部處置了，重新上任的名單擬好了，你給老子老實點，別總窩在你那老婆懷裡捨不得走，早些給老子滾到淮安去。今年怎麼著，也得給老子把兩淮的百姓給穩定下來。」

「你真粗魯，麻煩你有點當皇帝的自覺好不好？怎麼總是老子老子的，一點也不文雅。」葉成紹掙了手，手掌撫在皇上胸前，用內力幫他順氣，嘴角還是帶著痞痞的笑，輕輕咧著，一副欠抽的樣子。

皇上氣得伸手就在他額頭上敲了一下，罵道：「本就是你老子，你還想不認不成？老子怎麼生了你這麼個怪種啊，成日不氣死我，你就不安生。」

頓了頓，眼神變得殷切起來，猶豫了下才道：「他……雖然是可惡，可是，畢竟還是你的弟弟。骨肉至親，你……有解藥的話，就幫他治治吧，這麼著下去，真的會廢了的。」

「沒有，臣不知道大皇子中的什麼毒，臣也沒那膽子給他下毒，他只要不來害我就成了。」葉成紹嘴角的笑就有些發僵，稱呼也改了，眼神幽幽的，不再看皇上，而是看著紅木八寶鑲珠玉的六彎床後的一個富貴雙喜圖發呆。

皇上聽了，眼神就黯了黯，嘆了口氣道：「我……不是偏心他，只是都是身上掉下的肉，不想他下輩子太過悽慘。爹爹有時雖是功利了些，但是，到底人心肉長，身為人父，哪有不關心自己兒子的？」

葉成紹聽了垂著頭，沒有接他的話，只是用心地幫他撫著胸，又從懷裡拿了一粒藥丸來，塞到皇上嘴裡。「吃了吧。放心，我不會弒君的。」

皇上毫不猶豫地吞了，卻是突然抓緊他的手臂道：「紹兒，你要明白爹爹的苦心，爹爹心裡最疼的其實是你。」

葉成紹聽了嘴角浮起一抹譏誚，起了身道：「臣告退了，皇上請保重龍體。」說著，再不回頭，昂首向外大步流星地走了。

門口遇到正扶著殿門站著的太后，他像是沒有看到一般，揚長而去。

太后喘了口氣，總算走到皇上床邊坐下，細細地看著自己這個年過四十的兒子，突然便笑了。「哀家倒是沒看出來，你也有心慈手軟的時候。」

「母后，他是兒臣的第一個兒子，是兒臣與柔兒的兒子。」皇上無奈地拖長了音，對太后說道。

太后收了笑，眼神凌厲地射向皇上。「大周國力不濟，戰後休養生息不過短短幾十載，又遇天災不斷，根本就難以與北戎抗衡，你別想一口吃成個大胖子。兒子又如何？那女人不見得就肯將自己的祖國拱手相讓，孩兒啊，你莫要被野心蒙住了眼睛啊！」

皇上卻是將眼睛閉上了，並不再看太后。

幾天後，大皇子因行為殘暴，引得百姓憤怒，大失皇家臉面，而被皇上摘了親王爵位，圈在京城恭親王府內禁足一年。

此消息一出，全朝譁然。有人根本不相信大皇子會是這樣的人，有些朝臣便向皇上進言，說是有人故意陷害大皇子，要求徹查事實，要還大皇子一個公道。

更多的，卻是覺得朝廷風向轉了，大皇子連親王爵位都免了，又是得了這麼個名聲，想問鼎大寶，幾乎成為泡影。一時，人們的眼光都看向了二皇子，連以往站中間派的，也主動向二皇子靠攏了，二皇子立即成為朝中炙手可熱的人物。

因此，當然便有人開始猜測，大皇子可能是被二皇子陰了。兩子奪嫡，最後大皇子是敗在了二皇子手裡的，一些清流自認身負正義，捕風捉影地說是二皇子如何勾結護國侯，以美色相誘，給大皇子下了毒，因為大皇子回府後，不時發出狼一樣地嗥叫，要殺了司徒蘭那賤人。

如是京裡分成了幾派，有保二皇子黨，也有倒二皇子黨，一時鬧得風生水起、沸沸揚揚。而最讓人奇怪的是陳家的態度，陳閣老自從被葉成紹在紫禁城門樓污辱了一次之後，便一直託病，不肯上朝，而靖國侯仍在邊關，並未回京。

大皇子出事之後，陳家三緘其口，一反往常地囂張與跋扈，根本不對大皇子的事情發表任何意見，更沒有去宮裡向皇上求情，為大皇子開脫，這讓一些人嗅到了一絲異樣的氣息。有些會鑽營的，立即反應過來，大皇子可能是真的會一蹶不振了，怕是再難起復，而陳家為了保住自己的榮華富貴，已經放棄了大皇子了。

於是，一些看不清世事的清流仍在攻擊二皇子，但清流首腦之一的藍學士這一次也是意外地三緘其口，並未出來為一向交好、甚至有可能成為他的孫女婿的二皇子說話，也讓清流們更是覺得怪異，也更加相信，二皇子可能就是陰害大皇子的人。

這一切，都與葉成紹無關。他正在緊鑼密鼓地做著去兩淮的準備，這幾日，郁三公子就沒少往寧伯侯府跑，葉成紹有時還親自接了郁大人和郁三公子去府裡商量事情，根本就沒有參與到朝中派系爭鬥中。

百姓們聽聞之後，都對寧伯侯世子豎起了大拇指，這才是真正為百姓著想，為朝廷盡心的好官，皇上也著意加冕了葉成紹，不但授予他二品官職，更是將郁大人的官級提了一級，讓郁大人做起事來更加賣力。而一直是中間派的工部尚書劉大人，這一次也是有事沒事地往寧伯侯府裡跑，也沒有參與到朝廷爭鬥，讓人驚疑和震驚的是，新上任的戶部尚書竟然是被免多年的顧老太爺。

人們不免立即就想到了寧伯侯世子夫人，那位京城第一才女的母親正是出自顧家，一個被貶多年的老臣，能得到赦免和起復已經是皇恩浩蕩、福緣不淺了，誰知道，一起復，反倒比以前的官職大了幾品，直接就升到了二品大員上去了。

戶部尚書，可是管著朝廷的錢袋啊，這樣重要的職位，很多大臣擠破了頭也沒有爭到，這個幾個月前還在千里之外苦寒之地流放的老頭子，一回來就撿了這麼大個便宜，人們的眼睛不得不看向了寧伯侯世子，這位深得皇后寵愛、深受皇上喜歡的混世魔王，如今幾乎是搖身一變，一夜之間便成為了國之棟樑了。

一時，有些眼光厲害的，便既不去攀附二皇子，也不與清流一道，倒是都圍到葉成紹的身邊來了，便是以往與葉成紹有著宿怨的中山侯世子上官明昊，也是常往寧伯侯府去。

京城一座開滿各色名貴茶花的庭院裡，二皇子正負手站在院中一間書房的窗前，看著陽光下，如孩兒笑臉一般綻放的茶花，心情很是愉悅。他身後站著一位身材高大偉岸的男子，也正負手而立，只是眉宇間鎖著一絲愁色。

二皇子冷洌的臉上帶了笑意。「伯父何必擔心，讓他去兩淮治河好了，便是得了美名又如何？淮河豈是那般容易治好的，沒有個兩、三年的苦勞，根本就難見功效。便是他真成功了，這三年裡，我在京裡已經站穩了腳，人脈和資源哪裡就會比他在那苦荒之地差了？」

「這倒是，不過，我總覺得不踏實。這麼些年來，我倒是看走眼了，沒想到他其實手段厲害到如斯地步的。」那名中年男人神色仍是嚴峻，嘆了口氣說道。

「不是更好嗎？我與老大爭了這麼些年，一直不分勝負，他一出手便將老大徹底給廢了，輕輕鬆鬆就讓我撿了個便宜。如今朝中誰不奉我為少主？他再如何本事，也是名不正、言不順，見不得光就是見不得光的，父皇若是真肯傳位於他，又如何會讓他處在那麼個尷尬的地位？」二皇子不以為然地說道。

「王爺還是小心些為好，而且，大皇子雖是廢了，但陳貴妃還在，靖國侯也不是陳閣老可以相比的，他可比陳閣老要狠辣得多，等他回朝，大皇子的仇，他肯定是會報的。」那中年人又提醒道。

「哈哈，那不更好嗎？伯父，此事便拜託您了，儘量找些他下毒害老大的證據，想方設法透露給靖國侯，等靖國侯回來，咱們又可以坐山觀虎鬥，看一齣好戲了。哈哈，真是天要幫我，我不想成功都不行啊！」二皇子囂張而又自信的話語在那庭院的上空飄蕩著。

且說那日素顏離了宮，帶著青竹、紅菊往東城而去。馬車在一間不大卻裝飾雅致的胭脂鋪子前停下，素顏下了馬車，跟在青竹身後走進鋪子。鋪子裡的客人並不多，掌櫃的是個四十多歲的中年人，身材有些發福，膚色卻是極白，頷下留著一綹山羊鬍子，一隻肥胖的短手正在飛快地撥著算盤，一見素顏穿著不俗，臉上便堆了笑，親自招呼道：「夫人可是要買胭脂水粉，小的這家店可是京城最出名的，有名貴的蘭脂扣、郁紅白、梨花粉，您要點什麼？」

邊上一個白白淨淨的小夥計也殷勤地走上來，引著素顏幾個往裡走。

紅菊聽了掩嘴一笑，媚態頓生，在那個小夥計的手上摸了一把，道：「把你們店裡最好的胭脂水粉都拿出來，讓奴家見識見識。唉呀，奴家最喜歡的就是郁紅白，塗在臉上，那是細膩又光潤，白裡透紅，還看不出粉來，我們樓裡的姑娘可是全都愛死了這個，只是太過貴了些，得五兩銀子才得一盒，店家可真是黑心呢。」

掌櫃笑道：「姑娘可見是識貨的，那郁紅白可是最難得了，一錢粉可得上千朵花兒才能提得出來，那郁花本就名貴，五兩銀子一盒可是最便宜的呢。」

那掌櫃的說完，手又去撥弄算盤了，並不再看素顏幾個，而且嘴角還掛了一絲的鄙夷。紅菊見了也不著惱，只讓那小夥計拿了盒郁紅白來，遞給素顏看。

那胭脂盒子卻是講究得很，雕花鏤刻的小玉盒子，上面刻著喜雀登枝圖，那盒子雖算不得好玉，但用玉裝粉卻是最能護著香氣不外逸，且日子用得久了，還能保質不變，只是玉盒實在太貴，要嘛這玉盒就做得更高檔一些，用好玉做了，將價格提上一、兩倍，那些愛臉面的貴婦人會更願意買一些。

素顏又打開看那胭脂，開得盒來，香粉淡雅撲鼻，倒是好香，又挑了指甲抹在手上，輕輕勻開，相比她平素看到的這個時代的胭脂確實好上不少，只是粉質還是粗了些，倒不是做工不好，只是加料不夠，如果加些油脂進去，倒是可以融了那粉質，用濕粉倒是比乾粉更能使人容光煥發。這個時代還沒有濕粉，若是做出一款濕粉出來，既能遮斑，又能美白……

那掌櫃看素顏拿著脂粉盒細細地察看，立即便生了警惕之心。「夫人，五兩銀子一盒，您要是不買，那邊還有些不錯的脂粉，價格便宜一些。」

青竹聽了大怒，她家少奶奶哪裡被人如此瞧不起過，那店家明顯就是看不起大少奶奶，正要發作，素顏卻是將她一攔，說道：「這脂粉倒還是不錯，不過，賣便宜了些，把這盒子換了，換成更高檔些的玉，做工再精緻些，郁紅白裡再摻些別的東西進去，做成濕粉，嗯，應該賣到二十兩銀子一盒才划算……」

那掌櫃一雙魚泡眼瞪得溜圓，鼻子裡重重地嗤一了聲，只差沒罵素顏是神經病了，哪裡來的瘋子，滿嘴胡言亂語。

素顏卻也不氣，徑直向店裡面走去，走到貨架前，又拿起一張紅唇紙細看。那掌櫃實在是忍不住了，臉上的笑全收了，冷笑道：「夫人，若您是別家店裡的家主，就請您快些去了吧，本店可不是您惹得起的。」

素顏聽得眉頭稍皺。這掌櫃分明就有些仗皇后的勢欺人，自己的行為還算規矩，並沒有做什麼過分的事情，他卻是言語如此相沖，怪不得這店裡生意不太好。

正要說話時，就聽得身邊一個溫和而略帶磁性的聲音響起。

「你這店家好生沒趣，這位夫人分明是在教你，你卻如此不知好歹，難怪生意冷清。」

第一百二十三章

這聲音好生熟悉，不過，他怎麼會在這裡？

素顏有些詫異地回頭，就看到東王世子冷傲晨一身月白色圓領箭紅直裰，頭髮用一根白玉簪子鬆鬆地綰了，髮尾隨意地垂在兩肩，如絲綢般閃亮細滑，全身上下就只有胸前吊著一塊碧綠潤澤的玉珮，再不見其他飾品。

他微笑地站在離她不遠的櫃檯前，店門外，溫暖的陽光照進店裡，灑在他身上，更襯得他原本就如謫仙一般的氣質更加清華高遠，尤其那雙眼睛，溫潤而湛亮。素顏總覺得葉成紹的眼睛很好看，像墨玉一般，有時總透著傻勁，卻又純純的，不含半點雜質；而東王世子眼睛極亮，亮得耀目，更似深淵，像是帶了一股魔力，要攝人魂魄一般，讓她不敢久視。明明那麼溫和而優雅的一個人，那眼神看著卻好生危險，怪不得一干京城裡的大家千金見了這人就挪不開眼，分明就是個少女殺手。

冷傲晨安靜地立著，眼睛溫和地看著素顏，任她細細打量自己。

要說女子傾慕的眼神他看得多了，打十二歲起，身邊就開始圍滿了各色鶯鶯燕燕，他是個性子溫和的人，對那些眼神從來都是禮貌地回望過去，然後禮貌地點頭致意，但年紀越大，便越發明白那眼神的意思，當他禮貌地回望時，女孩子們會羞澀地躲開目光，下一刻，那目光又黏了上來，而且變得越發熱辣了。於是，他再也不會對那些女孩子輕易笑了，慢慢地，也對女孩子愛慕的眼神視若無睹了。

如今，她也在看他，眼睛清亮而靈動，似乎有種穿透力，眼神裡也有欣賞，卻和其他女子的眼光完全不同，她只是欣賞，就像是在看一件精美的物品一樣，全然沒有半點傾慕之色，這讓他有種淡淡的失落。

第一次，冷傲晨很渴望那眼神裡有一絲絲別的意思，他平生第一次感覺有些懊惱，就為那清澈眸子裡的淡淡欣賞。

「見過世子。」素顏收回目光，遠遠向冷傲晨福了福。冷傲晨微微一笑，也抬手作揖，還了一禮。「好巧，夫人在買胭脂嗎？」

素顏搖了搖頭道：「只是看看，覺得這裡的胭脂還不錯呢，世子也要買些胭脂水粉？」

冷傲晨笑道：「是啊，想買一些，只是實在不懂這些東西，聽夫人倒是內行得很，可否給小可介紹一些合適的？」

素顏一聽便是來了興趣，問道：「世子是要送給姑娘家嗎？那就選這盒郁紅白好了。這種香粉白裡透紅，塗上之後更顯俏麗明妍，喔，還有這種，胭脂扣，脂粉做成了圓扣式的，但它特色就是要直接用粉餅在臉上輕塗，比用指甲挑要均勻得多了。」

冷傲晨從來還不知道女人用的胭脂裡也有這麼多學問，他靜靜聽著素顏的介紹，偶爾也會應上一、兩句，眼神卻是亮亮的，像是很有興趣的樣子，有時，也能提出一、兩個很有見地的問題。

素顏難得找到一個對胭脂如此感興趣的男人，便越說越興奮。東王府可是戶大財主，聽說他們家也是在全國經營各種鋪子，而且，東王可是蜀地的土皇帝，蜀地可是人口眾多、地方富庶，若是能將那塊市場也拿下，那可是一筆巨大的財富啊……

冷傲晨哪裡知道她的心思，只覺得她清麗的小臉因為興奮而染上一層淡淡的粉紅，如煙霞一般明妍俏麗，那雙原本就清亮的眼睛更是熠熠生輝，心情沒來由地就好了起來，臉上一直保持著暖暖的微笑，便是與素顏說話時，也是彬彬有禮、毫不逾矩，只是一直靜靜地、柔柔地看著素顏，認真聽她說的每一句話。

青竹面無表情，冷眼站在一旁，只是兩隻藏在袖中的手緊握成拳，看冷傲晨的眼神裡帶著一絲凌厲。

而紅菊卻是上上下下打量了冷傲晨一番，臉上的媚笑更深了，一抬眸，看到青竹似要極力克制，不由將青竹一扯，帶到一邊去，附在青竹耳邊小聲說道：「妳說爺那個人，要是吃起醋來，會是什麼樣子？真的好想看看啊。」

青竹聽了，不由鬱悶地瞪了她一眼，聲音也是硬邦邦的。「妳想看？那把爺請來就是，還怕妳看不到這齣戲？不過，我勸妳還是不要亂來的好，爺的眼裡心裡可是只有大少奶奶，便是大少奶奶再有什麼，爺也只會發自己的脾氣，捨不得罵大少奶奶半句。」

紅菊聽了眼睛瞪得老大，那雙媚骨天成的眼睛裡滿是八卦。「不會吧，爺……那麼老實？」興奮之下，更是想要走出店外去發信號。

青竹一把扯住她道：「死蹄子，如今妳可是大少奶奶的人了，妳想惹大少奶奶生氣嗎？」

「真是個死腦子，無趣得很。」紅菊悻悻地站住了，挑了眉頭對青竹罵道。

「世子決定買哪一種了嗎？」素顏將店裡貨架上的胭脂介紹個遍，但冷傲晨始終沒有決定要買哪一種，她有些詫異，忍不住問道。

冷傲晨聽了微微一笑，指著她最先介紹的郁紅白對素顏道：「夫人不是說這種胭脂最好嗎？那就買這個吧。」

「世子爺，您這胭脂水粉是送給年輕小姐，還是夫人奶奶？若是太太的話，這郁紅白倒是不適宜，塗上去太俏，顯得不莊重，小的勸您還是買這個吧，杏花白，比梨花粉又更好一些，勝在氣味淡雅芳香，顏色也清淡，若是送禮，就比郁紅白好上一層。」

東王世子卻是看了一眼那掌櫃道：「我就要葉夫人介紹的這盒郁紅白。」

那掌櫃聽得臉一僵，眼珠子一轉，乾笑著道：「您要多少？本店就此一盒了，留著是做樣品的，並不外賣。」

素顏聽得秀眉一挑。這掌櫃好生沒理，自己先頭要買時，他是說有的，怎麼這會子冷傲晨要買了，又說沒貨了？分明就是在故意刁難，這哪裡是個做生意的，這是在置氣呢，如此龜毛的掌櫃還是第一次遇到，怪不得皇后的店鋪會生意不好，這家店分明就在最熱鬧繁華之處，便是宮裡的宮妃們不在此拿貨了，也應該有不少散客來買東西才是，可自己來了這麼久，除了冷傲晨，就再也沒進來任何一位客人，而對面街上的另一家胭脂店裡卻是客流不息……

正要開口斥責這店家兩句，冷傲晨卻道：「是真的沒有了嗎？」眼神溫和無害，連聲音也是緩緩的，並不帶一絲的怒氣。

那掌櫃只當這世子爺是個性子綿軟的，不耐煩道：「沒有了、沒有了，小的還要做生意，客人若是不再要別的東西，那就請便吧。」

「那好。」冷傲晨淡淡地說道，卻是手一伸，箭袖輕甩，也沒看清他是用的什麼東西，只覺眼前銀光一亮，再定睛看時，他手裡已然拿了一包東西，轉眸看著素顏笑得溫潤。

「夫人可是還要去別家看看？小可正好還想為家母買些東西，請夫人幫小可參考一二。」

素顏驚訝地看了他手中的東西一眼，正待要回話，那掌櫃一看他手裡的那一個大包，立即叫了起來。「公子，你怎麼可以偷盜本店的東西?!看著斯斯文文，原來是個賊！」

冷傲晨聽了，只是淡淡地看著那掌櫃，不但不見半分怒氣，還笑得溫厚無害。「店家何出此言？東西可以亂吃，話可不能亂說，誣衊皇族，可是要被割舌頭的。」

那掌櫃哪裡怕這個，提了袍子就衝出櫃檯來，肥胖的身子就往冷傲晨手上撲，想要奪回冷傲晨手上的包。素顏看那包的大小，目測裡面至少得有十盒郁紅白，一盒五兩，一包得值五十兩，這掌櫃一個月的月錢也就八兩的樣子，丟了這十盒郁紅白，還不得賠死他？也怪不得他要拚了命來搶那個大包了。

而他又是皇后娘娘的手下，仗著有皇后撐腰，哪裡怕什麼一個不知什麼爵位的世子爺。這紫禁城裡，別的也許有缺，最不缺的就是世子郡主縣主，他老於世故，見慣了這個的，如今只怕自己賠錢，別的什麼都不顧了。

冷傲晨靜靜地站著，臉上笑容收了，見那掌櫃橫著身子撲過來，像是被嚇著了一般，竟是不知道躲閃，等那掌櫃堪堪撲到，手快碰到他手裡的大包時，他的身子卻瞬間向後移開。那掌櫃手沒著到力，猝不及防就和著身子一起撲到了地上，摔了個狗啃泥。

偏冷傲晨還很關心地在他頭上溫和地問道：「店家，你這是怎麼了？如此大禮，小可擔待不起啊！」

素顏再也忍不住，噗哧一聲就笑了出來。那掌櫃摔得渾身生痛，撐著手爬起來，臉上一陣紅一陣白，卻也乖覺了，知道今天是碰到硬茬子了，這個世子爺看著溫和無害，其實比那夫人難纏得緊，難得收了臉上的戾氣，涎著臉賠小心。「爺，小的錯了，小的人形豬腦，說錯了話，求您把手上的東西還給小的吧，小的家中老小一大堆，還要靠小的養活，一包東西可至少得值四十兩銀子，小的賠不起啊！」

冷傲晨不知道這店是誰開的，素顏還是清楚的，也知道冷傲晨是在為自己出氣，如是便笑著搖了搖頭，對冷傲晨道：「世子，便饒了這沒眼力的奴才一回吧，他應該得了教訓了。」

冷傲晨笑著點了點頭，自腰間丟了一塊銀子在櫃檯上。「讓夫人見笑了。」

素顏見了忙施一禮，卻不打算離開。冷傲晨將那包郁紅白遞給青竹，道：「既是有緣遇見，這包胭脂便送與夫人吧。」

青竹根本就不肯接，面色越發冷峻了，只看素顏的臉色。經了方才這一幕，素顏倒覺得這東王世子有趣得緊，性子溫和卻絕非無害，是個可交的朋友。她前世便是個爽朗的性子，工作上與男同事也還談得來，便笑道：「世子不是要送東西給王妃嗎？這一大包我可受不起，我拿一盒好了。」

冷傲晨原就沒打算素顏會收下，正想著要如何說服她，卻沒想到素顏很自然地就要了一小盒，既落落大方地接受了他的好意，讓他不致落了面子，又不算是受了他的大禮，欠他人情，再是禮貌不過，這倒是比一般的大家千金要爽朗而大方得多，既不故作矜持，又不貪利虛榮，讓他感覺禮雖沒全送出，心情卻是愉悅得緊。

他笑著將手中的包裹打開，果然齊齊整整擺了十盒郁紅白在裡面，他便很隨意地看了那掌櫃一眼，那掌櫃的臉色頓時紅如豬肝，冷傲晨卻不再說他什麼，只是拿了三盒郁紅白出來，遞給青竹道：「兩位姑娘一人一盒，再加上夫人的這一盒，還請兩位姑娘不要見笑才好。」

他原本溫潤俊逸，身手又很是不凡，青竹還好，紅菊早就一雙媚眼滴溜溜地在他身上轉了幾圈，這會子見他如此知情識趣，笑容更是嬌媚了，也不管青竹的臉色有多黑，伸手接過，福了一福道：「奴家謝過世子爺。」

素顏見事情也差不多了，今天只是來探個底，明天再來整治這家店，並著手研發濕粉和其他潤膚品種，改良這家店面。

她便向冷傲晨行禮告退，冷傲晨卻是微微一笑。「夫人這便要回府嗎？小可正有事請教葉兄，不若送夫人一程吧。」

他如今也是治河的朝臣，皇上是給他分了職的，這個人的才華也不亞於葉成紹，有他相佐，葉成紹定然能事半功倍。素顏很高興他肯自動與葉成紹相交，便笑著應允。

兩人一前一後自店中出來，冷傲晨很隨意地站在素顏身邊，但他的位置卻讓青竹和紅菊兩人同時微震。這位世子爺似是在護著大少奶奶……是好心，還是……

兩人雖是心中生疑，但人家禮貌規矩得很，也不好說什麼，青竹的臉色是更黑了，紅菊卻是一副看好戲的樣子。

剛出來，素顏便聽得一聲驚喜的呼喚。「那不是大嫂嗎？」

素顏抬眼看去，對面鋪子裡，正好走出一群被丫鬟婆子簇擁著的幾個戴了圍帽的小姐，其中一位看身形和衣著便知是文嫻，再細看，便知文靜也跟著出來了，還有兩位卻是沒認得出來。

素顏笑著正要回話，便聽得其中一人驚聲更大。「那不是東王世子嗎？他怎麼和素顏姊姊一起從胭脂鋪子裡出來？」

「是啊，雖是帶了隨從，可畢竟是……」話沒說完，但那意思大家都明白。

文嫻原本興沖沖要走過來的身子就生生頓住了，在街的那一邊透過紗帽癡癡地看著。素顏心中無愧，便對冷傲晨福了一福道：「多謝世子爺相送，我家小姑在那邊，我這就過去了。」

冷傲晨卻是淡淡一笑，拱了拱手，轉身瀟灑走開。但那邊另一個女子卻是揚了聲，似乎故意說給冷傲晨聽。「怎麼見著我們反而走了呢？難道……我們來得太不巧了嗎？」

冷傲晨聽得濃眉微挑，倒是又轉了回來，很自然地又站在了素顏身邊，聲音溫和而富有磁性。「夫人，如今世道不寧，流民眾多，小可還是先護送夫人回府吧。」

如此一副護花使者的姿態，讓對面的幾個小姐氣得直跺腳。文靜聰明，拉了文嫻的手，俯近她的耳邊道：「大嫂與東王世子交好不是更好嗎？妳求大嫂給你們拉攏拉攏啊，這麼好的人就在妳面前，妳發個什麼傻呆？」

文嫻聽得咬了咬唇，似是鼓起勇氣，一把抓住了文靜的手，一同向這邊走了過來，另外兩個小姐見此，也跟了過來。

素顏心情淡然得很。身正不怕影子歪，越是躲躲閃閃，人家越會往妳頭上扣帽子，不如大方面對。

文嫻、文靜幾個過來後，給素顏見了禮，又向冷傲晨福了一福，文靜便道：「這家鋪子裡的胭脂更好一些嗎？大嫂，我們也想買好東西，就是一直沒找著，不若妳帶了我們進去再挑挑？」眼睛卻是看著紅菊手裡的胭脂。

素顏沒有回她，卻是看著紗帽下的另外兩個女孩子，其中一個噗哧一笑，大方地掀了圍帽，露出一張清麗的臉來，嗔著她道：「素顏姊姊，妳不會不認得明英了吧？」

另一個聽了明英的話，也慢騰騰地揭了圍帽，卻是劉婉如。怪不得那話聽著刺耳，這個女人從第一次見面起，就莫名其妙對自己有敵意，也不知道是不是兩人八字不合。

第一百二十四章

明英笑得溫婉。「原是想在東王妃宴請時再見姊姊的，卻不知，今兒個就見著了，姊姊可是買得了好東西，也給妹妹瞧瞧。那日姊姊可是太忙了，只應付那些伯母嬸子，倒是把我們幾個給晾到了一邊，妹妹到現在還惦記著姊姊的那護手霜呢。」

素顏聽她說得嬌嗔，神情單純可愛，便拉了她的手道：「今兒也就得了一盒郁紅白，不過，這東西普通得很，妹妹若是想要，過陣子姊姊送盒新鮮的給妳。」

劉婉如卻是眼尖，一眼看到冷傲晨手裡的郁紅白竟與紅菊手裡的一樣，似笑非笑道：「原來世子爺也喜歡郁紅白嗎？還真是和素顏姊姊的興趣一樣呢。」

文嫻一聽這話，也看向冷傲晨手裡的包裹，眼裡閃過一絲複雜的神色，嬌嬌怯怯地走近冷傲晨道：「世子這是要送人的嗎？」

這話可算是問得突兀，也很逾禮，素顏倒沒什麼，文靜卻是皺了皺眉，有些受不了自家這妹妹的唐突。

冷傲晨微微一笑道：「的確送人的。」

文嫻眼裡立即露出一絲期待。若是別的男子有女子如此主動相詢，便是礙於面子，也會送她一盒的，但冷傲晨卻是隨手將手中的包裹往隨從手裡一塞道：「拿回去，王妃屋裡的幾個見人一份。」

文嫻的臉立時就有些掛不住了，眼眶都紅了。他竟是寧願送給家中僕人，也不願送給她……在他的眼裡，她根本連僕人也比不得……

素顏看著便有些不忍。少女情懷初動，這冷傲晨便是不喜歡文嫻，也不要如此落女兒家的面子嘛，只好乾笑著拍了拍文嫻的肩膀，轉了話題道：「母親可是回府了？妹妹出來時，有沒有碰到？」

文嫻幽怨地看了眼冷傲晨，卻是順著素顏的話道：「我早上先是去了郡主家裡，後又跟著郡主出來逛，沒碰到呢。」就此解了方才的尷尬。

素顏又笑道：「既是出來得久了，幾位妹妹不若一同去寧伯侯府用午飯如何？」

明英眼珠子一轉，笑嘻嘻道：「不了，今兒也不早了，家中還有事呢，下回再去叨擾姊姊吧。」

說著，便要與文嫻幾個分開。劉婉如卻是突然回了頭對文嫻道：「葉三妹妹，素顏姊姊的丫鬟手裡可是得了三盒郁紅白，其中一盒怕就是素顏姊姊的，妳如此喜歡這香粉，做大嫂的豈能不勻一盒給妳？」

文嫻聽得身子一震，看素顏的眼神越發複雜了，還真的就要開口。

冷傲晨聽得濃眉一皺，冷冷地看了文嫻一眼，文嫻被他那清冷的眸光看得心頭一顫，生生閉了嘴，並沒真開口。

眼見著明英郡主和劉婉如就要走開，冷傲晨突然大步走向明英郡主道：「明英妹妹，這位劉家妹妹看著好生眼熟，可是二王爺的良娣？」

這話問得突然，明英聽了訝異地看著冷傲晨，又看了一眼劉婉如，清麗的小臉便有些發白。劉婉如也是垂了眸子，卻是沒有否認，臉色微露出絲羞澀之意。

「不是嗎？原來我是看錯了，那日見一個女子與她著實相像，卻是與二王爺關係甚近……」冷傲晨溫和無害地笑了笑，又道了罪，才慢慢走開。

明英怒視著劉婉如，嘴角氣得直抖。「妳……一再保證妳與他清清白白，原來，一切都是騙我的？我對妳那麼好，原來妳只是白眼狼！」

劉婉如又怨又氣，她真沒想到東王世子會如此維護藍素顏，竟然為了幾句話而報復自己，正要解釋，明英怒不可遏地一手甩在了她臉上，掩了面，提裙向前跑去，陳王府的丫鬟婆子頓時急急追了過去。

素顏卻是覺得痛快。明英看著是個聰明的，只怕是被愛情蒙住了眼睛，連劉婉如這種人也沒看清。

文嫻見了，又偷偷地瞧了冷傲晨一眼，神情越發陰鬱了起來，垂著頭，咬唇在想著什麼。

幾人正要進店，突然，街那頭一陣喧鬧聲起，素顏回頭看了過去，只見一大群流民正湧向這邊，手裡拿著磚塊和木棒，瘋狂地見人就砸。青竹和紅菊見得大驚，忙道：「大少奶奶，快進店去！」說著，兩人便去護著素顏。

文嫻和文靜幾個身邊的丫鬟婆子哪裡見過這等狀況，嚇得抱頭鼠竄，顧自往街邊上躲，文嫻、文靜兩個嚇得尖叫，一塊石頭突然便砸了過來，正好砸向文嫻的背，素顏正好在她身邊，忙抓住她一扯，那磚塊擦著文嫻的後背而過，落在了不遠處，素顏便對青竹道：「妳去護著二小姐和三小姐，紅菊護我就行了。」

但她話間未落，便看到幾個流民似是看到了她們幾個，拿了棒子就衝了過來，其中一人掄起棒子就往文嫻、文靜頭上砸，而且一衝過來，便將她與文嫻衝散，讓她根本就顧不到文嫻，眼見文嫻頭上就挨了一下，尖叫著哭了起來。

青竹無奈，只好去救文嫻。紅菊死死地將素顏護在身後，不讓她去救助文靜，素顏也知自己身子柔弱，這個時候只有保護好自己才是要緊。眼看著流民越來越多，素顏一抬眼，那黑心的掌櫃竟然將店門給關了，身邊哭鬧、尖叫一陣越過一陣，街面亂成了一團，一時間，又聽得一陣的馬蹄聲，應該是九門提督府派兵來驅流民了。

素顏被人擠著往牆角去，儘管有磚塊不時砸來，卻沒有一塊落在她的頭上，冷傲晨始終在她身邊半尺遠的地方，靜靜護著她，還不時地安慰她不要害怕，素顏心中稍安，卻是擔心著文靜和文嫻兩個，一抬眼，見文嫻險象環生，有幾個流民似乎專門針對她，別人倒是挨打不多，而她身上卻是挨了好幾下，文靜就在她身邊，也挨了幾下，兩人嚇得腿都軟了，抱著頭尖叫，青竹一人顧不住兩個，素顏無奈地對紅菊道：「快去，妳們一人一個，將她二人救到安全處。有世子爺在，我不會有危險的。」

紅菊猶豫著不肯走，素顏大喝道：「快去，若兩位小姐出了什麼岔子，爺回來一樣饒不了妳們！」

紅菊無奈，咬牙看了冷傲晨一眼，鄭重道：「有勞世子爺了。」

冷傲晨臉色凝重地點了頭，紅菊縱身躍起，踩著人頭向文靜那邊飛去。人群越發亂了，擁擠著，有些人摔倒在地，生生被人踩死，慘叫聲、哭泣聲，此起彼伏，冷傲晨看這情形再待下去，只怕無人能保全，伸手一攬素顏的腰身，道了聲：「得罪。」便身子一縱，竟是直飛向了屋頂。

素顏一陣頭暈目眩，卻是強忍著沒有發出半點聲音，只是小臉蒼白，饒是她再大膽，也受不了眼前的慘景。街上百姓好多人都被打得頭破血流，有的被踩得血肉模糊，濃烈的血腥味撲鼻而來，素顏胸中一陣翻湧，幾次差點嘔了出來。冷傲晨自身上掏出一個小瓷瓶，揭了蓋放在她鼻間晃了晃，她感覺果然好了不少。冷傲晨不再耽擱，抱起她在屋頂上直掠而去。

葉成紹聽說京城東大街有流民暴動，立即發了信號給青竹。沒多久，果然收到青竹的求救信，急得眼都紅了，氣急敗壞地騎了馬便往東城趕。

京城雖進了不少流民，但皇上已經下令順天府和京兆尹派人疏導，京中很多富貴人家也開了粥棚，這些流民怎麼會突然暴動起來？

他越想越覺得不對勁，一心擔憂著素顏，騎上馬便向東城最亂的地方奔去。到那裡時，只見人群亂作了一團，哪裡找得到人影？頓時心急如焚，從馬上縱身便躍到了商鋪的屋頂，向人群中尋去，卻見不著素顏的人。

好在他知道以青竹與紅菊兩個身手，將素顏救下並不太難，心下惴惴的同時，卻是一直不斷地安慰著自己。果然青竹便發了信號來，他飛奔著向青竹而去，縱身跳進一戶庭院裡，卻見青竹和紅菊兩個扶著文嫻、文靜正在向他揮手，哪裡見到素顏的身影？他的心立即被提到了半空，喝道：「大少奶奶呢？」

「被東王世子救走，並未受傷，東王世子身手不凡，爺不必擔心。」青竹頓了頓，正在想要怎麼措詞才好，紅菊卻是似笑非笑地說道。

葉成紹先是心中一安，隨即臉色又變了，一看地上的兩個妹妹，都已昏迷不醒，也明白定是素顏的命令，她們才去救文嫻、文靜兩個的，不過，還是悻悻地罵道：「那小子為何不去救我妹妹？」

紅菊聽得吐了吐舌，很好心地說道：「爺，您說東王世子會救了大少奶奶送回府去嗎？」

葉成紹聽得更要爆了，哪裡還肯待在此處，身子一閃，人影便不見了。

青竹便呸了紅菊一口道：「妳這是唯恐天下不亂嗎？沒事亂折騰什麼？一會子爺要對大少奶奶見氣，妳就有好日子過了？」

紅菊撇撇嘴，不以為然地去救治文嫻去了。

再說冷傲晨，抱著素顏很快便到了最近的東王府別院裡，縱身落下之後，急急地便抱了素顏進了一間屋子。

素顏雖是驚魂未定，但沒有受傷，精神還好，忙向東王世子道謝。

冷傲晨倒了一杯茶遞給她，道：「喝點茶壓壓驚吧。」

素顏接過茶，一飲而盡，抬眼看他。經過了那樣大的動亂，冷傲晨渾身上下並不見得有多凌亂，除了那身月白色的直綴因抱她而有些生縐，仍是一派清爽乾淨的模樣，神情也仍是溫和淡然的樣子，並不見得有多慌亂，便笑道：「世子果然性子沈穩大氣，遇事凜然不亂。」

冷傲晨卻是深深地看著她道：「夫人不覺得這場動亂來得太突然了嗎？」

素顏當然也想了這個問題，東城可是很多皇商和皇親貴族開商鋪的地方，便是有流民，也不可能有如此多的人湧入東城。不過，自己不過就是個小女人，無權無勢，不可能有人會為自己而發動這樣一場動亂吧？她哂然一笑道：「世子不會懷疑是有人刻意為之的吧？」

「我沒有證據，但憑直覺，這定是人為。夫人遭此大難，竟然還能笑得出來，著實讓我佩服。」冷傲晨仍是深深看著素顏，唇邊沒有半點笑意，神情難得地嚴厲冷峻。

「不笑又如何？那些人，總不可能會為了我這麼個人而如此大動干戈吧？我還沒有重要到如此地步呢。」素顏笑了笑，又自去倒了杯茶喝了。

「自然不是為了夫人，不過，聽說靖國侯爺人雖沒有回來，卻是送了一封信回京，如今貴妃娘娘被廢……東城可是全京城最繁華的地段，若是這裡亂上一些日子，皇上只怕也會頭痛，九門提督可是陳家那一派的。」冷傲晨幾句簡單的分析，就點出了可能的幕後之人。

素顏秀眉一緊，思忖著，他的話也有理，葉成紹那傢伙那天笑嘻嘻地說過，大皇子就要成廢物了，她當時聽了便聯想到大皇子府內的一些事情，知道是葉成紹所為，但並沒有多想。陳家如今在宮裡的勢力幾乎全軍覆沒，靖國侯定然不會安心，他守在邊疆鞭長莫及，又不能擅自回來，但給京城裡製造些動亂，讓皇上頭痛幾天，同時控制京中的一些部隊，給皇上造成一個內憂外患的感覺，送一個警示，證明陳家在朝中的地位不可動搖，這點事情他還是做得出來。

所以，這一次，她只是適逢其會，不小心碰上罷了，好在今天有冷傲晨，不然可就又危險了，不由笑著對冷傲晨一禮福了下去。

「夫人非要如此見外嗎？」冷傲晨湛亮的眸子黯了黯，唇邊帶了一絲自嘲的笑，突然又道：「夫人不覺得跟在葉兄身邊很辛苦、很危險嗎？」

素顏聽得一震，抬了眼猛然看向冷傲晨，挑了挑眉道：「不然又能如何？」

冷傲晨湛亮的眸子一瞬不瞬地看著她。「天涯何處無芳草。」

素顏聽得微嘆，意味深長地看著冷傲晨道：「是啊，世子爺，天涯何處無芳草，可惜，我這是個死腦筋，認定了那根雜草，便是化了藤，今生與他糾纏在一起，便不會再放開，直到一起枯萎。」

冷傲晨聽得心頭一緊，一股濃烈的失意和沈痛糾結在一起，在心底翻湧。好不容易鼓起了勇氣向她表白，雖是隱諱，但以她的聰慧自然是一聽就懂，可是，他又恨她的聰慧，恨她用他的話來回絕了自己，哪怕一絲的希望和餘地也不肯留下。是啊，她若是那種朝秦暮楚，臨危而逃之人，自己又怎麼看得上？

方才，那樣的生死存亡之際，她竟然想的是先救那兩位小姑，雖是知道自己能救助於她，但在那種情況下，先想到的不是自己，而是他人，便是一般男子也很難做到……

原本只是被她的才華所驚豔，而今天，她又給了他更多的震驚，個性中的堅忍，臨危不亂的氣概，便是他，自認才華蓋世，在她面前也有些自慚形穢。離得越近，心便越會受她吸引，今天原就是想要護著她的，人是護好了，自己的心卻是在滴著血，那個男子有那麼好嗎？真讓她如此死心塌地地跟隨嗎？

「妳……就不替自己擔心嗎？一而再、再而三地身陷險境，而他卻……」冷傲晨不是個喜歡說人壞話的小人，可是，他著實擔心她。那個男人讓他很不放心。

「娘子……」屋外傳來一個微顫的聲音，葉成紹自外面走了進來，一臉的憂急和憔悴，一見素顏安好無恙才算是鬆了一口氣，走了過來，一把抱緊了素顏。

冷傲晨將目光自兩個緊擁的身子上緩緩挪開，兩手緊握成拳，黯然地向外面走去。

「娘子，妳……妳……我真的很沒用嗎？」葉成紹愧疚地鬆開素顏，痛楚地看著素顏道。這一刻，他突然覺得冷傲晨的話說得很對，素顏一再受到危險，而他卻不能護她周全，一直就是他自私地強留她在身邊，讓她為自己操心、為自己籌謀，可自己又為她做了什麼？

一個爛身世讓他深陷泥沼，縱使他心如止水，對那些權勢沒半點興趣，也有人在推著他走、圍著他謀，令他不由自主的同時，又害到了身邊的人。他拚盡全力想要護著她、想要疼愛她，可是，卻給不了她幸福。

「胡說些什麼呢，二妹、三妹可還好？你找到她們沒有？咱們回去吧。」素顏心疼地看著葉成紹。她不怪他，不是他不想護她周全，他也身不由己，他沒有冷傲晨那樣好的家世，沒有疼愛他的父母親人，他可憐得讓她心疼，讓她放不下的人，便是他比冷傲晨要弱又如何，愛了就愛了，沒有什麼條件可講，如果愛情都是用斤兩來稱的，那還有什麼意思？

葉成紹再一次將她抱進懷裡，緊緊的，像是生怕失去她一樣。

素顏一把推開他，突然沈了臉問道：「你覺得我跟你在一起太過危險，你可會放我自由，讓我離開？」

這話轉得太快，葉成紹如遭重擊，身子連連搖晃了幾下才站穩，良久，苦笑著，掙扎著一字一句地說道：「若是跟我在一起，妳……太過痛苦，娘子……我會放了妳的。」

「你捨得？」素顏的眼眶噙滿淚水，靜靜凝望著葉成紹。

「不捨得！」葉成紹幾乎是從心肺裡吼出來這幾個字。他仰天閉了閉眼，又猛然地睜開，原本墨玉般的眼眸變成染滿了血絲，整個身子都在發抖。好半晌，他像抽乾了全身力氣，又緩緩道：「可是，更捨不得讓妳痛苦，更捨不得妳一再身處險境。」

就算他放下一切帶她走，可是，他的身分在那裡，不是他離開了，那些人就肯放過他的。皇上不會放過，二皇子、大皇子，還有各派勢力還是不會放過他。從來對那些人來說，只有死人才是最安全的，除非他死了，那些人才會干休，所以他才下了決心，想爭一爭，只有自己強大了，才能更好地保護她。

可是，這一切又豈能是一蹴而就的？強大也只能是一步一步地來，這個過程中，她便不得不陪著自己受苦受難，所以，他不捨、無奈。當他聽到冷傲晨的那句話時，那一刻，他心如刀割，又如棒喝，突然就想，自私地留她在身邊，是不是真的就是對她好？

不是不愛，而是愛得太深、愛得太烈，所以捨不得她苦，所以才想要放棄，但放棄這兩個字，卻能生生將他撕裂，不只是心，包括他的血肉、他的骨、他的魂……

第一百二十五章

看著葉成紹那沈痛的樣子，素顏的心好軟、好痛，更多是感動，還有一絲的無奈和氣憤。她也不知道自己剛才發了什麼神經，要問他那句話，明明那句話會讓他難受，她還是問了。

是的，她自私，她竟然自私地考驗他對自己的愛有多深、多濃，看到他的反應，聽到他的回答，才後悔和心痛起來。

早就知道他除了自己一無所有，那些身分、地位、親人，看著光鮮亮麗、權勢滔天，卻沒有一個是真屬於他的，沒一個是真心疼愛的。他一直只是個笑話，一個被人利用的工具，所以，他狂傲的外表下是卑微，他囂張的裡面是脆弱，原本是個多麼單純而又質樸的人，卻被逼得複雜和陰沈。他說他沒有保護好自己，而自己又何嘗不是他的拖累？

這個傻子……她藍素顏雖也不是什麼聖女，可是，她的愛，沒有如此脆弱不堪，算不得偉大，但絕不可恥，既然愛了，就要堅持下去，就算是會粉身碎骨又如何，人生率性才快意，哪怕生命短暫，也要活得燦爛恣意，絕不苟且求全。

眼淚終於流了下來，素顏伸了手，像是撫摸一件最珍愛的珍寶一樣，輕輕撫摸著葉成紹的臉頰，唇邊卻是帶著笑，聲音輕快而自在。「相公，我餓了，我要回家。」

呃，回家？葉成紹聽得愣住，半晌沒有回過神來，只是深深地凝視著素顏的臉，一時癡了。

頓時，他眼中全是狂喜，碎了的心很快又成了形，落回了胸口，但不過一瞬，他又覺得沮喪，心疼地捧著素顏的臉道：「可是娘子，跟著我會很苦、很苦，妳——」

素顏兩手一伸，揪住他兩邊耳朵就扯，氣狠狠地罵道：「你是不是想始亂終棄啊？你才娶了我多久，是不是又變心，看上了別人？哼，今生我賴定你了，休想擺脫我！」

葉成紹的心裡像是灌滿了蜜，滿心滿意全是甜，全身每個毛孔裡都冒著蜜，哇哇大叫。「疼、疼，娘子，好疼，妳輕點……我不敢啊，不敢變心……」

說著兩手一抄，抱住素顏道：「回家，我去煮麵給娘子吃。」

「你煮的麵好難吃啊，一股子煙味，還成了麵疙瘩。」素顏一聽，仰天長嘆。「難吃嗎？那……那讓陳嬤嬤煮吧，我在一邊打下手看著。」葉成紹立即垮了臉，可憐地看著素顏，腳步卻是輕快得很，很快便走出了那間屋子。

走到屋外，素顏突然想起了什麼，掙扎著要從葉成紹身上下來，小聲道：「相公，是東王世子救了我，我得去謝過他才能走。」

葉成紹聽了便將她放下來，卻是扶住她的肩道：「他救了我的娘子，自該我去道謝，娘子妳在這邊等著，我去找他。」

冷傲晨並沒有走遠，他站在屋外不遠處一株高大的玉蘭樹下，樹冠上，玉蘭花打著苞，像一個一個小小的瓷玉寶瓶，陽光下，晶瑩耀目。

冷傲晨一直就站在屋外，聽著屋內兩人的談話。他今天是故意的，明知道葉成紹的醋意很大，明知道與她待在一起會引來流言蜚語，可是，他就是想站在她的身邊，讓流言亂飛好了，如果流言能讓她離開他，他便是從此被人看作卑鄙小人也在所不惜。

可是，葉成紹見到自己和她在一起後，那個男人的反應不是吃醋，也不是生氣，而是自責。是的，那個男人的確沒有保護好她，他瞧不起那個男人，認為跟那個男人在一起，她得不到幸福，可是，他聽到那個男人說會放她離開時，那一刻，他的心像是被人用繩子綁著，吊在空中，晃蕩著，沒著沒落，莫名的緊張讓他藏在袖中的手，握了又鬆、鬆了又握。

只要她肯離開他，哪怕放棄一切，他也會將她搶過來，盡心呵護她一生。

可是，果然，她是不肯的。她聲音裡的疼惜讓他嫉妒，她只是說要回家，那樣自然而帶著嬌嗔的口吻，生生將他所有希望都擊成了碎片。回家，是啊，他們已經是夫妻了，他們有了一個屬於自己的家，自己只是個外來者，她沒有因為那個男人的無能而嫌棄他，還說要賴定那個男人一輩子……呵呵，那是個幸福又幸運的男人，但願他會珍惜她一輩子。

屋裡兩人細細碎語、嗔罵不時地傳入冷傲晨的耳朵，他突然就明白了，自己今天所做的一切像個小丑一樣，入不了她的眼。她那樣聰慧的一個人，怎麼會看不出自己的用心？不過，他不後悔，至少他知道，那個男人不是沒有可取的地方，至少，他知道，那個男人也同樣摯愛著她，不枉她對他深情一片，至少……他知道，以後要用什麼方式對她，才是最好的。

「冷世弟，多謝。」身後傳來那個男人的道謝聲，冷傲晨含笑轉過身來，眼中溫和而有禮。「葉兄客氣了，只是舉手之勞，何足掛齒。」

葉成紹靜靜看著這個優秀的男人，神情認真而嚴肅。「救妻之恩，葉某銘感五內，改日定當重謝。」

冷傲晨聽得哂然一笑。「葉兄不必介懷，我救她時，從來沒想過要她感謝。」說著，也不等葉成紹再說話，抬腳就走。

葉成紹含笑看著遠去的冷傲晨，眼神裡充滿著自信，突然在他身後說道：「過幾日，便要下兩淮了，冷世弟可準備好了？」

冷傲晨聽了轉過身，眼睛看向不遠處，正穿著繡花鞋，毫無形象地用鞋尖蹭著草皮的某個女子，問道：「尊夫人怕是不能同去了吧，葉兄能放心把她留在京裡？」

葉成紹聽得臉色一黯。兩淮艱苦，原是想要帶素顏去的，如今太后太過反對，而且，自己剛打了一個勝仗，也不能逼得太緊，娘子身子柔弱，怕是受不得那裡的氣候和生活條件，同去只怕是不成的了。

不過，關這小子屁事啊？葉成紹沒好氣地瞪了冷傲晨一眼，淡淡地說道：「此乃為兄家事，冷世弟似乎管得太寬了些。」

冷傲晨聽了也不氣，只是彈了彈手臂上的一片落葉，淡淡地說道：「小弟不想去兩淮了，明日便要辭去治河司職，請世兄見諒。」

葉成紹聽得大驚。這一次治河可是與往年不同，皇上是下了真心要治理好淮河的，財力、物力方面定然是大力支持，成功率極高，而且治好之後，可是要名列青史的。冷傲晨地位尊崇，官職也只在自己之下，功成之日，定然會成為國之功臣，為萬人敬仰，他竟然要放棄？真是不可思議。

冷傲晨是個人才，他若不去，還真是個損失。葉成紹皺著眉頭道：「如此難得為國為民效力的機會，冷世弟就此放棄，不覺得可惜嗎？」

「大周不會因為少了一個冷傲晨就不能治好淮河的，國中有能之士多了去了，多我一個不多，少我一個不少，有葉兄在，不愁淮河不治，小弟我有更值得去做的事情，還請兄長不要再勸。」冷傲晨不以為然地說道。

國家昌盛，匹夫有責，他飽學詩書又苦讀兵法、勤練武功，為的也是有朝一日憑著自己的本事為國、為民效力，他雖是親王世子，但性子高傲自信，一直便希望世人能看中他的才能，而非他的身分。原本，這是個很好的一展所學的機會……英雄榮耀，誰不想當，可是……他有更想做的事情要做。

葉成紹見他態度堅定，沒有絲毫更改，便不好再勸。人各有志，如今朝中又正值動盪，也許，東王府在京城裡所謀不小，他又何必去阻攔他人的前途？

於是，笑了笑，帶著素顏告辭。

那日，回到寧伯侯府時，文嫻和文靜被送回了家。

素顏忙去看望文嫻。文嫻是幾個人裡受傷最重的一個，她總覺得奇怪，那些流民似是有意針對文嫻似的，木棒和磚塊像長了眼睛似地往文嫻身上砸，可文嫻是典型的大家閨秀，平素並不常出府，而且，她的性子溫婉綿和，應該不會有什麼仇家才對……

文嫻頭部包著紗布，受了傷，又受了驚嚇，幸得青竹拚死護著，才算是救回一條命。她雖不是素顏帶出去的，但作為大嫂，她當時在場，沒能護得好文嫻，素顏心中也有愧。

侯夫人正坐在文嫻的床頭抹淚，一見素顏進來，忙抬眼打量她，見素顏還算安好，眼色沈了沈，卻是露出欣慰的笑。「孩子，好在妳沒事，不然，這要如何是好啊……」

說著，眼淚又流出來了，素顏見她難得地沒有遷怒自己，便走上前去，對侯夫人行了一禮道：「母親，三妹妹還好吧？可有請太醫來看過？」

邊說，便伸了手去探文嫻的脈。還好，只是受了外傷，養過一陣子，應該能好。侯夫人見了便咬牙道：「孩子，母親感覺不對勁，妳們一行人，連著丫鬟婆子怕是有十幾個，怎地就只有文嫻受傷最重？聽婆子們講，要不是妳讓青竹護著她，這孩子怕是……怕是連命也沒了。」

素顏也正為這事詫異呢，皺了眉頭沈思起來。動亂時的畫面一幕一幕在腦中重現，突然，她心頭一震——那流民裡分明就有幾個看著面熟的人，當時，因為事發突然，那些流民又穿得破爛、滿臉污垢，看不清臉面，但其實離得近的幾個，分明就像是把臉塗黑的。當時她便覺得異樣，只是太過慌亂，一時也沒太在意，如今想來，還真是有問題。

她立即站了起來，對侯夫人道：「娘，您可知流民如今是否被鎮壓了？父親可曾回府？」

「侯爺並沒有回來，我已經派人去找他了。不過，聽說九門提督派了人去疏導，一些首亂分子應該被抓起來了吧？」侯夫人不解地看著素顏道。

流民太多，怕是就算是抓，也不可能抓盡。所謂法不責眾，那些混在流民裡的人，肯定早就逃了，這會子便是去查，也難查出來。素顏手抓衣袖，在屋裡踱著步子，好半晌才道：「母親且好生照顧三妹妹，兒媳去看望二妹妹了再來。」

文靜比文嫻受傷要輕得多，這會子早醒了，只是頭上也包著紗布。二夫人正抱著哭，見素顏進來，便也如侯夫人一樣，上上下下把素顏打量了一遍，見素顏完好無缺，並沒有受傷的樣子，嘴角就抽了抽，衝口而道：「姪媳倒是幸運得很，身上半個指甲也沒挨著，聽說是有個俊俏男子護著妳呢！」

這話聽著就不對，這二夫人總是狗改不了吃屎，要她嘴裡說出好話來，除非母豬上了樹。

文靜卻是很感激素顏的，她也清楚，青竹和紅菊兩個是葉成紹給素顏的貼身護衛，在那種生死存亡的情形下，素顏肯讓她們兩個救助自己和文嫻，已是很難能可貴了。她自問，若是易地而處，自己最多只能勻出一個人來救人，親人再親又如何，誰的命也沒自個兒的重要。

於是便推開二夫人，瞋了她一眼道：「娘，今兒若沒有大嫂，您怕是看不到女兒了，您怎麼說話的呢？」

二夫人也是習慣所致，她一向刻薄慣了，又最是心狹，乍見自家女兒受傷，別人絲毫無損，心裡便受不得，衝口就說了那話，這會子被文靜一斥，也知道自己錯了，便訕訕地移了移身子，對素顏道：「也是，今兒可虧得姪媳出手相救，來，坐到嬸娘這邊來，妳這幾日身子也不好，快別累著了。」

素顏淡淡地坐到了文靜的床邊，問道：「二妹妹，當時，妳可有細看那些流民？我總覺得不太對勁，起先流民只是搶東西，並沒有動手打人，可是，後來到我們跟前，就開始動手了……」

文靜聽了，點了頭道：「是啊，當時我雖被嚇著了，但那磚頭並未砸我，好像全衝了三妹妹去的，我若不是跟她離得近，不會挨那幾下子。說起來，好生奇怪，三妹妹可是得罪了人嗎？」突然又眼睛一亮道：「大嫂，妳可注意了，那群人裡有好幾個看著面熟呢，只是臉上黑乎乎的，瞧不太清。」

「妳是注意到了？」素顏原本不太確定，聽文靜如此說來，倒是肯定了幾分。

「大嫂，妳不如把那幾個跟著咱們的丫鬟婆子召集起來，指不定，她們也有認出來的。」文靜想了想說道。

「那幾個全都沒回來呢，是死是活還真不清楚。如今東城戒嚴了，妳們幾個是得了青竹和紅菊的好，自屋頂上逃回來了，她們可沒那麼好命。哼，那群自私的小人，遇到事情就只會顧自己，把妳們幾個主子倒是放一邊去了，這種奴才，死了也是應該。」二夫人咬牙切齒說道。

素顏一想也對，又安慰了文靜幾句，才從文靜屋裡回來。

剛進院子門，一個身影直撲到自己面前跪下。「大少奶奶，奴婢錯了，求您還是放了奴婢回屋裡服侍您吧……」

素顏垂眸一看，竟然是紫晴，她不由皺了皺眉，問道：「妳又是怎麼了？如今月錢也沒少妳的，妳還是一等的丫頭，只是讓妳到了外面辦差，哭鬧什麼？」

陳嬤嬤在屋裡聽到素顏的聲音，忙趕了出來，一看這情形，眉頭也皺了起來，但這種事情倒是不好插嘴，只是看著站在素顏身邊的紫綢。

紫晴聽得一怔，抬起那雙漂亮的杏眼殷殷地看著素顏道：「大少奶奶，奴婢知錯了，奴婢再也不敢有那小心思，您看在奴婢打小就服侍您的分上，讓奴婢回來吧，奴婢做慣了那些活兒，實在是捨不得大少奶奶您啊！」

素顏聽得沈吟了一下，定定地看著紫晴，半晌才道：「妳其實是不想再待在我院裡吧？行，我成全妳。陳嬤嬤，讓她收拾東西，送她去二姑娘屋裡去，就說這丫頭是我送給二姑娘的，請她收下。」

紫晴聽得臉色一白，抱住素顏的腿還要哭，素顏卻是冷笑道：「別再哭了，起來吧。二姑娘聽說可是在與中山侯府議親，妳跟在她身邊，正好得償所願。二姑娘性子也還算不錯，妳又是我送過去的人，她總會給妳一些臉面的。」

紫綢聽得一震，狠狠地瞪了眼紫晴，慢慢地退到素顏身後，再也不想看紫晴。她原本還看著打小一起長大的分上，想幫幫紫晴的，可如今看來，她就是死了心眼了，沒得救了，紫綢也不想管她了。

紫晴聽了又推辭幾句，見素顏態度堅決，便給素顏重重磕了三個頭。素顏也不拉她，只是道：「從此，妳便不再是我的丫頭，妳的一切，都與我無關，妳好自為之吧。」

紫晴聽得大震，猛然抬頭看著素顏，素顏抬了腳往屋裡而去，再也不看她一眼。

第一百二十六章

回到屋裡，葉成紹正在案桌前畫著圖紙，見素顏進來，微微一笑，丟下手裡的筆迎向她，握著她的手道：「剛用過飯，又到處去走，妳的身子也不好呢，她們各有各的娘看著，不會有什麼事的。」

素顏看他指尖上沾了墨，一掌拍了過去，道：「髒死了，可是畫完了，給我瞧瞧。」

葉成紹嘻嘻哈哈地舉起手晃了晃，伸掌作勢要往素顏臉上罩，素顏忙笑著躲，他手臂一勾，勾住了她的腰，俯身就親了下去，在素顏的唇瓣上輕輕咬了一口再鬆開，不承想，素顏等他一鬆，腳一踮，湊上他的鼻子就咬住了他的鼻尖，疼得他直哼。「娘子，好痛！」

素顏鬆了口，笑道：「誰教你當小狗來偷襲我。」

「娘子才是小狗呢！我鼻頭破了，破相了，不英俊了。」葉成紹哇哇亂叫著，一副受了欺負的樣子，卻是牽著素顏的手走到案几邊，指著自己畫的圖道：「娘子看看，可還算合理？」

素顏便細細地看了一遍他畫的工程圖。還真沒想到，葉成紹竟是學會計算和製圖，圖紙素顏不是很看得懂，但邊上都標有說明，條條都有注解，讓她看起來一目了然。這傢伙學習能力超強，自己教了他幾回比例、數字，還有平面圖這類東西，說一遍他就記著了，而且還運用自如。

「我相公畫的，當然是最好的嘍。」素顏得意地誇道。

葉成紹一聽雙眼笑得彎成了月牙，自身後摟住素顏的腰，溫熱的呼吸噴在素顏的脖子上，癢癢的，讓素顏忍不住就縮了縮脖子，卻是抓住他的手道：「相公，府裡怕是有人要害文嫻。流民裡，文靜也看到了相熟的面孔，我們怕是得去查上一查。那人竟然有本事混在流民裡害文嫻，只怕平素就一直與亂民首領有勾結，可別到時候弄出大事來了，寧伯侯府也會被牽連進去呢。」

葉成紹一想也是，如今正好是大皇子倒臺，二皇子聲勢就要起來的時候，如今皇上查出誰與亂民有勾結，那可算得上是謀逆之罪的，還是儘早將危險消除的好。

便道：「娘子可有懷疑之人？」

素顏搖了搖頭。「若說懷疑，劉姨娘那兒自是首當其衝的，但如今劉姨娘武功盡廢，文英良善，文貞雖有些怪異，但畢竟年幼，也沒那麼個本事，如今最讓人懷疑的，自然是……」

「妳說成良？嗯，那小子可不是個善茬，不過，父親一直寵著他、縱著他，他又慣會裝老實……」

葉成紹便讓素顏留在屋裡，自己去找成良問問。但是，剛走到成良書房外時，他敏銳的聽覺便讓他聽到一個低沈的聲音正在與成良說話。

「你辦事也太不小心了，膽子太大了些，竟然連你三姊也敢動手，你想找死嗎？」

不仔細，定然是聽不到這聲音的。葉成紹不由將腳步放慢了些，慢慢地往書房靠去。

「您總是只疼他們幾個，兒子一個庶子就能被壓死。大姊年紀比她大，憑什麼她有好姻緣大姊沒有？我就是氣不過。」成良的聲音好生倔強。

「其他人我不管，你再動你三姊一次試試，我扒了你的皮！」那低沈的聲音竟然是侯爺。不是說侯爺不在府裡嗎？其他人……也包括了紹揚嗎？

葉成紹忍住心裡的好奇和衝動，將身子貼在牆外，連呼吸都放緩了。侯爺的功夫深不可測，若是讓他知道自己也在，只怕會大怒。

「為父對你說過好多次了，該你的，一點都不會少了你的，你這孩子，怎麼會變得如此心狠手辣呢？不錯，成大事者是要鐵石心腸，但是，骨肉至親，你也能下手的話，那不是形同畜生？」侯爺的語氣放軟了下來，又道：「你大嫂是個精明的，定然會追查此事，你還是想個法子如何包圓了吧，不然，你大哥那脾氣你也是清楚的。」

「多謝父親，兒子會想法子不讓他們查到兒子身上來的。」成良老實地回道，卻是突然來了一句。「父親，二哥……您怎麼就……」

「住口，不許胡說八道！」侯爺不等成良的話說完，怒喝道。

是啊，文嫻與成良是骨肉至親，難道紹揚就不是？紹揚身上的毒，劉姨娘有分，成良也是有分的，侯爺為何沒有處罰成良，而且，成良將親姊姊打成那樣，侯爺也只是斥責，竟然還生怕自己查出來，那也太縱容成良了吧？葉成紹的心裡不只是疑惑，更多的是心寒，很多想不通的事情，腦子裡似乎有了一絲的光亮，卻又捕捉不到。

緊接著，又聽侯爺道：「你三姊如今不醒人事，你這孩子，怎麼下得手去？這一回，為父且放過你，若今後再犯，為父打斷你的腿。」

成良的聲音裡還是有些不忿，嘟囔道：「父親，姨娘如今成了那副樣子，她又沒個身分地位，誰會給大姊操心？大姊年紀不小了，就她一個人懸著，無人肯管，兒子不服，都是一個爹爹生的，憑什麼大姊就比她們命差了？」

侯爺聽得卻是無奈地嘆了聲道：「你這死腦筋，誰說無人肯管了？為父不是正在為她物色人家嗎？再說了，你那大嫂倒是個熱心的，人也公正，如今父親讓她當著家，她又是個會交際、得人緣的，你們只管在她面前乖巧老實些，只要有她在，不愁你大姊得不到好姻緣。」

成良聽了這才沒有作聲了。

葉成紹沒有再繼續聽下去，悄悄地閃身走了，心中卻如打翻了個五味雜瓶，什麼滋味都有。侯爺的態度太讓他震驚了，紹揚身上的毒，究竟是誰下的？那日陳貴妃對侯夫人的話說得就很奇怪，也是，侯爺在他的印象裡就是一個深不可測之人，他似乎……從來就沒看透、認清他。

一個叫了十多年的父親，一個張開臂膀護了他多年，又疼愛他多年的父親，雖不是親生，但自小到大，如果沒有侯爺給他父親的慈愛，他不知道是否真能活下來，堅持到現在。

分明自己並非他親生，他卻待若親生，並沒有因為自己有個尷尬的身世而特意尊敬他、疏離他，而是如同所有的父親一樣，關愛和保護著他，如果不是侯夫人的心狠、嫉恨，他一度認為自己就是侯爺的親生兒子……

可是，紹揚才是他的嫡子啊，侯爺待紹揚……似乎自他懂事起，就發現侯爺對紹揚很冷淡，雖沒有刻意輕視紹揚，但也絕對不是對自己嫡長子應該有的態度……對文嫻倒是如同每一個慈父一樣地寵愛疼惜，難道因為紹揚身上的毒，侯爺將他放棄了嗎？就算紹揚於侯府無用，但父子至親、骨肉相連，父子天性也不應該如此冷漠才是啊，或者給紹揚下毒之人，是侯爺最忌憚的？難道是皇上？

葉成紹越想越複雜，越想越心寒。這很有可能，如果是皇上的話，很多事情就可能說得通了。那個人，生下了自己卻不肯認，可能又想侯爺不會待自己如親生，便下了毒要脅侯爺和侯夫人，令他不得不對自己好。也是，以他那人的性子，怎麼可能送了自己的兒子於別人手上做把柄，而自己沒有半點掌控的權力呢？

想到這裡，葉成紹的心一陣愧疚。紹揚還真是受了自己的連累太深了，怪不得，娘子會想方設法地對紹揚好，連帶著，對侯夫人也是多般原諒。侯夫人曾那樣欺負和凌辱她，她都不計較了，一切就是為了紹揚，更是為了讓自己心安吧……

葉成紹去了成良那裡，素顏便在屋裡琢磨著香粉的事情。那日在壽王府裡頭，她的那個手袋和護手霜都得到了貴婦和閨秀們的喜歡，手袋人家買到一個，定然就會學著自己做，她倒不太看好那個。倒是護手霜不是別人隨隨便便就能仿得出來的，還有，在皇后店裡時想到的濕粉的做法……

自己腦子裡的念頭都已成形，怎麼做，也有個粗略的法子，只是太缺人手了，她需要一個會胭脂水粉、品香的手藝師傅，能幫著自己一起做。方子有，自己不可能都親自動手，但是，將方子全教給別人，又很可能會洩漏出去，這個時代又沒有什麼智慧財產權和專利保護……她靈機一動，又想起了前世的生產線方式。如果每個人只掌握一道手續的製作，而過程中派了自己最信任的人管理，那就不怕有洩密之事了……

正謀算著時，葉成紹回來了，就站在穿堂外的門口直直望了進來。午後的陽光透過屋前的香樟樹葉灑在他身上，細碎的光影輕輕搖動，他像披了件鑲金綴玉的彩衣，很是耀目，眸子裡蘊了笑，像是一張大網，要將她網進去一般。

不是去找成良了嗎？怎麼是這個神情回來的？看著不像是不高興……素顏心頭一鬆，她也不想府裡總發生骨肉相殘的事情，更不願意把一個十四歲的男孩子想得太陰毒，於是展顏一笑道：「站在門口做甚？快進來。」

葉成紹一笑，唇邊綻開一朵陽光般燦爛的笑容，身子如松般挺拔偉岸，大步走了進來。

一看紫綢幾個都在，顧余氏正端了一碗甜湯進來，他若無其事挨在素顏身旁的小杌子坐下，仰了頭看素顏的臉，像個聽話的乖孩子一般。素顏看著就好笑，他們是夫妻，她坐在酸梨枝做的八仙椅上，他就該坐到杌子另一邊的椅子上才是，可他偏生要像紫綢她們那樣，坐個小杌子蹭在自己身邊，哪有半點男主子的樣子……

「是遇到了什麼好事情嗎？看你這樣子，好像心情很好？」看著他黑亮亮的眼睛裡柔柔軟軟的愛意，素顏到底沒捨得斥他，柔聲說道。

「沒有，就是一進來，看到娘子坐在屋裡的樣子，心裡好踏實。」葉成紹也不掩飾，笑著伸手拿過素顏手裡的小瓷瓶子，放在鼻間聞了聞。

「好香，娘子，這是妳自己製的香嗎？」素顏不太喜歡用薰香，也不喜歡點香片，平素最多也就是塗些潤膚露在手上臉上，但她身上總是帶著一股淡淡的蘭香，像是與生俱來的一樣，那香味能讓他的心安寧踏實。

「不是香，是潤膚用的。相公，我打算著辦個小廠子，準備多做些潤膚露出來，那天好多夫人小姐們可都喜歡我這種潤膚露呢。」

素顏的聲音有些興奮，眼睛也比平素亮了些，微鬈的睫毛輕輕顫動著，使得她更為明豔動人，臉上也閃著自信的笑容。這樣的素顏讓葉成紹心醉，靜靜地仰臉看著她，就像欣賞一件稀世的珍寶，眼底一簇小火苗不住地跳躍，聲音柔得聽起來不像是他發出來的。「是嗎？那開吧，娘子喜歡就好。」

素顏就知道他會支持自己，於是越發興奮起來，又跟他說著自己的念頭。「咱們府裡頭的人太多，太複雜了，我不想在府裡頭做。我出嫁時，娘家是陪了莊子和鋪子的……」

「莊子離得太遠，鋪子又太小，娘子，去別院好了，我早就說過要帶妳過去的，卻總是有七七八八的事情絆住了腳。那裡地方大，人手簡單，就在城郊，妳來回也方便。妳愛在裡面做什麼都行，就算把那裡面的東西全拆了重建，也由得妳。娘子，那是我的院子，我的就是妳的。」

這時的葉成紹還不知道素顏要開廠子、做香脂是為什麼，只當她是有興趣，想要做點事情罷了。兩淮她不一定能去成，自己可能要離開她好長時間，把她一個人留在侯府，他也著實擔心，雖然明知道她精明能幹，如今侯府裡能欺負她的人不多了，但不能保證有他預想不到的事情發生，就如今天在東城裡那樣。

所以，如果她能去別院也好，那裡都是他的人，是他自己的勢力範圍，在那裡，沒有人能傷害到她，更沒有人能妨礙她，她可以隨心所欲，想做什麼就做什麼。

素顏聽得越發高興了起來，一把拉起葉成紹的手，眼睛睜得老大，眼裡滿是歡喜。「好啊，那明兒你就帶我去看看。我想在裡面建一排簡易的房子，一條線的那種，還有啊，我要招些人手做工，這些，都沒問題嗎？」

「嗯，娘子想什麼時候去都行，至於人手嘛……這個可就要慎重了，一定要信得過的才行，我不在家的時候──」

「你不在家的時候，我會好好的。」素顏也迅速地打斷了他的話。她知道他的擔心、愧疚，更知道他的不捨。他是要去做大事，她不想他太過牽掛自己，更不想自己成為他的牽絆。「我還會保護好自己的。」

葉成紹的眼睛酸了，也顧不得陳嬤嬤和紫綢幾個都在，手一伸，便環住了素顏的腰。「我不在家的時候，妳要記得想我。」她的善解人意讓他心疼，她的堅強又讓他心酸，他其實有很多話可以說，其實很想要說感激、感動的話，但說出來的，卻像個耍賴的孩子。

一旁的陳嬤嬤和紫綢很見機地悄悄退了出去。

「你好好的就成，不要太讓我想念了。」素顏臉微微紅了，雙手將葉成紹的臉捧了起來，神情卻是認真地說道。

葉成紹聽了咧嘴一笑，也不去扒她的手。「嗯，我也會好好的，娘子放心。」

兩人的心裡都有不捨，都擔心對方，害怕分開之後，對方會有什麼不測。離分開還有好一段日子，離愁就開始在兩人心頭蔓延。

素顏不想再繼續這個話題，便轉了話道：「你去了成良的院子裡，可是看到他了？」

葉成紹也不想繼續離別的話題。他其實很怕離別，恨不得將素顏揉進骨頭裡，變成他的一部分隨身帶著就好，可是，成良的事情……

「娘子，這事咱們別管了，父親已經知道他做了什麼了，該如何處置，他自有定論。」也是，這個府裡頭，最大的當然是侯爺，文嫻是侯爺的親生女兒，他既然知道了凶手是誰，由他來處置是最合適的，素顏也不想夾在中間不好做人。

第一百二十七章

第二日，侯爺果然回來了，聽說文嫻和文靜二人受傷，很是震怒，說是要嚴查。但當文靜告訴他說，流民裡有熟悉的面孔時，侯爺卻是矢口否認，只說文靜是慌亂中看錯了。素顏當時聽了就很不舒服，但是，葉成紹昨兒晚上跟她說過侯爺與成良的對話，她也知道侯爺是有意要包庇成良，氣憤的同時卻也無奈。這是侯府的家事，她雖是侯爺名義上的兒媳，但說白了，其實還是個外人，嫡庶之爭不是她能解決得了的，也不是她能摻和得進去的，有心為文嫻不平，卻又無能為力，就算是抓到成良害人的確切證據，侯爺不想懲治他，自己也懲治不了，只會讓侯府更亂罷了。

於是，她也不想多事，只是隱諱地對侯夫人說，要好生顧著文嫻和紹揚兩個就是了。

用過早餐，葉成紹今天特意沒有去上朝，而是帶著素顏往京城郊外的別院裡去，青竹和紅菊還有紫綢、陳嬷嬷都跟著。令素顏意外的是，葉成紹的別院也在含香山邊上，院子後面就是含香山，園子裡果然也有一口溫泉池，這讓素顏很是開心。她們準備得充足，帶了不少隨身衣物前來，等晚上時，就可以在溫泉裡泡澡，解解乏了。

園子裡的布局果然精巧，讓素顏驚詫的是，這裡竟然按照皇家園林的規格建造，她立即明白為什麼葉成紹會說這園子是他的，這裡很可能就是皇上或者是皇后送給他玩的。

素顏的心情立即好了起來，眼睛應接不暇地看著園子裡的景致，頭也開始大了。這裡每一景、每一物都是精心佈置的，真要改變，她似乎有種罪惡感，好像把別人的心血付諸東流了一樣。

看著素顏明明很興奮，卻微蹙著眉頭，知道她是心頭不忍了，葉成紹不由刮了刮素顏挺俏的小鼻子，寵溺地看著她。「娘子是不捨得了吧，來的時候還雄心壯志的說要把我的園子翻個底朝天的呢，如今卻是不敢下手啦？」

真的不敢呢，好好的皇家園林，要是放在現代，門票一天都不知道要收多少，讓她親手破壞，還真做不出來。但她要開廠子，就得在有水的地方建合適的房舍，那就不得不破壞這裡的景致。

「傻娘子，我既然是帶妳來，自然不會讓妳心裡難受，兩全其美的法子也不是沒有。」葉成紹眉頭一挑，湊近了素顏，笑道：「娘子親一個，我就帶妳去一個地方，包妳滿意。」

身後好大一群人呢，摟摟抱抱也就算了，反正這傢伙在侯府裡頭也不是一次、兩次這樣了，但要她在下人面前主動親他……這廝就是欠打。素顏抬手就是一巴掌向葉成紹的額頭拍去，給了他一個響亮的爆栗，罵道：「愛說不說，哼，也不知道是誰獻寶一樣地要拉了人家來，到如今卻還藏著掖著了。青竹，最多咱們回去就是，我還是去我娘家的莊子裡算了。」

「別啊，娘子那莊子可是留著給咱們閨女陪嫁的，可不能亂動了，這裡是留給咱們的小兔崽子的，怎麼動都行。」葉成紹哇哇亂叫著，一手撫著頭，作皺眉擠眼的痛苦受傷狀。

影子都沒有呢，這廝就閨女兒子都來了，就沒見過這麼臉皮厚的。素顏頓時被他弄了個大紅臉，身後一大堆子的人便都掩嘴偷笑，就是一向冷峻的青竹眼裡也淨是笑意。

素顏作勢又要打他，葉成紹卻是手一伸，攬住她的腰就縱身躍了起來。素顏猝不及防就被他抱起，眼一暈，人就到了半空裡，哪裡還記得打他，嚇得兩手抱緊他的脖子直喊：「唉，你慢點、你慢點，我暈車啊！」

「暈車？娘子坐馬車也暈嗎？」葉成紹速度放慢了些，卻是嘟了嘴看著素顏。娘子當他是人力馬車了呢！

兩人很快便落在了一處空曠地上，這裡竟然有一條小河靜靜流淌，而牆後便是一座高大而秀麗的山峰，小河裡的水，竟是流向那山腳而去。

素顏定了定神，抬了眼向四周看，果然是好大一片空地，空地不遠處便是園子。當初這園子的設計者竟然還留下了一塊地沒有建設，怪不得葉成紹會說自己在這裡建什麼都行的。想著來時，他故意瞞了這一情況，讓自己進了園後就捨不得破壞園景，故意看自己難過著急，她便火氣一冒，斜了眼看葉成紹，這廝正得意洋洋的等著她誇這塊地呢，她突然就伸手，揪住了他的兩隻耳朵，往兩邊用力扯。「你膽子越發大了，有這麼個地方還故意讓我急？你就是欠治！」

「哇，娘子，好痛、好痛啊……我是妳的相公啊，那個、有人看著呢，妳給為夫留點面子吧！」葉成紹怪叫著，兩手護著耳朵，不敢亂動。

這裡沒有人，素顏才會扯他耳朵的，青竹幾個都沒有跟來呢，哪裡要留什麼面子？素顏輕嗤一聲道：「你也要面子啊，下回看你還敢騙我不？」

「不敢了、不敢了，娘子放手，耳朵快掉了。」葉成紹兩隻眼睛警惕地四處掃視，嘴裡小聲求饒道。

素顏只以為他在裝模作樣，但還是鬆了手，罵道：「你在瞄什麼？這四周都是樹，難不成樹上還藏了人？」

她話音未落，便聽到噗哧一聲笑，似有若無。素顏心頭一驚，終於有些不好意思了，也學著葉成紹四處看。葉成紹卻是將她一攬入懷，轉了話題道：「娘子想建什麼房子，妳只管跟我說，明兒，我找人來建就是。」

素顏分明就聽到了這裡有第三個人的笑聲，心裡忐忑不安起來，想著自己可是一直保持著溫婉端莊的形象，剛才動手打葉成紹的樣子若是讓別人看了去，那不是……

「啊，娘子，妳是要建一長排的房子嗎？就建在河邊上吧，嗯，用水也方便著呢。」葉成紹見素顏仍沒有放心的樣子，忙又扯著她說話。素顏心裡便明白，那發出笑聲的人，定然是葉成紹的人，只是他不方便讓自己看到罷了，便也不在這裡繼續問，一會子回去了再好生逼問就是。

素顏將這裡的環境細看了幾遍，便與葉成紹回內園。陳嬤嬤幾個已經幫他們收拾屋子出來，又讓顧余氏忙著準備午飯，素顏便與葉成紹一同進了書房。她要畫圖紙，將自己的構想畫出來，好讓人建房舍。

一進屋，素顏便斜了眼睛看著葉成紹，道：「老實交代，那樹林子裡的人是誰？」

「娘子，以後妳一個人在家裡，我不放心，就留了幾個暗衛在妳身邊跟著，先前那發笑的就是其中的一個。」

素顏猜也是這樣，便笑著點了下他的鼻子。「既是暗衛，為何不早說，還故意嚇我？」又一想，那人敢出聲笑葉成紹，只怕身分也不簡單，便問道：「是司安堂的人嗎？」

葉成紹卻是搖了搖頭，說道：「娘子別問他的身分，只要知道他們絕對不會害我和娘子就行了。」

素顏見他不方便說，也知道有些東西自己不知道反而更安全，便也就不再細問。

葉成紹安排的是北戎的人。上次，葉成紹與他們接上頭了後，那個北戎拓拔宏就非要留幾個人護著他，他一身武功雖不如拓拔宏，但自保卻是無虞，尤其是昨天素顏在街頭遇險，還要冷傲晨救助才能全身而退，讓他心中好不彆扭，所以，就撥了三個人守在素顏身邊，等他走了，她身邊也安全一些。

下午，葉成紹用過飯，也不知紅菊對他彙報了什麼，他匆匆對素顏說了幾句話，便離開了。

這時，陳嬤嬤神色有些古怪。「大少奶奶，有兩位客人求見世子爺，奴婢讓墨書去回說世子爺沒在，但他們卻是不肯走，說是在等世子爺回來。您看……」

素顏聽著也覺得古怪，他們不過才到別院裡來，怎麼就有人上門了，消息也太快了些吧？只好笑了笑道：「既然是世子爺的朋友，世子爺不在，少不得我還是要去見見的，失了禮可不好了。」

陳嬤嬤也正是這個意思。其實，陳嬤嬤的私心裡，是不想素顏再回侯府去的，要是能從此就在這別院裡住著，倒是安生多了。

所以，她就當大少奶奶是正經的女主人，家裡來了客，女主人自然是應該去接待的，這倒不算不合禮數。

素顏走到前院。花廳裡，正坐著兩個容貌俊朗的公子，其中一位一身煙青色緹花錦緞直裰，頭束紫冠，笑容溫和大方，不是東王世子又是誰？

而另一個，卻是皮膚稍顯蒼白，一身儒雅之氣，笑容乾淨略帶羞澀，卻正是郁三公子。

素顏只差沒驚呼出聲。這兩人也太怪異了些吧，怎麼還找到別院裡頭來了？不過來者是客，而且巧的是，這兩人可都算得上她的救命恩人呢，還真不能得罪了。

素顏上前施了一禮。東王世子早就看到了素顏，她自屋內緩緩而來，神情略有些訝異，一雙清亮的眸子靈動異常，看著雖是端莊溫婉，其實怕是對自己的到來早在心裡轉了幾轉了，不由笑道：「冒昧打擾世嫂了。」

那日他可是稱她為夫人的，今日稱世嫂，倒讓素顏覺得自在了好多。自他那日說了那一句話，雖沒明說，但她當然聽得出他的意思，倒讓她真不知道要如何面對他了，如今聽他稱呼得體，倒也將心裡的那點不自在壓了下去。

忙笑道：「昨日多得世子相救，正要外子登門道謝呢，不承想，世子倒是來了，正好謝過世子。」

冷傲晨見她神色坦然，眉眼間並沒有不豫之色，倒是鬆了一口氣，笑道：「說來也巧，世兄的別院正好與小弟的相鄰，小弟家的別院就在含香山另一邊，不知世嫂來時可曾注意了？」

怪不得他們來得如此巧，原來他家就在這裡。素顏也立即就想起了東王妃說過要請她去赴宴的話來，忙也笑道：「還真是巧了。」眼睛看向郁三公子，也要向他行禮，郁三公子卻是先站了起來，對她一揖。「小生給夫人行禮了，夫人別來無恙？」

素顏原就喜歡這郁三公子，看他一表人才又文質彬彬，更是巴不得直接跟他提起素麗就好，只是礙於東王世子也在，不好說罷了，便笑道：「當日得公子靈藥一顆，我正心中不安，要上門道謝的，公子肯來，外子定然會歡喜得很。」

那日，雖然事後葉成紹也去了郁家送過謝禮，但是，素顏一直沒有當面道謝的，而且，她也是真覺得郁三公子是個人才，葉成紹就要啟程去兩淮，郁三公子定然能成他的大助力。

「不過小事一樁，夫人不必掛齒，小生來，便是有事相求夫人的，還請夫人成全一二。」郁三公子卻是個爽快人，說話半點也不肯繞彎子，竟是一開口就說明來意。

東王世子在旁面帶微笑地聽著，似是早就知道他的用意。

「千萬別說什麼求不求的，公子有話儘管說。」素顏一聽那成全二字，心裡就高興，忙道。

郁三公子聽了臉微微一紅，有些羞赧地垂了眸子，不好意思與素顏對視，話語卻是清晰得很。「小生不才，想求娶夫人家的三妹妹為妻，不知夫人可肯應否？」

果然是這事。素顏聽得大喜，她就是怕郁三公子太過害羞，膽子小，不敢主動出擊，便擄獲不了素麗的心。素麗那丫頭似乎對二皇子有些動心，而二皇子也似乎看出來了，所以才不顧反對地堅持要娶素麗，若不是自己從中作梗，如今素麗只怕是早就嫁到二皇子府上去了。

「這倒是大喜事一樁。先前我也與郁夫人談過這件事，只是，公子怎麼不讓兩方長輩正式以婚儀之禮求娶，卻是……」如果郁夫人上門向大夫人求親，大夫人是會同意的，郁三公子這樣越過兩家長輩，直接向自己提出，倒是不太合禮數的。

郁三公子聽得眉頭一皺，嘆了口氣道：「若是家母……呃，不瞞夫人，小生對藍三姑娘是……傾心得很。」說著，便頓了頓，臉紅如霞，眼睛卻是大膽地抬了起來，直直地看著素顏道：「是陳王妃親自上門，勸家母放棄……家母不想得罪二皇子和陳王爺兩家，所以……」

原來如此，自己在想法子退了二皇子的婚事的同時，二皇子那邊也在行動。只是陳王妃也真是大度，明英就要嫁給二皇子做正妃，她身為明英的母親，卻是肯幫二皇子張羅側室，還真是不可思議。

郁三公子看來也是急了，所以才會求到自己這裡來，這事倒還真不好辦了。郁三公子的勝算太小了，如今最要緊的便是素麗的態度，若是素麗自己肯嫁二皇子，光自己一人反對，可能孤掌難鳴啊！

素顏嚴肅地看著郁三公子。郁夫人的態度她並不生氣，也很理解，郁三公子這份執著倒讓她感動，便不顧東王世子也在，問道：「你可知我那三妹心中是否有你？若是她不喜歡你，強扭的瓜也不甜呢。」

郁三公子臉一白，怔怔地看著素顏，又皺了皺眉，好半晌才道：「藍三姑娘年歲尚小，怕是自己心裡想什麼，自己都不太清楚。夫人，小生真是走投無路，只能求夫人了，夫人便是不應，幫小生見上藍三姑娘幾面也是好的。她如今被鎖在府裡出不得門，小生礙於禮數，又不敢去見她，這……真是生生急死小生了。」

還真是直爽的男孩子，若是換了別人，女方對他又不見得有心，兩方家庭都不太贊成，婚事因難重重，怕是早就放棄了，而他，卻是不肯放棄，還敢大膽跟自己說要私會素麗，這人……這人還真是很可愛呢。素顏是越看郁三公子就越喜歡，她不喜歡迂腐之人，像郁三公子這種特立獨行的，倒是更值得信任一些。

東王世子靜靜地看著素顏。他很想看看，郁三公子這個不合情理的要求，素顏會如何回答。

「公子，我家外子甚是看重公子之才，公子不妨在府上多住些時日，好與他一同商討治河大事。」素顏卻是出乎意料地轉了話題。

東王世子先是聽得一怔，隨即挑了挑眉。她比他想像中還要大膽灑脫呢。

郁三公子一開始也是聽得一怔，隨即熱切地看著素顏，兩眼極亮，很快便應道：「小生正也要拜夫人為師，想在夫人處求教呢，如此，恭敬不如從命，小生這就去東王府別院收拾東西。」

說著就要走，素顏笑著又問世子。「莫非世子是專程陪郁三公子來的嗎？」

冷傲晨聽了微微一笑，卻道：「不然，小弟倒是來給世嫂送人的，還請世嫂笑納。」

第一百二十八章

送人？送什麼人？素顏好生納悶，不解地看著冷傲晨。

冷傲晨微微一笑，臉部剛毅的線條顯出柔和溫潤。不得不承認，東王世子是她所見過的長相最為俊美的男子，揉合了陽剛和溫潤，偏生半點也不突兀。

看到她再一次用欣賞的眼光看自己，冷傲晨心頭一顫，雖然明知她眼裡的欣賞純粹得很，心裡還是忍不住一陣竊喜。至少，她不討厭面對他，更不會排斥他，與生俱來的自信優越又讓他心中生了些自信來。「世嫂可是覺得小弟唐突了？」

素顏聽得莞爾一笑，坦然地點了頭道：「我只是覺得很突然，不知道世子想要送什麼人給我呢？」

東王世子沒料到她如此直白，連客氣話也不講，心裡反倒覺得自在了很多。他著實唐突了，也知道如此送人過來，她必定不會收下，但是，如果不趁著葉成紹還在京中，借著葉成紹的名頭光明正大地送人，只怕等葉成紹走後，她是連面都不肯再見他的了。

「那日見夫人在胭脂店裡對所有的胭脂水粉如數家珍，又自家母處得知夫人喜歡那些東西，想來，夫人怕是需要會製香的手藝人。正好小弟也開著胭脂鋪子，手下有幾個還過得去的，就想給夫人送來了。」冷傲晨臉上含著淡淡微笑，口口聲聲說唐突，表情卻是一副理所當然的樣子。

素顏聽得好生詫異。這東王世子也太聰明了些吧，聞琴聲而知雅意，自己不過是略略表示出興趣罷了，他就知道自己想要做什麼、還缺什麼？素顏心中隱隱覺得不太對勁，但人家一片好意，卻不好怎麼責怪，便笑道：「世子有心了，只是他們怕是世子府上得力的匠人吧，我實在是不好意思收下，世子好意我心領了。」

冷傲晨似是早就知道她會拒絕，也不氣惱，湛亮的鳳眼微瞇了瞇，臉上笑意不改。「世嫂不肯收小弟送來的人，可是怕小弟偷取經回去？小弟大膽猜測，世嫂是想開胭脂鋪子，想做生意吧？」

呃，這話也太直白了些吧。素顏被冷傲晨的大膽和直接弄得臉上有些發僵，不得不回道：「我確實是想開胭脂鋪子，可是……取經這一說……」

冷傲晨見她果然被自己的話僵住了，哂然一笑，向她一揖道：「世嫂莫怪，小弟開玩笑的。這幾個人既是送給世嫂，自然是連身分文契一同送來，他們以後便是世嫂的人了，自然是不會給小弟偷經回去的；只是小弟的人也不是白送，送禮自然是圖回報的。據家母所言，世嫂所製之香很是獨特，東西又好，將來定然能大賺，小弟不過私心裡想在世嫂這裡訂下首單，將來運回蜀地行銷，還望世嫂要給小弟這個面子才好。」

這話倒是說得合情合理，在商言商，公平得很，素顏聽了心中舒坦了好多。她自來便相信，世上沒有無緣無故的好，既然東王世子是有所圖的，那就好辦，她想做一番事業，卻是不想占別人的便宜，能與東王府合作，對她來說也是椿大喜事，廠子還沒建，胭脂還沒有製，倒是先有了一個大銷路，她的心情頓時雀躍起來，臉上的笑容也越發明妍了。

「世子的眼光還真是超前，我這胭脂還沒製好呢，你就肯定我會做出好香來？」

她言笑晏晏，語氣比先頭輕快了許多，又微帶了絲俏皮，冷傲晨的心也跟著歡快起來。

「小弟只盼世嫂將來莫要短了小弟的貨源就好。」

不只是肯定素顏能製出好香來，更是肯定她的香將來會大賣，素顏從他的話裡聽到了鼓勵，便也不再推辭，笑道：「還莫說，世子真是急人之困，我正缺人手時，你就送來了。人我就先收下了，至於胭脂貨源，我們可以簽一個協議，世子對我如此有信心，我自當不能辜負世子的好意，出來的第一批貨，便分三成給世子如何？」

冷傲晨聽得大喜，又更是驚詫於素顏的精明。一曲高歌曾驚豔全京城，她原來不只是清高雅致，又有大胸懷，連經商這種被世人輕視的行當，她也肯參與。在他所認知的大家閨秀裡，不少都是有幾分才氣後，便自命不凡，成日只會吟風弄月，不知柴米油鹽，更不知生計營生，哪裡像她這般，能高能低，高雅之事能勝常人，粗俗如經商，她也照樣精明。他的心不由又有些發酸。為什麼，就遲了那一步，如果他不是遠在蜀地的話……

甩了甩頭，冷傲晨將不該有的惆悵丟開，回道：「小弟不過送幾個人罷了，世嫂就肯拿出三成貨源來，那豈不是小弟大占了便宜？不如這樣，小弟先付些訂金與世嫂，也讓小弟心安一些。」

素顏聽得眼睛閃閃發亮。這東王世子太體貼了，口裡說是占便宜，其實就是在幫自己。萬事開頭難，想建廠子、製產品，先頭的資金肯定所需很大，雖說葉成紹很有錢，皇后也會給她一筆款項，但訂金卻是一種鼓勵，比那些個資金讓她更有動力和信心……

「如此多謝世子了，希望以後合作愉快。」素顏很自然地伸了右手出去。冷傲晨的眸光就落在她那隻白皙纖秀的手上，骨肉均勻細緻，柔美如皓玉，她竟然向他伸手……他的心激動萬分，卻是不敢向前握。

第一次，他發現自己原來也有膽怯的時候。

素顏的手停在半空，突然才想起自己有多麼唐突，前世時最普通的禮節，在這個時代是多麼不合規矩。她哂然一笑，又很自然地將手收回去，冷傲晨卻是在她收回去的剎那伸出手來，握住了她的。

只是輕輕一握，她感覺到他手心裡微汗，但也很溫暖。素顏輕輕回握一下，瞬間鬆開，臉上帶著再坦然不過的笑容。

她的手果然柔若無骨，肌膚細膩光滑。冷傲晨很想再多握一下，但他明白了她那只是禮節，雖不知道她這種怪異的禮節是哪裡的，但他是能明白她的意思的，只是……抽離時，他的心分明也跟著手心一起，有些發空了。

素顏越發喜歡眼前這個東王世子了，善解人意的一個大男孩，自己方才的握手舉動，若是換了別人，怕是會驚世駭俗的，同時又輕視了自己吧，他竟然是明白了自己的意思，好個有趣的人。

郁三公子在一旁靜靜地喝著茶，眼裡帶著淡淡的笑意，靜靜聽著冷傲晨與素顏的交談，當看到素顏收回手，冷傲晨臉上一閃而過的失落時，他笑著上前一步，也向素顏伸出了右手。

「多謝夫人相助之恩，小生就此別過，以後還要繼續打擾夫人呢。」

郁三公子伸出來的手，讓素顏更覺得自在了許多，她大大方方地伸手與郁三公子握了握，笑道：「我可幫不上太多的忙，能不能成功，可還需看你自己的緣分。」

郁三公子眉目間淨是自信，哈哈一笑道：「夫人只管幫著小生製造機會就是，小生此生是跟定藍三姑娘了。」

素顏很喜歡郁三公子的灑脫與自信，微挑了眉道：「那我就等著你得到我三妹的青睞喔。」

事情說完，冷傲晨與郁三公子雙雙告辭。素顏讓墨書將人送走，自己又回到了書房裡，繼續畫圖紙。

葉成紹晚上回來，聽說冷傲晨和郁三公子來訪，一臉喜色，問素顏：「那東王世子可是願意同我一起去治河了？」

素顏聽得詫異，問道：「不是說好了，會與你一同去的嗎？皇上還給了他官職，怎地又不去了？」

葉成紹的眼睛就有些黯淡地看著素顏。微黃的燈光下，素顏姣好的面容寧靜恬淡，手裡正拿著一本書看著，他走過去，將她額前的髮輕輕撫至耳後，柔聲道：「他不想隨我去了。不過，有郁三公子和郁大人，這幾日，我又在工部發現了幾個人才，他不去便不去吧。」

素顏聽得他的話裡有些沮喪，抬了眼看他，見他的眼神幽深，似是有什麼心事，便笑道：「人各有志，不必強求的。」

冷傲晨那種人也非池中之物，他也是個很有主見的人，既提出不想去，定然有他自己的道理，這種事情強迫不得的。

葉成紹輕輕將她攬進懷裡，將頭埋在她的肩窩，悠悠說道：「是啊，人各有志，不能強求，我才不管他要如何呢。」

口裡說不管，心裡卻是不痛快。這傢伙，有話不說透，素顏以為葉成紹心裡還有自卑，畢竟被人罵過多年的無能，有人不肯服他，會有失落也是有的。

「這個世界少了誰都還是一樣，難道相公少了他，就沒有治河的信心了嗎？」

關治河什麼事啊，冷傲晨愛去不去。葉成紹在心裡腹誹，酸溜溜地罵道。不過，那小子這回怕是會一敗塗地呢，長得好又如何？娘子是自己的，誰也搶不去。

想到這裡，葉成紹頭一偏，輕輕地含住素顏晶瑩的耳垂，舌頭舔了舔又放開，弄得素顏不住地縮脖子，瞋他一眼，似嗔似喜的模樣更顯嫵媚。葉成紹突然兩手捧住素顏的臉，哈哈大笑起來，眼睛閃閃發亮，一副得意洋洋的樣子。

素顏被他笑得莫名。「發什麼神經呢，一會子悶聲悶氣的，一會子又傻笑。」

葉成紹雙眉高揚，在素顏唇上重重親了一記，在她發火的前一瞬立即放開她道：「因為我得了這個世界上最好的，讓好些人嫉妒著呢。可惜，他們只會白費心機，若是輕易能搶得走的，又豈會是真寶貝？」

素顏聽得眼睛一亮，知道他的心結是徹底去了，伸了手環住他的腰，頭抵著他的額頭道：「你會這麼想是最好的，安安心心地去幹你的大事，我會好好地在家等你的，不要以我為念。」

冷傲晨第二天就差人將幾個手藝人送了過來，三個都是年過三十的中年人，看著也很誠實的樣子，又是東王府的人親手將他們的賣身契交到了素顏手裡，他們便也知道再回東王府無望了。其中一人眼中泛濕，略含了絲蒼涼，素顏便知道他們的心裡不太舒服——任誰被主子這樣隨便地送人，心裡都不會舒服的，何況是從王府送到了侯爵府，身分上便是降了一等的樣子。

素顏也不與他們多說，日久見人心，等將來，他們在自己這裡得到的好處比東王府更多時，他們便會知道，哪裡更適合他們。

與他們交談了幾句後，便讓陳嬤嬤安排了他們的住處。

葉成紹找了個很懂園林建造的大師傅來，素顏將自己畫的圖紙交給大師傅，商量著如何建廠子的事。

忙了一早上，郁三公子真的包袱款款地來了。葉成紹見得大喜，也不問他為何要住到別院來，一來便拖了郁三公子往書房裡跑，兩人一聊就是一上午。郁三公子一說起治河來，也是頭頭是道，更是心無雜念，不時還與葉成紹爭得面紅耳赤，沒多久又相視一笑，相談甚歡。

郁三公子一來，素顏便知道自己該回娘家一趟了。素麗這是在家裡憋壞了，心裡對婚事又很是猶豫，素顏肯來接了她走，能讓她暫時拋開煩惱，自是心頭雀躍。

接了素麗到了別院裡，給她安置了房子。別院裡，內院和外院同樣地分得很開，素顏並沒有說明郁三公子也在，只讓素麗先在院子裡住著，讓青竹帶著她在院子裡玩了兩天，自己則繼續忙著手頭上的事情。

葉成紹的行程定下來了，十天後就要啟程。東王世子被東王大罵了一頓，給軟禁在府裡頭，不許他向皇上遞辭呈。郁三公子每日與葉成紹跑進跑出，忙著治河的前期準備。後來，他終於坐不住了，素麗的心意他還沒有摸透，家裡也催著他回府去，要離京了，兒子卻還住在別人院裡不回去，是個什麼事啊？

他惦記著自己的老娘，又記掛著素麗，這一天，他也顧不得再求素顏，找了個藉口就去了內院，好在院裡也沒有其他女眷，就只有素顏和素麗兩姊妹，也不算太失禮。

素麗自素顏這裡得了她要建廠子、製胭脂水粉的消息後，興奮得兩天沒好睡，但素顏又不交事給她做，她心裡便像貓爪撓心一樣。她很佩服素顏的膽量，敢為別人不為之事，建廠做胭脂，她還是頭一回聽到，如果成功了，那是不是京城的胭脂鋪子都會被大姊給壟斷了？

從來就知道大姊是個心懷遠大的，卻不知道她有這雄心，這激得素麗原本就不安分的心更加蠢蠢欲動，竟是將婚事帶來的煩惱統統拋到了腦後，摩拳擦掌地就想幫素顏一起做番事業來。

素顏也是讓她先玩了兩天，適應後，便拉著她一起，教了她幾種製香的方子，讓她學著去做。素麗很是聰明，拿著素顏給的方子就去小試，雖說大姊曾經試驗過成品，但能自己製出一只上好的胭脂來，她也很有成就感。

這天，她便帶著紅梅兩個去園子裡採茶花。如今正是茶花開得濃妍之時，薔薇也開了花苞，素麗便想製點薔薇香出來。

別院裡的茶花種得並不多，依著園牆邊就十幾株的樣子。素麗提著籃子，看著那開得正豔的花兒，有些不忍下手。大姊說，扯花瓣就成了，可是，那花兒扯了花瓣就會變醜了，又更不願意摘花，總覺得摘到一朵後，整株花便失去了美感。紅梅可沒她那麼多顧慮，選了開得最大最豔的花瓣去扯。

素麗嘟著嘴在一旁看著，遲遲不肯下手，眼看著紅梅的籃子有了一小層花瓣墊底，她還一片也沒摘，正伸了手去，想選朵最差的花來整朵摘了，卻見另一隻手比她快多了，隨意地就摘去了一朵花。

「想要製香，卻連花都不敢摘，藍三姑娘還真不是個能做大事的，比起葉夫人來，果然是差了些膽色。」一個溫和的聲音在一旁調侃道。

素麗猛一抬頭，眸光便落入一雙乾淨而又溫和的眸子裡，那眼光裡跳躍著一簇火苗，正大膽地看著她，像是要將她點著了似的。

素麗不由大怒。這廝怎麼會在這裡？那眼光也太大膽了些，像是要吞了她似的，分明就是個登徒子。「我本就不如大姊，但也不要你來多嘴，你這人好生無禮，怎麼自闖後宅？」

郁三公子早就躲在暗處觀察了素麗好久，見她連朵花也不肯摧殘，心頭便更是喜歡，又看她那想摘又不忍心的樣子，很是可愛嬌俏，忍不住就想要逗她。

「誰說我自闖的？小生可是世子爺親自邀請來的，得了葉夫人的首肯才能進得後院來，小生正在此處賞花，卻不知花兒被人摘了，弄得沒有了賞花的心情，妳不賠禮也就算了，卻還如此無禮？」明明就是想要與她好生交談的，畢竟時間不多了，他就要離京，心裡就急得要死，可是一見她嘟了嘴想要跟他吵的樣子，他就忍不住想要激怒她。

「呿，明明就是個登徒子，還說別人無禮，真沒見過你這樣厚臉皮的。」素麗氣沖沖的，提了籃子就想要走，卻見郁三公子又自那株茶花下摘了一大朵，很隨意地往她籃子裡一丟。

她正要罵，郁三公子又連摘了好幾朵，但看那株茶花卻並沒有因為這幾朵花被摘而失去整體的美，她不由生生止住了罵，詫異地在一旁看著他繼續往別株花摘去，見他總是尋了那枝葉茂盛的、藏大葉子下開著的花摘，不由哂然一笑道：「我怎麼沒想到這個？」一時興起，也彎了腰，尋了這樣的花來摘。兩人一連摘了幾十朵，倒是比紅梅的籃子裡看著還要多上好多，她無端就高興了起來，歪了頭對郁三公子道：「沒想到你還有些小聰明呢。」

郁三公子聽了微微一笑，邊摘花，邊偏了頭看她，眼神灼灼。「妳要是與我待得久了，就會發現我不只是有小聰明，也會有大智慧。」

聽他又吊兒郎當地自吹，素麗嘴唇一撇，道：「呿，老王賣瓜，沒見過這樣的，一點讀書人的謙遜之氣也沒有。」

「聽說姑娘前陣子病了，可好些了？」郁三卻是不再與她鬥嘴，直了身子，將手裡的一捧花放進她的籃子裡，灼灼的目光中帶了柔柔的關懷。

素麗被他看得心尖一顫，臉就紅了，瞋他一眼道：「不過就是染了些風寒……喔，太醫說有傳染呢，你可別跟我站得太近，小心傳染給你就不好了。」

郁三公子聽得微微一笑，眼裡卻帶了一絲苦澀，幽幽地說道：「我倒不怕，反正身上原就有病，不在乎再多一樣，能和妳……和妳生著同一種病、吃同一種藥，就算是苦，也會甜的。」

這話說得好生羞人，素麗聽得臉紅心熱，掩了面就偷偷去睃紅梅，卻見紅梅早就不知何時離開了，不由大窘，抬了腳就逃。

郁三公子看著那俏麗的身影像小兔子一樣地逃走，心裡好生悵然，正要提了腳上前，卻見素麗又轉了回來，小臉紅撲撲的，眼睛卻是又大又亮，神情很嚴肅。「你……你剛才說什麼？什麼原就是有病，不在乎再多一樣？」

郁三公子心一沈，眼裡的苦澀更深了，道：「是啊，小生原是想向藍家求娶三姑娘的，可是這身子，還是不要害了別人的好。反正也不知道能活多久，娶人便是害人，今生注定孤獨地度過最後的日子算了。」

素麗聽得眼一紅，看他臉色蒼白，雖然氣質儒雅，身子卻是瘦弱。大姊沒少在自己面前誇他，說他是良配。那些日子，二皇子逼婚，她雖然也在猶豫，但心底隱隱有著期待，希望他也會去藍家提親，可等了好些天也沒動靜，想來，他們家也是看不上自己這庶女身分吧？失望中，又看到了他，心裡就氣，恨不得質問他就好，偏生他又沒對她說過什麼，更沒有承諾，憑什麼罵他？原來，他是有病嗎？還說、還說最後的日子……

沒來由地，素麗的心就有些發酸，還有些微痛，像是被小蟲子咬了一樣，卻是更氣他說的話。什麼怕害了人，便是……便是嫁了他……呃，想到這個，她又臉紅了。

第一百二十九章

「喂，你到底是什麼病？怎麼好好地說什麼死呀活的，你娘若是聽到，指不定會有多傷心呢，有病就快去治啊，沒事在這裡瞎轉悠做甚？」她突然就很想罵他，這個沒眼色的狗東西，不想就別招惹啊，用那種眼神看人家，弄半天，根本就不敢提親，什麼人嘛。

「吃過藥了，妳……妳擔心我嗎？若是我……我哪天真……真的走了，妳會不會記得我？」郁三公子見她走而復回時，心裡就像是被什麼東西填得滿滿的，兩手激動得不知道要放在哪裡好，心怦怦直跳。

他捂著心，努力平息著自己的氣息，生怕又嚇走了她。一個對一朵花兒都能生出憐憫的人，又怎麼會對人狠心呢？

素麗聽他說得認真，像是在與她訣別一樣，眼睛忍不住就紅了，嗔道：「你……你要是真走了，我才不會記得你呢！我會很快就忘記你，你是我什麼人，我為什麼要記得你？嗯，對，很快就忘了你，把你丟到腦後去。」

「可是我不會忘記妳怎麼辦？要是我真去妳家求親，我又是這個身體……妳……妳不會恨我吧？」郁三公子看著素麗眼中的淚水，心裡軟得就要化成一灘溫泉，聲音也輕柔得像在空中飄。

「連花都不敢摘，又怎麼製香？這話不是你說的嗎？笨蛋！」他真的會死嗎？真的只有幾年好活嗎？怎麼沒有聽大姊說起這個？素麗方才是被氣糊塗了，這會子倒是覺得怪異起來，卻是更氣他拿這話來問自己，好像不信自己的人品一樣。

這是……這是同意了，要他去提親的意思？幸福來得太快，郁三公子似乎一下子還沒有回過神來，待看到素麗那亮晶晶的眼裡濛上了一層水霧時，郁三再也控制不住心頭的狂喜，猛然就朝她奔了上去，但離她一尺遠時，又生生止住了腳，一雙乾淨明澈的眸子裡帶著不可置信的喜悅，想伸手，又怕唐突了她，傻傻地摸著後腦勺笑道：「妳……妳這是同意了嗎？妳不嫌棄我嗎？我……我明兒讓我娘去妳家提親。」

他原本略顯蒼白的臉上染上了兩朵餘霞，竟顯出幾分豔色，他原本就俊俏，這會子眼睛又極亮，眸光熱烈而灼灼，整個人都像閃出一道華彩，讓素麗一陣眩目，一時竟然看得呆了，小傻子一樣地看著他，根本就沒有聽進去他的話。

郁三的心一下子又緊了起來，呼吸急促，背心一陣陣地冒汗。他是第一次喜歡一個人，女孩子的心他根本猜不透，好不容易鼓起勇氣說了出來，她卻半天也沒有回應……心像是被人揪著，連呼吸都屏住了，緊張得連耳根都紅了。

「妳……妳……其實，我的病……」他可憐兮兮的，有些後悔自己拿那些話去嚇她，哪個女孩子願意嫁給短命鬼啊……

他的模樣看在素麗的眼睛裡就是退縮，她猛然回過神來，握著拳頭就去捶他的胸。兩隻小拳頭白玉晶瑩，捶在他身上半點也不疼，她的眼淚卻是下來了，罵道：「你……你什麼意思嘛！又要來耍我嗎？」

她生氣的樣子落在郁三的眼裡，卻是成了天下最可愛的女子，他任她捶著胸，知道自己是誤會她了，被揪住的心總算得到了釋放，又像是浸在暖洋洋的溫泉裡，渾身洋溢著快樂和滿足，眼神寵溺地看著眼前正跟自己撒嬌的小女子。

「嗯哼。」兩人身後突然傳來了聲清咳，素麗抬了頭看去，正好看見葉成紹和素顏兩人在不遠處含笑看著他們兩個，素麗頓時小臉脹得通紅，一跺腳，轉身就逃。

郁三也是羞紅了臉，卻是大著膽子對素麗喊道：「明兒個，我就去提親！」

素麗身子一僵，隨即又跑得更快了，遠遠就聽到她的罵聲。「厚臉皮的呆子！」

葉成紹聽得哈哈大笑，素顏的神色卻是很嚴肅。郁三能輕易進得後院，當然得益於她的安排，但素麗始終是她最疼的妹妹，雖喜歡郁三，很希望他成為自己的妹夫，但是當葉成紹帶著她，悄悄潛在不遠處聽這對小冤家談話時，她對郁三的身體狀況很是擔憂。以前只覺郁三看著瘦弱，臉色是不正常的白，只想著現今的讀書人都是柔弱的，也算不得什麼。

如今想來，郁三的身體狀況怕是不樂觀。她開心的是，素麗終於走出了少女夢幻中的憧憬，對二皇子的那點少女情懷收回來了，心裡其實是喜歡郁三的，雖然他們兩個並沒有見過幾面，但兩人互有情愫。可再喜歡又如何，她可不想自己的妹妹嫁過去不久就要守寡啊……

「郁三公子，你的身體……真的有病嗎？」素顏想要確定這一點。

郁三聽得臉一白，明白自己方才的話怕是被素顏和葉成紹兩人聽去了，但隨即坦然一笑。「夫人難道以為郁三是那種將自己的幸福建立在別人痛苦之上的人嗎？」

素顏聽得心一鬆，但還是不確定，沈了臉道：「你應該不是，我看人的眼光向來很準，這點自信我還是有的，但你方才那話，著實讓我擔心，我就這麼個舒心的妹妹，請你理解我做姊姊的心情。」

郁三臉上又帶了那種乾淨而溫暖的微笑，向素顏一揖道：「請夫人放心將藍三姑娘交給小生，小生會用心守護她一生的。小生身體雖不太好，但是，陪她一起過個五、六十年應該沒什麼問題的。」

這就是說，雖然有病，但不會死……素顏徹底鬆了一口氣。她知道郁三的為人，也看得出郁三對素麗是真心的，不然以他的家世，和如今皇上對他的看重，治河之後回京，再立下大功之時，怕是會有更多好姻緣在等著他，但他卻一心只想求娶素麗，連賴到自家別院裡住著這種事也做出來了，生怕他離去後，素麗會被二皇子給搶了去，他對素麗的心毋庸置疑。

「可是，你究竟是什麼病，不能治好嗎？那日我聽說你有藥仙谷的藥，怎麼藥仙谷的靈藥也沒能治好你的病嗎？」素顏著實對郁三病情很是好奇，她也是學醫的，很想知道郁三究竟是得的什麼病，對藥仙谷的藥也是很好奇，那麼出名的醫藥聖地，她真的想去走上一走，學學先古藥方來。

「就是底子太弱了，我娘生我時是早產……還有些說不明的原因，拖壞了底子，原是活不過十二歲的，機緣巧合下，竟然被藥仙谷的玉清大師救了，調養多年，如今大師又研製了一種新藥。我的病，除根怕是沒法子，但養得好，藥不斷的話，性命是無憂的。」郁三說得很坦然。素顏的擔心他很能理解，也更為素麗高興，有這麼個出眾又真心疼她的姊姊關愛著她，她很幸運。

「說不明的原因？你可有發作過？發作時，會是什麼情況？」素顏皺著眉頭問道。人吃五穀雜糧，身體會有病也是正常的，也許是素顏來到這個世上後，被陰謀論包圍得久了，一聽到那什麼「說不明的原因」心頭就發顫。郁家也是大戶人家、百年望族，郁老爺雖不是嫡系，但也是功成名就，少年就得志的，家裡的鬥爭肯定也不少，郁三說不定少時也像葉成紹一樣？

一時又想起在壽王府宴席上看到的郁夫人，八面玲瓏、長袖善舞，而郁大少奶奶，卻是性子怯弱、黃皮寡瘦的，郁夫人精明能幹，看著就是個厲害婆婆，又莫名其妙擔心素麗嫁過去後的日子，一時臉色便有些陰晴不定。

郁三敏感地發現素顏的不開心，在心裡嘆了口氣後道：「自然是發作過的。小時候，發作得頻繁一些，如今倒是一、兩年才發一次，發作時雖是凶險，但有藥仙谷的藥，倒也能平安度過。小生若是連個最起碼的保障也不能給三姑娘，又怎麼敢厚顏開這個口？夫人……」

素顏垂眸沈思著，並不說話，臉色看起來很不好。郁三越看越急，忍不住便又道：「夫人若還是擔心，不若夫人親自為小生把把脈，若小生真是那……那不成器的身子，小生也不敢黑了心腸去害三姑娘一輩子。」

說著，就不管不顧地挽了袖子，把手伸向素顏，這回葉成紹卻是一跳三丈高了，看病又如何，那也是肌膚相觸的好不好？他拉著素顏就將她往身後一扯，隨手便將郁三的手拍了下去，瞪他一眼道：「我娘子她雖是醫術高明，但怎麼也比不得藥仙谷的人，藥仙谷的人既然說了你身子過得去，那便是了，還診個什麼脈？」

郁三本就心中有氣，再一看葉成紹這副小氣巴拉的樣子，翻了個白眼。「葉兄這是做什麼？也忒小器了，夫人與男子握手也不過是個禮節，只是探下脈又哪裡失禮了？」

葉成紹一聽就黑了臉，瞪著郁三道：「你哪隻手和我家娘子握的？」

「右手，如何？」郁三理直氣壯的。東王世子也握了，又不是他一個，握了就握了，葉夫人又沒少塊肉，葉成紹還真是龜毛呢。

想歸想，右手卻是不覺地往身後藏。葉成紹卻是恨不得要將郁三的右手卸了才好，見他早有防範，陰沈著臉，提腳就去踹他，卻是被素顏一巴掌拍在腦門上。

「你瞎摻和什麼？我就和他握過手又怎麼了？」

葉成紹立即火冒三丈，嘟著嘴就要辯駁，卻見素顏秀眉一立，他立馬老實了，委屈地閉了嘴，只拿眼色戳郁三。

「你們成親後，會是住在郁府大院裡頭嗎？」素顏懶得理他，一把年紀了，還像個小孩子一樣胡鬧。

郁三聽得一喜，吊著的心就有了著落，臉上立即綻開了花，揚了眉道：「家中府第雖大，但家中人也多，若是夫人不喜三姑娘與公婆兄嫂住在一起，小生自己也是有府第的，到時，搬出來單過也不是不可以的。反正小生也不是長子，將來也是會分家的。」

素顏一聽這話算是放了心，卻是主動拉起郁三的手。一旁的葉成紹怪模怪樣卻也不敢對素顏如何，只拿眼剜郁三，郁三卻是笑得一臉的欠抽，還得意洋洋地對葉成紹挑了挑眉，很討厭地叫了聲。「姊夫，大姊這探脈的方式就很專業啊！」

專業你個狗屁！誰是你姊夫，八字還沒一撇呢！真不要臉。葉成紹瞪著郁三，恨不能將他的手給剁了，看素顏橫了眼過來，立即咧嘴一笑，狗腿道：「娘子果然是很專業的，娘子的醫術天下無雙。」

「果然脈象強勁，我先前只怕你有心臟病什麼的，如今看來，你確實是體虛得很，多加強鍛鍊吧。治河最是辛苦，也不知道你能吃得消不，要不……」素顏眉頭輕輕鬆開，臉上也有了些笑容。

「怎麼吃不消？去治河就是最好的鍛鍊，娘子，相公我身子也虛，我不也要去治河嗎？妳怎麼就捨得我去呢？」葉成紹一聽素顏像是要反對郁三去治河，氣得大喊。郁三可是他手下的大將，他可捨不得，又覺得素顏對郁三太過關心，聲音也是酸溜溜的，惹得郁三好一陣不屑，鄙視地看著他。

素顏哭笑不得地又朝葉成紹的腦門拍去，罵道：「你可真吵，一邊去。」想想葉成紹的話也對，便道：「也是，去治河，在工作中鍛鍊確實是強身健體的好法子。明兒個，你真能請得動你母親去藍家提親嗎？」

她擔心郁三會懼怕二皇子的勢力，不肯去提親，不然郁三也不會求到自己這裡來了。

郁三卻是自信滿滿的，對素顏一揖到底。「當然能，家母也很喜歡三姑娘的，而且，大嫂這些日子吃了夫人開的那個方子下的藥，身子有了好轉，家母很是信服夫人的醫術，正想登門拜謝夫人來著，只是夫人最近太忙，怕打擾了夫人。」

郁大少奶奶只是內分泌失調、心情鬱鬱罷了，自己那方子雖有用處，但也是治標不治本的，最終還是要看郁大少奶奶自己的心情。

素顏不置可否地點了點頭，對郁三道：「如此，事不宜遲，你就先回家去與父母商議著吧，藍家那邊我去說。」

第二天，郁三果然說動了郁夫人去藍家提親。藍大老爺早就知道素顏不同意二皇子，又得知她一力大誇郁三公子，正要同意時，二皇子親自上了門，將郁夫人堵在藍府，當眾言明，素麗是他早就定下的側妃，任誰也不能再求娶。

郁夫人本就是提著膽子來的，被二皇子一嚇，立即又打了退堂鼓，但往日怯弱的大夫人卻是將郁夫人請到了上房裡，很恭敬地對二皇子道：「王爺，小女福薄，身子骨柔弱得很，恐怕入不了天家的眼。皇后娘娘差了人來，說解了您與小女的婚事，從此男婚女嫁各不相干。」

二皇子聽得眉頭一皺，卻是瞪了郁夫人一眼，對大夫人卻是平和得很，聲音也帶了絲懇求之意。「小王知道夫人的難處，小王著實對三姑娘一往情深，母后那邊，小王會想法子說服，還請夫人先不要應下其他人，容小王一些時日。」

他貴為王爺，又是太子的熱門人選，權勢正如日中天，莫說郁夫人不敢得罪，就是藍家，說話也得掂量著來。藍家一個小小的庶女，王爺肯紆尊降貴地親自上門提親，又親自阻攔別家的求娶，足以證明他是何等誠心實意，若這點要求也不應允，藍家也太不識抬舉了些，大夫人無奈，如今也只能拖著了。

郁三聽說後，大失所望。不過，好在藍家也沒應允二皇子，只要素麗一日未嫁，他便還有希望，何況她的心是屬於他的，只要想到這一點，他又信心百倍，心尖都是甜的。

素麗得知郁夫人的提親沒有成功，臉上也沒有了笑容，每日裡便圍著那方子開始自己學著製香。

素顏只當她是因為與郁家的婚事沒能成，心頭鬱悶，安慰了她幾句，見她仍是悶悶的，提不起勁來，便也沒再多勸。皇后曾經答應過自己，絕對不會讓二皇子娶了素麗的，所以素顏並不太擔心，如今只是二皇子一個人在鬧騰罷了，他要娶素麗無非也就是想拉攏藍家、拉攏葉成紹和自己，等他發現，葉成紹根本是他拉不動的，到時也就會對素麗死心了。

十日轉瞬就到，素顏和葉成紹一直住在別院裡頭，其間，侯爺來過一次，與葉成紹長談了一回，出來只是告訴素顏，成良被狠打了一頓，又被禁足了，文嫻的傷也好了，問素顏什麼時候回侯府。素顏只說自己上回身上中的毒還有些沒清乾淨，想在別院裡多養些日子，侯爺聽了，便嘆了口氣道：「妳莫要擔心，紹兒去了淮安後，妳只管回侯府住，侯府裡再也不會有人敢對妳如何了。」

這話似是在保證什麼，素顏聽在耳朵裡的意思卻又不同了。紹揚身上的毒在素顏的心裡是根刺，到現在也不知道究竟是誰下的毒，而侯爺對紹揚的態度又太過冷漠，讓她心裡便對侯爺生了抗拒，並不太相信侯爺的話。不過，她如今也不是怕回侯府會有人對她如何，現在侯府還真沒有人敢如何對她了。

她現在首要的是建立自己的事業，要在經濟上不依賴侯爺，侯爺家有個礦山，但她看了進帳，總覺得那帳面很有問題，暗暗派人打聽過，那個礦山一年絕對不只那點收入，但礦山是掌在侯爺手裡的，葉成紹不管，她也沒法子去管，那是屬於侯爺的財產，就算分得葉成紹有分，家中子女眾多，一分之下，還能有多少？

於是，她只是笑著對侯爺道：「兒媳知道父親母親待兒媳好，只是兒媳身子懶懶的，想再休養些時日，請父親見諒。」

話都說到這個分上了，素顏還不肯回去，侯爺也沒辦法，只好自己走了。

——未完，待續，請看文創風087《望門閨秀》6

宅鬥界新天后／

不游泳的小魚

嫡女出頭天，姊妹站起來——

文創風 085 4

自從嫁進寧伯侯府，婆婆不好惹，老是給她使絆子，
後院那些氣勢凌人的貴妾又愛三不五時生事，想欺到她這正室頭上，
儘管她外表溫良恭儉讓，內裡可是隻母老虎，
既然決定要跟了葉成紹過日子，勢必就要出手整治府裡，
免得老虎不發威，人家把她當小貓！
她可以想見侯府內將掀起一番風雨，但相公看似渾得很，
卻萬分支持她的一切，甚至專寵她這個大女人，
讓她更為他感動、心疼不已……
別人或許不清楚，但她已能猜出相公並非侯爺親生兒子，
他另有身分，雖是貴不可言的秘密，卻也令親生父母無法認子，
而他，只能如此尷尬地做個名不正、言不順的侯府世子；
他的浪蕩無賴，在她看來只是他為了應付身世的偽裝，
真正的他卻是個貼心專情又愛妻愛家的好男人；
他待她好，她便以真情回報，那些對將來、對婚姻的猜疑，
早已因他而煙消雲散，如今，他便是她的夫，她的天……

望門閨秀

鬥之精神：從宅門內鬥到皇宮裡！小蝦米也能長成大鯨魚～～

鬥之門道：國內鬥完無敵手？那就包袱款款出國去～～

文創風 086 **5**

她和葉成紹想離開侯府、離開京城，去過平凡小夫妻日子，
偏偏他無法公開的身分牽絆著兩人，更身不由己捲入皇室鬥爭……
皇帝給相公一展身手的機會，卻要他做個孤臣，斷了他羽翼，
大皇子、二皇子暗自角力、爭奪儲君之位，又要拉攏他倆，
太后雖是疼愛自己，但也暗暗阻止他們夫妻的行事；
人心究竟藏了些什麼，她真的摸不清了，
不過相公想要什麼，她卻是清楚明白，就是做他身後的支持；
如今，他受皇命得去兩淮治水，留她一人在京城，
那她便想辦法拉攏些貴夫人、王妃，給自己增加人脈，
再覷個時機搬到相公的郊外別院，偷偷弄個小工廠，
製些胭脂香粉什麼的，等她的胭脂鋪子在京城開張了，
他們夫妻便有了收入，也多了些左膀右臂，
這才是真正不受制於人的自由日子啊……

文創風 087 **6**

原本那個天天賴在身邊嘻笑的男子，如今離開了，她心頭是空落落的，
彷彿心少了一部分，也隨他去了兩淮……
留下的藍素顏只得全心投入自個兒的事業，雖不用轟轟烈烈，
卻也要做出一番成績來才是，於是她才能全放在這胭脂花粉上，
又是改造又是創新，一傳十、十傳百，更是引得其他貴族小姐想與她合作；
眼看自己終於要站穩了，忽然又被召進宮裡參加太后壽宴，
皇后還吩咐她要準備個別致、新奇的節目？這又是哪一齣？
莫非好不容易消停了的後宮鬥爭、皇子奪嫡戲碼又要拐個彎上演？
唉，她的心很小，只想跟著相公四處遊山玩水，平安過日子，
即便相公他身分特殊，也不是就非得摻和進去啊！
這下，寧伯侯的手段、中山侯的態度、靖國侯又暗暗伺機而動，
朝堂局勢不明，他們倆被牽扯入更大的陰謀秘密之中，
他倆又要治河，又要開鋪子賺錢，又得應付大小風波，真是累啊……

文創風 088 **7** 完

即使人人都想著那至高無上的位置，偏偏他葉成紹對那張椅子只想翻白眼，
那位置害他成了陰溝裡的老鼠，令他飽受別人傷害、嫉妒，活得不堪，
但如今為了替自己正名、替苦了多年的母親出一口氣，
他就算再瞧不起，也要把屬於自己的東西奪回來——
沒想到他都要登上大周皇太子之位，還是有些瞧不清情勢的傢伙鬧事，
他的皇子之路還是一如既往地「熱鬧」、「坎坷」啊……
不過，做了皇子還是有點好處的，比如終於能讓心愛的娘子過點好日子，
過往那些腥風血雨、烏煙瘴氣，總算是散開來，
雖然他倆還得再適應什麼皇太子、皇太子妃的身分，
但天下皆知他的痞賴性子，江山權勢於他而言只是好玩，能得便得，
可娘子是他的命，娘子過得開心幸福，他便開心幸福，
倘若大周朝讓他倆過得沒那麼開心，嗯，似乎還有別的地方可去……

文創風
086

望門閨秀 5

國家圖書館出版品預行編目資料

望門閨秀 / 不游泳的小魚著. --
初版. -- 臺北市 : 狗屋, 民102.04-
冊 ; 公分. --（文創風）
ISBN 978-986-328-059-0（第5冊 : 平裝）. --

857.7 102004461

著作者	不游泳的小魚
編輯	戴傳欣
校對	黃薇霓　林若馨
發行所	狗屋出版社有限公司
地址	台北市104中山區龍江路71巷15號1樓
電話	02-2776-5889～0
發行字號	局版台業字845號
法律顧問	蕭雄淋律師
總經銷	知遠文化事業有限公司
電話	02-2664-8800
初版	102年5月
國際書碼	ISBN-13　978-986-328-059-0
原著書名	《望门闺秀》，由瀟湘書院〈www.xxsy.net）授權出版

定價230元
狗屋劃撥帳號：19001626
網址：love.doghouse.com.tw　E-mail：love@doghouse.com.tw